カルメン・
マリア・マチャド

イン・ザ・
ドリーム
ハウス

小澤身和子 訳

etc. books

この本を

必要としているのなら、

これはあなたのための本です

人はレンガのように
関連性を積み上げていく。
記憶自体が
ある種の建築物なのだ。
――ルイーズ・ブルジョワ

感じた痛みを

黙っていれば、

彼らはあなたを殺し、

その痛みをあなたが

楽しんでいたと言うだろう。

――ゾラ・ニール・ハーストン

確かに君の頭は疲れている。

疲れすぎて、まったく機能しなくなっているじゃないか。

君は考えていない、夢を見ているんだよ。

一日じゅうね。なんでも夢に見ている。

悪意に満ちた夢を、ひっきりなしにね。

まだそれがわからないって言うのか？

——パトリック・ハミルトン『エンジェル通り』

イン・ザ・ドリームハウス

序曲としてのドリームハウス

私は序章を読まない。つまらないと思う。それほど重要なら、どうして本文に入れないの？

作者は序章で何を隠そうとしているのだろう？

序章としてのドリームハウス

作家サイディヤ・ハートマンは、同時代を生きたアフリカ人による奴隷制の記述が足りないと論じたエッセイ「ヴィーナスの二つの役割」で、「アーカイブの暴力」に言及している。「アーカイブの沈黙」とも呼ばれるこの概念は、簡単には理解できないある真実を示している。話がなきものにされていたり、そもそも口にされなかったり、どちらにしても何かとてつもなく大きなものが、ひとくくりにされた歴史から決定的に失われているという真実だ。

ジャック・デリダ曰く、「アーカイブ」という言葉は、古代ギリシャ語で「支配者の家」を意味する ἀρχεῖον に由来する。はじめてこの語源を知ったときは、家の良い使い方をしていると思ったが（私は呪われた家の話が大好きで、建築のメタファーに目がない）、最も多くを語っているのは、そこに表れている力、権力だ。アーカイブに何が残され、何が外されるのかは政治的な行為で、記録者《アーキビスト》や彼女が置かれた政治状況によって左右される。それは、子どもが幼い頃のどの出来事を記録に残すかを親が決めたり、欧州のストルパーシュタイン（つまずきの石）のように、大陸が過去を公に清算したりするのにも当てはまる。「ほらここは、セバスチャンがぷくぷくした足で最初の一歩を踏み出したところだよ」「ここは我々がジュディスを死に至らしめた際に、彼女が住んでいた家だ」というように。

証拠がアーカイブに入らないこともある——記録するほど重要でないとか、重要だとしても保存するほどではないと見なされてしまう。意図的に破棄されることもある。例えば、エレノア・ルーズベルトとロレーナ・ヒコックの間で交わされた、露骨な手紙がそうだ。あまりにも分別に欠ける内容だったため、ヒコックは燃やしてしまった。残った手紙の内容を考えると(「あなたに会いたくて、すごく飢えているわ」)[*1]、焼かれた手紙にはとんでもなくエロティックで同性愛的なことが書かれていたに違いない。

クィア理論家の故ホセ・エステバン・ムニョスは、「クィア性と証拠は特にやっかいな関係にある(中略)クィアな経験を専門とする歴史家が、クィアな過去を記録しようとすると、そこにはたいてい、ストレートな現在を象徴する門番がいる」と指摘した。そのあとに残るのは? 自分自身が見えなくなり、自分の情報を見つけられなくなる溝。自分に文脈を与えられなくなる穴。人々が分類される裂け目。突き破れない沈黙。

完全なアーカイブというのは神話みたいなもので、理論上でしか成立しない。もしかすると、ホルヘ・ルイス・ボルヘスの「完全な図書館」の未来の詳細な歴史や、ボルヘスの夢や、一九三四年八月十四日の夜明けに見たうろ覚えの夢の下かどこかに埋められているのかもしれない。でも目指すことはできる。前述のハートマンは「どうすればありえないような話を人に伝えられるのか?」と疑問を投げかけ、多くの方法を提案している。例えば、「推測に基づいた議論を進める」「仮定法(疑いや願望や可能性を表す)の力を利用する」「アーカイブを参照しながら、アーカイブに対抗するように歴史を記す」「証明できないことを想像する」というように。

虐待された女性は、人間が心理的に人を操り、暴力をふるってきたのと同じくらい長く存在していたが、約五十年前までは、一般的に理解されることも、存在を認められることもなかった。クィアのコミュニティ内におけるドメスティック・アビューズ（身近な関係の者、身近な関係だった者から受けた虐待）について語られるようになったのは、さらに最近のことで、実態はさらに影で覆われている。今日、近親者による暴力の形を考える際、男性の被害者、女性の加害者、クィアの虐待者、クィアの被虐待者という新しい概念はそれぞれ、これまでも存在し、支配者の家を呪い続けてきたもう一人の亡霊という正体を顕にする。歴史家や研究者が、同時代のクィアなセクシュアリティに対する理解を、過去に反響させてきたのと同じように、現代の学者や作家や思想家は、アーカイブを徹底的に調べ直す新しい手立てを持っている。考えてみよう。結果的に生まれた穴の構造とは？　抜けた部分はどこに存在する？　完全な状態にするにはどうすればいい？　実際に苦しんだ証拠がない状態で、どうすれば不当な扱いを受けた人たちに正しく対応できる？　どうすれば記録の管理はより公正になる？

回顧録《メモワール》とは根本的に、再生する行為だ。回顧録を書く者は過去を作り直し、対話を取り戻す。長い間眠っていた出来事から意味を奮い起こさせ、記憶やエッセイ、事実、知覚の粘土を一緒に編みこんで、叩きつけてひと塊にし、ならして平らにする。時間を操作して、死者を蘇らせ、自分たちと他者とを、必要な文脈に落とし込む。

これから私は、ジェンダー・アイデンティティを共有するパートナー間のドメスティック・アビューズが珍しくなく、実際にありえるものと見なされているアーカイブに入っていくが、それはこんなふうに映るのかもしれない。私は沈黙に語りかけ、自分の物語という石を巨大な裂け目に投げ入れ、わずかな音からどれくらいそこが空なのかを測ろうとしている。

＊1　エレノア・ルーズベルトからロレーナ・ヒコックへの手紙、一九三三年十一月十七日。

1.

手足を鈍くするエロスが私をまた揺らがす――ほろ苦くて、手に負えない生き物

サッフォー（ジム・パウエル訳）

メタファーではないドリームハウス

きっと、ドリームハウスについて聞いたことがあるんじゃない？　知ってのとおり、その家は実際に存在している。直立していて、森の隣の、草地の縁に建っている。基盤もあって、中には死体が埋められているという噂があるけれど、それはほぼ間違いなく作り話だ。以前はブランコがぶら下がっていた木の枝からは、今は結び目だけになったロープが風に揺れている。家主の話も聞いたことがあるかもしれないが、本当ではない。結局、家を管理しているのは人ではなく、大学なのだ。家主／大学が集まった小さな街！　想像できる？

あなたの推測はおおむね正しい。ドリームハウスには、床、壁、窓、屋根がある。寝室は二つあると想像していたら、それは正しいとも間違っているとも言える。寝室は二つだけ、なんていったい誰が言い切れる？　どの部屋も寝室になる――必要なのは、一台のベッドだけ。それすら必要ないかもしれない。ただそこで寝ればいい。住人が部屋に目的を与えるのだから。人の行動にはどんな建築家の意図にも勝る力がある。

こんな話をするのは、ドリームハウスが実在することを忘れてはいけないから。恐ろしさは遠く及ばないけれど、あなたが今手にしている本と同じくらいリアルだ。よければ住所を教えるから、車で行ってドリームハウスの前に座って、これまで中で起きたことをあれこれ想像してみてもいいかもしれない。おすすめはしないけど、そうしようと思えばできるよ。誰もあなたを止めたりしないから。

ピカレスクとしてのドリームハウス

　ドリームハウスの女性に出会う前、私はアイオワシティにある小さなツーベッドルームの部屋に住んでいた。家はひどいありさまだった。最悪な家主が管理するその家はゆっくり崩壊しつつあり、悪夢のようなさまざまなもので溢れかえっていた。地下には部屋が一つあったが（ルームメイトと私はそこを殺人ルームと呼んでいた）床も壁も天井も血液みたいに赤くて、秘密の昇降口と通じない固定電話もあった。地下室の至るところでは、ラヴクラフトの作品に出てきそうな暖房システムが、家じゅうに長い触角を伸ばしていた。湿度が高くなると、玄関のドアは枠の中で膨らんで、殴られた目みたいに開くのを拒んだ。広大な庭には、ところどころに焚き火の跡があり、毒ツタや木々、腐ったフェンスが周りを取り囲んでいた。

　私はジョンとローラと、トーキョーという名の彼らの飼い猫と一緒に暮らしていた。ふたりはカップルだった。足が長くて青白く、もともとフロリダでヒッピーが好みそうな大学に一緒に通い、アイオワには、大学院でそれぞれ学位を取るためにやってきたのだ。フロリダのテント生活と奇抜さを、まさに体現しているような人たちで、ゆくゆくは、ドリームハウスを出たあとの私にとって、唯一好きだと思える存在となる。

　ローラは昔の映画スターみたいで、大きな目をしていて、この世のものとは思えないくらい美しかった。ドライで、やたらと批判好きで、すごく面白い。詩を書いていて、図書館学の学位を取ろうとしていた。司書みたいな雰囲気があったし、公共の知識へ通じる博識なパイプみたいに、必要な場所へ導いてくれるような人だった。一方のジョンは、グランジミュージシャン兼型破りの教授みたいで、神を見つけたとでも言い出しそうな風貌だった。巨大なガラス瓶でキムチやザワークラウトを作っては、キッチンカウンターの上に置いて、狂った植物学者みたいに観察していた。あるとき、ファティマ・マンションズの「アゲインスト・ネーチャー」という曲の筋を一時間かけて詳細に教えてくれたことがあった。お気に入りは、あと先を考えない奇抜なアンチヒーローが、亀の甲羅をエキゾチックな宝石で覆ったせいで、その可哀想な生き物は「自分に付けられた目もくらむような贅沢品を支えられなく」なり、重みに耐えられず死んだ場面だった。最初に会ったとき、ジョンはこう言っていた。「俺はタトゥーを入れてるんだけど、見たい？」私が「うん」と言うと、彼は「オーケー。どうせろくなもんじゃないと思っているかもしれないけど、そんなんじゃないから。誓うよ」と言い、短パンの裾を太ももまで引っ張り上げて、ひっくり返った教会のセルフタトゥーを見せてくれた。「それって、逆さまになった教会？」と訊くと、にやりと笑って眉を上下に動かしながら（挑発ではなく、純粋にいたずらっぽく）「誰にとって逆さまなんだろうな？」と言った。ある日には、カットオフジーンズとビキニトップという姿で寝室から出てきたローラに、紛れもない真の愛情を匂わせながら、「いいね、君のために大きな池を作ってあげたい」なんて言っていた。

大人になってから、私はボヘミアンみたいに街を転々とし、その先々で気の合う仲間を見つけてきた。私の面倒を見てくれて、助けてくれた人たち（優しくて、愛おしい人たち）だ。大学時代からの友人アマンダは、私が二十二歳になるまでルームメイトで、ハウスメイトだった。論理的で頭が切れ、感情の起伏が少なく、ポーカーフェイスで冗談を言うセンスを持ち合わせていて、私がめちゃくちゃな十代からめちゃくちゃな半分大人へ進化するのを見守っていてくれた。ピンクに髪を染めたラグビー選手で、私がはじめて会ったベジタリアンでレズビアンのアンは、慈悲深いゲイの女神みたいに、私のカミングアウトを見届けてくれた。レスリーは、私が最初にひどい失恋を経験したとき、ブリーチーズと一本二ドルのワインと、彼女が飼っている動物たちと一緒に、気持ちを吹っ切らせてくれた。そのなかの一匹、ずんぐりした茶色のピット・ブルのモリーは、笑いが止まらなくなるまで私の顔を舐めてくれた。それから、十五歳から二十五歳になるまで私が律儀につけていたライブジャーナル（アメリカのブログポスティングサービス）を読んでコメントをくれた人たち。私はそこで、詩人、クィアの変人、プログラマー、ＲＰＧマニア、二次創作物語の作家たちに向けて、自分の心の内をあらいざらい綴っていた。

ジョンとローラはそんなふうにいつも私の傍にいて、お互いに仲が良くて、私ともまた違う意味で、仲のいいきょうだいみたいに親しかった。でもだからといってずっと私のことを見守っていたわけではなく、それぞれの物語の主役だった。

じゃあこの物語はどうかって？　これは私の物語。

永久運動機関としてのドリームハウス

八歳の頃、体育の授業で野球をする間、外野になるたびにやっていた遊びがある。クラスメイトから遠く離れていれば、彼らが打つボールが飛んでくることはなく、体育の先生は私が背の高い草むらのなかで足を広げて座っていても気づいていないようだった。

リリー先生は、背が低くてがっちりした体型で、髪を刈り上げていた。生徒の一人は彼女をレズビアンと呼んでいた。私はそれがどんな意味かわからなかったし、その男の子もわかっていなかったと思う。一九九四年のことだ。先生の穿いていた運動用のバギーパンツには、蛍光の緑や紫色の、目がおかしくなるような抽象柄が付いていた（日曜学校でヨセフの色とりどりのコートの話を聞いたときは、リリー先生の服のことしか思いつかなかった）。歩くと、パンツの繊維が擦れて音を立てるので、先生がやってくるとすぐにわかった。体の部位の動きについて説明しようとしていた先生の姿が、鮮明に記憶に残っている。先生は頭から下に向けて自分の体の中心に線を引いた。手が股まで来ると、子どもたちはくすくす笑った。そこから、先生は体の左側と右側を見せ、それぞれを独立して動かし、連動させる方法を見せた。そして遊園地の乗り物みたいに、両腕を振り回した。

「フィットネス！」右手で左足に触れ、左手で右足に触れながらリリー先生は言った。「体は一つしかないの！　大事にしてあげないとね！」彼女は本当にレズビアンだったのかもしれない。

野球の試合があるたびに、私は草むらに座って、手に届く雑草をあるだけ引っこ抜いていたので、手が泥やねぎみたいな匂いになった。たんぽぽの茎を折ると、ねばっこい白い液体が出てきて感動した。遊び方はこうだ――たんぽぽを取って、顎の下に（私の場合はよちよち歩きの頃に、バスタブに落ちてできた白くて薄い傷があるところ）花びらがバラバラになるまで強くこすりつける。顎が黄色に変わったら、それは恋をしている証拠だ。

八歳の私は葦のように細くて、不安だった。たいていは気が張り過ぎていて、空想にふけることはなかったけれど、草むらに座っていると気持ちが落ち着いた。授業のたびに、切り落としたたんぽぽの頭を握っては、まだ開いていない蕾みたいに、熱を帯びて濡れてくるまで顎にこすりつけた。

コツというよりもオチなのかもしれないけれど、何度やっても黄色は肌に付く。毎回たんぽぽは屈服した――企みも、秘訣も、自衛本能の感覚もない。そんなふうに、私たちは子どもの頃から、言葉ではっきり言い表せないものを理解している。分析は変わらない。私たちはいつも飢えて、何かを欲する。体や心は、自覚していなかったとしても、いつも何かを渇望している。

崩壊するたんぽぽから私たち自身を知るのと同様に、自分の崩壊からも学ぶことがある。私たちの体は生態系で、死ぬまで脱皮し、再生し、修復する。そして死んでしまうと、体は飢えた大地の糧に、細胞は他の細胞の一部となり、その人がかつて存在していた生きるものの世界では、人々がキスをし、手をつなぎ、恋に落ち、ファックして、笑って、泣いて、人を傷つけて、傷ついた心を癒やして、戦争をはじめて、眠っている子どもをチャイルドシートから引き剝がして、怒鳴り合う。そうした繰り返される移り気なエネルギーをうまく利用できれば、奇跡が起こせるのかもしれない。宇宙のなかで少しずつ地球を押していき、中心部分から太陽に衝突させられるのかもしれない。

視点の練習としてのドリームハウス

あなたはいつだって単に「あなた」ではなかった。私は、私の一番良いところと最悪なところが共生しているすべてで、ある意味では引き裂かれていた。自信のある女性、少女探偵、冒険家の一人称を使うかわいい耳の垂れたウサギだった私は、小犬みたいにいつも不安そうに震えている二人称からいつも離れたところにいた。

私はそこを離れて、生きた。東海岸へ移って、本を書いて、美しい女性と同棲して、結婚し、フィラデルフィアでだだっ広いヴィクトリア朝の家を買った。マンハッタンの作り方、でんぷん質を含んだパスタの茹で汁を使ったソースの作り方、多肉植物を枯らさない方法を学んだ。でもあなたは、共通テストを採点する仕事をはじめた。一年間、隔週で、七時間かけて車をインディアナまで走らせた。ＭＦＡプログラム（芸術学修士課程）の後半は、ゴミみたいな作品を大量に生み出した。大勢の前で泣いた。朗読会やパーティーやスーパームーンが懐かしかった。どうやって話を聞けばいいかわからない人たちに自分の話をしようとした。いろいろな意味で、笑いものになった。

あなたは死んだと思っていたけれど、これを書いていると、本当に死んだのかわからなくなる。

誘発的な出来事としてのドリームハウス

平日の夜、あなたは彼女に出会う。共通の友人と一緒に、壁一面が窓になっているアイオワシティのダイナーでディナーを囲みながら。ジムから戻ってきたばかりの彼女は汗をかいていて、ホワイトブロンドの髪は短いポニーテールにまとめられている。まばゆいばかりの笑顔と、石の上で引きずられた手押し車みたいなかすれた声。ブッチとフェムの両方の要素を併せ持つ彼女に、あなたは気が狂いそうになる。

友人とテレビ番組の話をしていると、彼女が到着する。あなたは、どうしてあれもこれも男の物語になってしまうのかと文句を言っていたところだった。彼女は笑って、賛同する。そして、最近ニューヨークから移ってきたばかりで、失業保険を使ってＭＦＡプログラムに出願しようとしていると言う。彼女も作家だ。

彼女が話すたびに、自分のなかで何かが溢れ出すのをあなたは感じる。その日のディナーのことはほとんど覚えていないだろう。最後に少しでも時間を稼ごうと思って、事もあろうにお茶なんかを注文したことは別として。あなたはお茶を飲み――熱さとハーブを一口含んで、舌の上をやけどする――彼女を見つめてしまわないように、チャーミングとも平然とも見えるように振る舞うけれど、手足に欲望が集まってくる。これまで好きになった女性たちは、いつだって目の前をふわふわと通り過ぎていって、手が届かなかった。でも彼女に腕を触られながらまっすぐ見つめられると、あなたは自分のお金ではじめて買い物する子どもみたいな気分になる。

記憶の城としてのドリームハウス

通りから見ると、ここがその家だ。正面に扉があるけれど、あなたはそこからは入らない。

家から道路まで続く道に並んでいるのは、少女時代のあなたを好きだった男の子たち全員。コリンは歯科医の息子で、あなたのワンピースが素敵だと優しい声で言ってくれた。あなたは下を向いて、自分でそれを確かめてから、嬉しそうにスキップして行ってしまった（当時からもうすでにディーバだった！　あなたはこの話をお母さんから聞かされるが、すごく幼い頃のことなので自分では覚えていない）。セスは六年生で、新品の「アニモーフ」シリーズの、蝶に変身するキャシーが表紙の巻を買ってくれて、手渡したいからと言って母親にあなたの家まで運転してもらっていた。大好きな友人だったアダムは、地元の映画館で働いていて、一日経って古くなったポップコーンをゴミ袋に入れて持ってきてくれた。彼のおかげで、『メメント』『ダンサー・イン・ザ・ダーク』『パルプ・フィクション』『マルホランド・ドライブ』『天国の口、終りの楽園。』など、両親が絶対に許してくれない映画を観られた。たくさんCDも焼いてくれて、なかにはすごく変なものもあった。マイクに叩きつけて楽器を壊すようなバンドもあって、あなたは呆れ顔で「こんなのバカみたい」と言ってやった。でもアダムの母親は一月になると、ゴッドスピード・ユー！　ブラック・エンペラーのライブを観に、フィラデルフィアまで連れて行ってくれた。ライブは遅れてはじまったので、あなたとアダムは一枚のパーカーの下で身を寄せ合っていた。彼らの音楽は複雑で、万華鏡みたいで、言葉にならないほど美しかった。あなたはオーディオとサウンドが入り混じった、まさにシンフォニーとも言える音楽に圧倒されて、体の隅々まで揺さぶられたことをどう伝えたらいいかわからなかった。一度、アダムはあなたを主人公にした物語を書いたことがあって、その後、あなたが大学に進学して家を離れる際には、曲を書いてくれた。でも、堅実で、多くを求めないアダムの愛情をどう受け止めればいいかわからなかった。それから、トレイシー。彼にはティミーという双子の兄弟がいた。モルモン教徒の彼らは優しくて、あなたはティミーに恋をしたけれど、あなたに恋をしたのはトレイシーだった。無料の『モルモン書』をインターネットで注文して、でも結局、(ハンサムそうな声の)若い男の人と二時間も話す羽目になった。彼はあなたがどれくらい自分たちの宗教に関心があるのか探るために、ソルトレイクシティから電話をかけてきたのだ。「モルモン教徒の双子の片割れに恋をしていて、もう一人が私に恋をしているから本を注文しただけです」なんて言えなかった。だからその代わりに、神学について二時間おしゃべりして、悔やみながら電話を切った。とにかく、そんな男の子たちがいた。あなたが彼らの気持ちに半信半疑だったのは、自分自身を愛する理由を見つけられなかったからだ――自分の体も、自分の心も。たくさんの優しさを拒んだ。でも、いったい何を求めていたんだろう?

裏の中庭は、大学時代。多くの報われない恋、そして結局は最悪のセックス。あなたは以前、ニューヨーク州北部に住む男と寝るために、とんでもなく寒い冬に四つの州を車で横断したことがある。すごく寒くて、ドラッグストアの安い収れん洗顔料がチューブの中で凍ってしまったくらいだ。そこまでしてしたセックスは、どう考えても良くなかった。一番よく覚えているのは、その夜に自分が何を求めていたかということ。あなたは、「四つの州を越えて会いに行く欲望」を求めていた。誰かに夢中になってもらいたかった。でも、結局何を得たって言うんだろう？　一晩中、彼の寝室の窓から見える駐車場の街灯を見つめていた。どうして男っていうのはカーテンを付けないんだろう？　どうしたら好きな人に求めてもらえる？　どうして誰も愛してくれなかったんだろう？

　キッチンは、オーケーキューピッド（マッチングアプリ）、クレイグスリスト（情報掲示板サイト）。カリフォルニアに住みながら、女性とデートしようとするも失敗。ベイエリアのレズビアンたちは、バイセクシュアルにはかなり辛辣になるとわかった。よって、男たちのオンパレード。優しい男、ひどい男、年上の男。社会人に学生、天体物理学者に何人かのプログラマー。バークレー・マリーナに船を持っていた男もいた。それからアイオワに移って、何回もひどいデートを経験して、なかには、その後セラピストの待合室で何度も見かけた人もいた。彼はピアノを弾くんだったっけ？　医学生だったっけ？　ほとんど覚えていない。

　リビング、書斎、バスルームは、ボーイフレンドたち、あるいはそんなようなもの。ケイシー、ポール、アル。ケイシーは最悪だった。アルは一番優しかった。ポールはドギマギしてしまうほど完璧だった。ファックしてくれて、食べさせてくれて、カリフォルニアを愛することを教えてくれた。全部あなたが求めていたことだ。すごくチャーミングな人だった。あなたは彼の産毛の生えたおしりや、驚くほど柔らかなうなじ、それに強い手が好きだった。彼のなかを這い上がっていきたくて、彼にもあなたのなかを這い上がってきてほしかった。自分は特別でセクシーで賢いと思わせてくれた。彼があなたと別れたのは、あなたを愛していなかったからで、それは誰かと別れるときの至極理にかなった理由だ。でも当時のあなたは、死にたい気持ちになった。

寝室は、入らないこと。

タイムトラベルとしてのドリームハウス

こんな質問があなたに憑いてまわる。「知ることであなたはもっと愚かになった？　それとも賢くなった？」もしいつか、寝室に広がった乳白色の穴から、昔のあなたが出てきて、今のあなたが知っていることを伝えてくれたとしたら、耳を貸す？　そうだと思いたいかもしれないけれど、あなたはきっと嘘をつく。これまでも、「心配している」と言ってくれた、賢い友人の話をどれも聞こうとしなかった。それなのに、産まれてくる赤ん坊みたいに、時間の穴を破壊しながら抜け出てきたもう一人の自分の話は聞くって言うの？

　タイムトラベルについての理論で、ノヴィコフの首尾一貫の原則というものがある。ノヴィコフは、タイムトラベルが可能だとしても、時間を戻ってすでに起きたことを変えるのは不可能と断言している。もし現在のあなたが過去に戻れたとしたら、間違いなく新しく知れることがあるはずだ。今進んでいるこの時間にあとで役立つことを。でも例えば、両親が出会うのは防げない。定義上、それはもうすでに起きてしまったことだから。ノヴィコフ曰く、れんがの壁を通り抜けるくらい不可能だそうだ。時間――その筋書き――は変えられない。

　いや、ノヴィコフのタイムトラベラーは、彼女が防ぎたい運命を封印しているのは、まさに過去への旅であると気づくのが遅すぎる、どうしようもない間抜けなのだ。もしかするとあなたは、何枚もの壁を通して聞こえてくる将来の自分の叫び声を、何か別のものと聞き間違えたのかもしれない。欲望とともにどくどくと速まる心臓音。グルルルル。

見知らぬ人がやってきた、としてのドリームハウス

ある日、携帯電話に彼女からメッセージがきて、シーダー・ラピッズ空港まで車で乗せて行ってもらえないかと頼まれる。ヴァルという名前のガールフレンドがやってくるので、迎えに行きたいのだそうだ。あなたは承諾する。当然でしょ。これまでも、美しい女性のためなら何でもやってきた（何年も前にカリフォルニアに住んでいた頃、気絶するくらいゴージャスな同僚が、車のエンジンをかけるのを手伝ってほしいと、朝七時に電話をかけてきたことがあった。あなたはベッドから飛び出ると、十分でその場に駆けつけて彼女の車のボンネットを開け、何をすればいいか熟知しているかのように、目の前の機械に気持ちを集中させた）。

車の中でついおしゃべりに夢中になって、出口を逃してしまう。ストリップクラブや〈ウッディーズ〉、そして空港までの標識をすっ飛ばしたのだ。ようやく到着して車を停めると、手荷物受け取り所まで歩いていき、ふたりの美しい小柄な女性が駆け寄るのを見る。一人はブルネットで、一人はブロンド。まるでジェーン・ラッセルとマリリン・モンローだ。ブロンドが座ると、ブルネットは膝の上に乗り、ふたりは笑ってキスをする（そんな『紳士は金髪がお好き』ならいいよね）。あなたは背を向けて、アイオワ大学のポスターをじっと見る。

車の中でブルネットは、あなたの言う冗談の一つひとつに隠そうともせずにすぐ笑う。あなたはこっそりバックミラーで彼女を見る。街に戻ると、彼女たちを降ろす。

数日後、あなたは彼女を知る友人と話をする。「彼女はあなたのことが好きだと思うよ」と友人は言う。「あの人は本当にセクシーだよね」とあなたは言う。「でも彼女には付き合っている人がいるんだよ。私はただ、彼女のガールフレンドを空港に迎えに行っただけだから」「そうねえ」と友人は言う。「でも、オープン・リレーションシップ（当事者は互いに相手が自分以外の人と恋愛関係なり性的関係を持つことを許容するノン・モノガミーの関係）なんでしょ。彼女がそう言ってたよ。だから何だってわけでもないけどさ」彼女は純潔を冷やかすように、両手を挙げてみせる。「でも、彼女はあなたのことばかり話していたよ」

あなたの心臓はまるで動物みたいに、胸郭に飛びかかる。

レズビアン・カルトの古典としてのドリームハウス

あなたは前もって、彼女の家で過ごせるように計画する。『ブレイブ・リトルトースター』という子どものとき以来観ていないけれど、大好きで、怖かった映画を観る予定だ。

あなたと彼女は、緑のベルベットのソファで数インチ離れて座っていて、コーヒーテーブルではグラスが水滴を垂らしている。あなたのお気に入りの曲が流れてくると――廃品置き場の車が以前の暮らしについて物悲しく歌いはじめると、今の彼らには価値がなくて、死にかけているると改めて思い知らされる――彼女の人差し指があなたの手に近づいてきて、欲望がきゅっとなる。この動きはこれまで何千回とやってきたのでよくわかる。「あなたの方を向いて、自分がどうしたいかを伝えるのは恥ずかしいけど、その代わりに、放浪するこの指を抑えられないふりをしよう」ってやつ。映画が終わり、ふたりは暗闇のなかで座っている。あなたは緊張しながら、どうでもいい話をする――「この映画の元になった話は、ネビュラ賞を受賞したって知ってる?」

彼女はあなたにキスをする。

二階で、ふたりは彼女のベッドに身を投げ出す。彼女は同じ場所にキスしたりしない。そしてこう尋ねる。「シャツを脱がせてもいい?」あなたが頷くと、彼女はそうして、あなたのブラのフックに手を回す。「いい?」彼女は尋ねる。部屋はラベンダーの香りがする。もしかすると彼女の毛布からラベンダーの匂いがしたから、そう覚えているだけなのかもしれない。手がどこか別のところへ動くたびに、彼女はささやく。「いい?」それに対して「うん、うん」と言うスリルといったら、顔にかかる波の脈動みたい。あなたは承諾しながら、喜んで溺れる。

呆れた物言いの言葉としてのドリームハウス

「ファックしてもいいよ」と彼女は言う。「でも恋に落ちるのはだめ[*2]」

＊2　スティス・トンプソン『昔話のモチーフ』（ブルーミントン、インディアナ大学出版、一九五五〜五八年）T3、恋愛の予兆。

告白としてのドリームハウス

彼女は背が低くて青白く、すごく痩せていて中性的で、美しいブロンドの髪をしていて、それについてやたらとうぬぼれている。青い目と、くったくのない笑顔。今となっては恥ずかしいが、なんともいい難いそういう古典的な魅力に惹かれてしまった。フロリダ出身にもかかわらず、彼女は紛れもなく上流階級の、ニュー・イングランド的な雰囲気を醸し出していた。ハーバード大学へ行き、ブレザーを粋に着こなして、あなたが見たどんなアクセサリーよりもプレッピーな、革のケース入りの魔法瓶を持ち歩いていた。

あなたはいつも欲望に関して、自分は浅はかだと思っていた。だから、こうしたすべての要素があなたの脳をひっくり返して、性器《カント》をプリンに変えてしまったってわけ。もしかするとあなたはいつも、上昇志向が強い、快楽主義者の女の子だったのに、気づいていなかっただけなのかもしれない。

同じ年なのに、彼女のほうが年上に思える。ずっと賢くて、経験豊富で、世間慣れしている。出版業界で働き、海外に住んだことがあり、フランス語が流暢。以前はニューヨークに住んでいて、文芸誌の刊行記念パーティーに行ったこともある。それに、眼鏡をかけた、曲線美とでぶの間のブルネットに弱いとわかった。神様（女性）が立てた、これ以上にない最高の計画。

理想の人としてのドリームハウス

あなたは彼女と向き合って執筆するのが大好きだ。ふたりは情熱と目的を持ってキーボードを叩き、時々、間が抜けた表情を作っては、パソコンの端からお互いを覗き合う。ディナーに出かけると、彼女はマグロの刺身を注文し、あなたの舌に乗せたいと言って譲らない。しっかりしていて、唇みたい。舌の上で溶けてしまう。彼女はダーティ・ウォッカ・マティーニを二杯注文し、あなたはそのしょっぱさを好きになる。あなたの書いた物語を読むと、彼女は文章の美しさに舌を巻く。あなたは両親が砂糖まみれのシリアルを絶対に食べさせてくれなかったことを書いた昔のエッセイを、彼女が自ら朗読するのを聞く。あなたはしょっちゅう、むちゃくちゃなくらい面白い人だねと彼女に伝える。

運任せとしてのドリームハウス

問題の一つは、風変わりなでぶの女の子のあなたが、自分を幸運だと思っていたことだ。何百万人にやってほしいと思っていたことを、彼女はやってくれた――社会が決めつけた気まぐれな指標を無視して、あなたの頭脳や、すごい才能や、機転の速さや、くそったれに食って掛かる姿を見てくれた。

太っていることについて、かなり昔にライブジャーナルで書きはじめた頃、誰かがあなたは可愛くて頭が良くてチャーミングだけど、豊満な体でいる限り、恋人を自由に選べないとコメントした。それを読んで、強い怒りを覚えたこと、それから彼の発言から見えてくる現実や問題を自分のなかで処理していったのを、あなたは覚えている。あなたは世界に、ものすごく怒っていた。

彼女が現れたとき、ほとんどの人はこんなことを人生で経験するのだろうかと思った。欲望から充足感へ続くまっすぐな線。次々と程よく欲望が現れ、満たされていく。こんなことは今まで一度もなかった。いつも問題を抱えていた。何度こう言ったことだろう。「私の外見がほんの少し違っていたら、愛に溺れられるのかな?」でも今、細胞一つ変えずに溺れられている。なんて幸運なの、ついてるね。

サヴァンナへのロードトリップとしてのドリームハウス

春休みにジョージアに行こう、と言い出したのはあなただった。まともに南部を訪れたことがないし、ちょうどアメリカにガールスカウトを伝えたジュリエット・ゴードン・ローと彼女のサヴァンナの家に関する物語を書いているところだ。十二時間のドライブなんて、あっと言う間。それに今は三月だから、凍りつくくらい寒くて、特に今年は冬が長い。あなたは陽に当たりたいと思う。一緒に来ない？　と彼女を誘うと、いいよと返事が来る。あなたはショッピングモールで新しい下着を買う。

彼女があなたの車を運転して、日が昇る前にアイオワを出る。あなたはまたたく間に眠ってしまい、目覚めると外では雪が降っていて、彼女はスピードを出している。あなたは座り直して、目の端についた目やにをつまみ取る。標識によると、車線がもうすぐ終わるので、そろそろ合流しないといけない。でもそうするのが遅くて、車は道路に空いた穴に突っ込んでしまい、タイヤがパンクする。

ふたりがいるのは、セントルイス郊外のどこかだ。彼女が車を脇に停めると、あなたはAA（全米自動車協会）に電話をする。担当者の男性がやってきて、スペアタイヤをはめてくれる。この先にある店で新しいタイヤを買うように勧められると、あなたたちはその通りにする。ひととおり済むと、彼女はまたハンドルを握る。でも高速道路に戻って数キロ行ったあたりで、新しいタイヤもパンクしてしまう。そこで車をセミトレーラー専門の修理店に寄せる。巨大なトラックに囲まれたヒュンダイ（リベラルのスローガンが書かれたステッカーがバンパーにべたべた貼ってある）は、どこかヒステリックなところがある。二〇一一年のはじめには、結婚平等法がくすぶっていて、この問題に火がついた州もあれば、水をかけられて消された州もある。司法省は、もうこれ以上結婚防衛法は執行できないと声明を出している。ものごとは変わりはじめている。

　ふたりで座りこむと、あなたは泣きだしてしまう。旅はまだはじまったばかりなのに、自分の車のせいで台無しになったことが恥ずかしいのだ。彼女は謝って、こうなったのは自分のせいだと言い、あなたはそうじゃないよと言う。それから言い訳がましく、「いい車じゃないからだね」と言う。

　彼女は笑う。「これも冒険じゃない。それにまだ辿り着いてもいないし！」

　機械工はあなたたちに気づいたようだ――つまり彼は、ふたりからにじみ出る耐えがたいほどのクィアっぽさや、体と体の距離の近さといった細かいこと、バンパーのステッカーなどが積み重なって見えてくることに気づいている。もしかすると、第六感があるのかもしれない。でも何も言わない彼にあなたは感謝する。彼曰く、ふたりが買わされたタイヤは、塞ぎきれないほど大きな穴だらけだったそうだ。そこで新しいタイヤを付けてみるけれど、あなたの車は一般的ではないサイズの特殊タイヤが必要で、もっと大きな街に行って探さないといけない。彼はもとのスペアタイヤを付け直す。今回は、あなたが運転する。イリノイ州のどこかで、やっとぴったりのタイヤを手に入れる。

ホテルの駐車場に車を停めると、彼女は身を乗り出してキスしてくる。上唇にも、下唇にも——それぞれが別々の優しさを受けるに値するとでも言うみたいに。それから体を離すと、ゆっくりとうやうやしく絵画を見るようにあなたを見つめ、手首の内側の柔らかい部分をそっと撫でる。あなたは心臓がまるで窓ガラスの向こう側にあるみたいに、遠くで高鳴るのを感じる。「あなたが私を選んでくれたなんて信じられない」と彼女は言う。

部屋の中で、彼女はあなたの新しい下着を脱がせ、太ももの間に顔を埋める。

サヴァンナは暖かくて良い香りがする。木々からはスパニッシュ・モスが垂れ下がり、噴水の水はセント・パトリック・デーのために緑色に染まっている。ジュリエット・ゴードン・ローの家はむやみに広くて美しいお屋敷で、アンティークだらけだ。入口にかけられている「ジュリエット・ゴードン・ローの生家」という看板の下で、彼女はもっとまぬけなポーズを取るようにあなたをけしかける。ふたりはクスクス笑いながら、家の中に入る。各所に配置された古風な女性たちはみんな、ドラアグクイーンみたいなリップとアイシャドウをつけていて、ガールスカウトへの愛を夢中で話すあなたに沈黙で応える。

ツアーは素晴らしかった。ジュリエットはかなりダイクっぽいな、とあなたは思う。いつも自分の家（家具や門）に不満で、自分でデザインを施して改良したとガイドが説明する。金属細工を学んだそうだ。どうしてこんなふうにルールに従わないすご腕の女性たちの話を聞くと、レズビアンみたいだと思ってしまうんだろう？　それがわかれば、精神科医は大喜びするはずだ（でもあなたを擁護すると、壁には、ボタンダウンのトップスとパークレンジャーみたいな帽子をかぶった、かなりブッチっぽい彼女の肖像画がかかっている）。

その後、ふたりは古い墓地を歩く。彼女は大きな墓の裏であなたにキスをする。それからそこでファックしてと言うが、あなたは死者に敬意を払って、したいとは思えない。でも、彼女はすごく美しい。すると管理人が現れたので、ふたりはさっと体をもとの位置に戻して、笑いながらその場を離れる。

それからティビーアイランドまで車を走らせ、シーフードの盛り合わせを注文する。ザリガニのハサミをひねり、ホタテを飲み込み、海の幸だけをひたすら食べる。口の中はバターと水と塩と筋《すじ》肉でいっぱいだ。食事のあとはビーチに行って、歩いて海の中へ入っていく。イルカが見える。

時々、携帯電話が鳴ると、彼女は微笑んでから少し離れたところへ行って、ヴァルに旅の話をする。遠くに行って姿が小さくなっても、あなたに手を振っている。

サヴァンナで過ごす最後の日、通りを歩いていると、酔った男があなたに声をかけてくる。彼女と手をつないでいるのに、男は近づいてきて腕をつかむ。すると彼女が「手を離しなよ！」と叫んで、男の腕に武術の技をかけるふりをする。男は驚いて身を引き、ふたりに向かって「消えちまえ」と言い、ふらつく足でどこかへ行ってしまう。

そのあとの一時間くらい、あなたは震えている。車まで戻る間、彼女はもっと早く間に入っていればよかったねと謝り続ける。

「あれよりももっと早く？」とあなたは尋ねる。

「一キロ先からあいつがやって来るのが見えたんだよ。何を企んでいるかはわかってた」と彼女は言う。「こういうことは、はじめてかもしれないけど、私はこれまで大勢の女性と付き合ってきたからね。よくあることだよ。これが私たちが取るリスクってこと」

自宅に戻るまでのドライブはワイルドで、ハイになってるみたい。ふたりは一日で、アメリカの半分――ノースカロライナからシカゴまで――を制覇する。クレイジーだ。彼女が隣にいれば、永久に運転していられると、あなたは思う。

恋愛小説としてのドリームハウス

サヴァンナから戻って一週間後、あなたたちはベッドの上でファックしていて、あなたがいくと、彼女は「愛してる」と言う。ふたりとも汗だくだ。バンドの付いたシリコンペニスはまだあなたの体内にある（男性と付き合っていた頃、あなたはいつもことが終わったあとに、ペニスが体内で柔らかくなる感じが好きだった。今あなたは、彼女の上で息を切らしているが、体をずらしてベッドに戻ると、ペニスは元の状態に跳ね返り、ネバネバしたまま直立している。でも使用済みなことには変わりない）。

あなたは彼女に視線を落とす。混乱する気持ちが、オーガズムの波とまぜこぜになる。すると彼女は自分の口を手で覆って言う。[*3]「ごめん」

「本気で言ったの？」とあなたは尋ねる。

「今言うつもりじゃなかったんだけど」と彼女は言う。「でも本当にそう思ってる」

あなたは長い間黙ったままでいる。それから「私も愛してる」と言う。愚かしいほど、吐き気を覚えるほど、正しく思える。どうして今まで気づかなかったんだろう。

「もしアイオワ大学のＭＦＡプログラムに入れなかったら、どうしたらいいかわからない」と彼女は言う。「あなたと一緒にここにいたいよ。それだけなの」

＊3　『昔話のモチーフ』、C942.3、（ほぼ）真っ裸の女性を見るという弱み。

デジャヴとしてのドリームハウス

彼女はあなたを愛している。彼女はあなたの繊細な、言葉で言い表せない本質を見抜いている。彼女にとってあなたは、世界でたった一人の運命の人。彼女はあなたを信頼している。あなたを守りたい。一緒に年を重ねたい。あなたを美しいと思っている。セクシーだと思っている。時々、あなたが携帯電話を見ると、驚くほど卑猥な何かを彼女が送ってきていて、脚の間に欲望のスリルを覚える。時おり、彼女に見られているのがわかると、この世で一番幸運な人間になった気持ちになる。

成長物語としてのドリームハウス

たいていの人がデートしていたとき、私はしなかった。他の十代の若者が良い恋愛と悪い恋愛の違いを見定めていたとき、私はすごく変わった人でいるのに忙しかった。祈ってばかりいて、純潔を保つことにこだわっていた。

十三歳の夏、キリスト教徒が参加するサマーキャンプのキャンプファイヤーで、私は神様に救済された。それまでは一週間にわたるセッションの大半を、かぎ編みでビニールの紐を作ったり、木に登ったりして過ごしていたけれど、そのうちかろうじて二十代のカウンセラーたちは、子どもたちにスモア（熱で溶かしたマシュマロをビスケットで挟んだもの）を配り、これまでの間違った行いについて考えるようけしかけた。翌朝、「新生の証明書」と印字された薄いザラザラした紙をもらった。そこには、午後十時二十分に改宗したと書かれていたが、就寝時間をとうに過ぎていた。

その後は、流行を追う人たちを毛嫌いするようになって、これでもかと言うほどジーザスに本気になった。リュックに「なぜ私がキリスト教を信じるのか尋ねてください」と書かれたワッペンを付け、「真実の愛が待っている」と記された指輪をしていた。教会に通うのも好きになった。ジーザスは私の救世主で、両親からの愛情と同じくらい私的な関心を、私の救済に寄せていると信じていた。

十六歳になると、ジョエル・ジョーンズという新しい準牧師が、私が通う合同メソジスト教会に赴任してきた。教会の若者たちに自己紹介する彼を見て、私は骨盤の奥深くに興奮を覚えた。彼はハンサムで、あご鬚を生やしていて、まっすぐなベージュブロンドの髪が額の上に反り出すような髪型をしていた。ずんぐりしていたけれど、ほんのちょっとだった。結婚指輪をしていた。そして握手をするときは、私の目を真っ直ぐに見つめた。

ジョエルのことはよく見かけた。教会での通常業務に加えて、若い信者グループにも参加していた。年配の信者たちの間に混乱と憤りの種を撒くような、賢明で政治的にも進歩的なミサを行っていて、私はすごく嬉しかった。時々、ミサが終わっても私はしばらく残っていた。彼はいつも大人と話すみたいに私と話をして、いつも私の名前を覚えていた。

高校三年生の年、私たちの教会は南アフリカのリヒテンバーグにあるメソジスト神徒団と統合した。子どもや十代の若者のためのユース・キャンプをはじめようとしていた教団だった。大人たち――ジョエルもその一人――は、試しに開催することにして、一緒に来ないかと私を誘ってくれた。

私たちは真冬で極寒のアメリカ北東部を出発して、真夏の南半球に到着した。キャンプ会場となった郊外の農場は、プールや白い大きな噴水があって、道路沿いにゲートが続くような、宮殿みたいな場所だった。参加者は、私みたいな十七歳から下は九歳までで、改築された納屋に泊まっていた。私はアート&クラフトクラスの担当だった。みんなでキャンプファイヤーをして、その周りで歌ったり、ギターを弾いたり、自発的に罪を告白したりした。

ボーアボールという、マスチフに似た南アフリカの巨大な犬が何匹も、うろうろ歩き回っていた。乳首を膨れ上がらせて軽やかな足取りで歩く新米の母犬がいて、私たちが手を伸ばすと、彼女の大きな子犬たちは、体をぶつけ合いながら我先にと向かって来た。農場のオーナーはひまわりを育てていて、畑ではいつもその輝かしい頭が光の方を向いていた。ある朝、彼は車で私たちを畑の真ん中に連れていき、空を横切る太陽をひまわりが追う姿を見せてくれた。周りの土地は平坦で、どの方角を見ても、黒いかみなり雲から稲妻が切り込んでいた。はるか遠くで起きていて、絶対にここにはやってこない嵐。家からあれほど遠く離れたことはなかった。

毎晩、他の参加者が寝てしまうと、私はジョエルと話し込んだ。彼は自分の信仰心についてざっくばらんに誠実に話してくれた。どうやって自分の不完全さ――プライドや嫉妬、それから（この部分は声を潜めて）欲望――と向き合っているのかを。

ある晩、彼は暗闇で手足を蚊に刺されながら言った。「僕は神に仕える身であるはずなのに、すごく自分が弱く思えるんだ。毎日、自分の本能と戦っていて、半分くらいは本能が勝つ感じがする」両手に顔を埋めた彼に手を伸ばして腕に触れても、払いのけられなかった。また彼が話しはじめると、指の中で声が振動するのを感じた。「僕はここにいる人たちを導いて、模範とならなければならないのに、時々この仕事に自分は本当に適任なのかって考えてしまうんだ。もしかするともっと良い人がいるかもしれないってね」こんなふうに自分のことを話す男の人に会ったのはそれがはじめてだった。「神が僕に何をお望みになられているのかわからない」最後に彼はそう言った。「リーダーとしても、人間としてもね」

私は泣き出したかった。自分の欲望や欠点、崩壊寸前の人生を考えた。両親は喧嘩ばかりしていたし、暴行を受けたのは何年も前なのに、眠ったり人に触られたりすると、あのときの記憶が邪魔をした。恐いと思いながらも、しょっちゅうセックスについて考えていた。いつも泣いていていて、いつも確信を持てなかった。私みたいな人間に、神様は何を望んでいるんだろう？

ある夜、ジョエルと私はそれぞれの寝袋を外に出して、星の下で横に並んで寝た。あんな光景は見たことがなかった。街の明かりに染まっていない空。銀河系が驚くほどはっきり見え、真っ暗な空全体を星屑が覆っていた。私がいた世界の底からは、新しい星座が見えた。惑星は輝き、衛星が空を横切っていった。目を覚ますと、鼻先の草のなかでフンコロガシが小さな茶色の玉を転がしていた。普段は虫がすごく怖いのに、そのときは心が開放されて、いつでも奇跡を受け止められる気がした。フンコロガシの意志の強さとゆっくりした動きは、言葉にならないくらい華麗だった。

ジョエルが目を覚ますと、私たちはプールまで歩いていって、波紋一つないガラスのような水際を見つめた。引き抜くようにしてシャツを脱ぐと、彼の腹部には長方形のインスリンポンプが付いていた。そうした弱さは、私のなかのよくわからない琴線に触れた。ジョエルはポンプを外すと、私に向かって両腕を広げ、体を押させた。そして青色のなかから上がってくると、私の足首をつかんで水のなかに引き入れた。私たちはお互いの周りでぐるぐる円を描くように泳ぎ、体の周りでは洋服が、無重力になったみたいに浮いていた。一時間後にプールから出るとようやく、自分が何をやったのかわかった。洋服はぐっしょり濡れ、少し白く変色していて、鉛みたいに重かった。

アメリカに戻ってからは、放課後になると教会まで運転して、ジョエルの仕事部屋で何時間もただ座っていた。その間、彼はドアを閉めたままにした。

私たちはいろいろな話をした。神様についてや、倫理、歴史、学校について。彼の結婚や、私が頭から消し去れなかった、高校一年生のときに受けた性的暴行について。罵り言葉を使うのを許してくれたので、私はやたらと罵っていた。「ファック、ファッキンファック」口汚い言葉を使うのが目新しくて、私は叫び続けた。「ふざけんな、くそったれ」ジョエルはオフィスの椅子を揺らしながら、何か考えごとをするみたいに私を見ていた。あるとき、床に座っている私のところに、彼もやってきて座ると、お互いの膝が触れた。「物の見方を変えないといけないときもあるんだ」と彼は言った。

そのうちに、教会以外の場所でも会おうとジョエルが言い出した。携帯電話の番号をくれて、電話をかければ、私が来てほしいと思う場所にどこでも来てくれた。こうした進展に、なんとも言えない快感が駆け巡るのを感じた。私たちは牧師のお決まりの設定や場面をやり過ごした。ジョエルは教会で信者と会うときは、ドアを開けっぱなしにしていたのに、私とは午前二時にダイナーで会い、私は暗い窓に映った彼の顔を見た。彼の家まで運転して、一緒に出かけるために彼が着替えるのを待った。妻がいないと、彼は開けっ放しにしたドアの前で着替えたので、私はその姿を見たり見なかったりして、それから一緒に近くのレストランへ行って、彼は餃子やグリルド・チーズ・サンドイッチをごちそうしてくれて、私はあまり大声で泣かないように気をつけた。私が座席で眠ってしまったときは、目を覚ますまで待っていてくれた。

母は私がファーストネームで彼を呼ぶのを嫌がった。「不適切よ。ジョーンズ牧師って呼ぶのが普通でしょう」母に説明できず、自分でもほとんど理解していなかったのは、ジョエルは単なる牧師ではないということだった。私たちの間にあるはずの境界線――牧師と信者、大人とティーンエージャー――は完全に消えていた。私たちは友達だった。正真正銘の真の友達で、私にはそんな友達は多くなかった。

ジョエルはほとんど私の年齢を口にしなかったけれど、口にするときは、ふたりの間に大きな時間の隔たりが見えて、私は嫌で仕方なかった。彼の言葉は、頭の中で繰り返すマントラになった。「大丈夫。君のせいじゃないよ。君は悪い人間じゃない。神様は君を愛してる。神様は君が完璧じゃなくたって愛してくださる。僕も君を愛してる」

私は彼が欲しかった。何よりも、彼が欲しかった。結婚しているのはわかっていたが、どうでもいいように思えた。妻は妊娠できない体で、もうセックスはしなくなったと彼は言っていた。もしかすると、それこそが彼に感じ取ったものなのかもしれない。おりに入れられた、満たされない何か。彼は熱のように欲望を発していた。私は彼にキスしたかったし、彼に抱きしめてもらいたかった。セックスを恐怖や罪悪感とは違うものと結びつけて考えたかった。人生が一新されて、別人になれたらいいのにと思っていた。

その数ヶ月間は、睡眠不足でぼんやりしていて、熱い思いがむき出しだった。ソーラーパネルに誰かの指が置かれたままの計算機になったような気分だった――ついたり消えたりして、このままでは完全に電源が切れてしまうと脅されているみたいに。でもジョエルは自分のなかの飢えを燃料にしているようだったし、私もそうできればいいと思っていた。

最後に彼に会ったとき、私は泣いた。大学に進学する予定だったが、そんな遠くに行ってしまいたくなかった。彼は電話をかければすぐに話せるよと言って安心させてくれた。「それに、ワシントンDCはそこまで遠くない。会いに行けるかもしれないよ」

大学では、はじめてキスをしたり、暗闇で体をまさぐられたりした。そのあとは不思議な感覚が残った。興奮して、悲しくて、満たされて、大人になった気分。そんなことを経験したあと、私は寮の部屋に戻った。深夜を過ぎていたので、ルームメイトに会話を聞かれないよう携帯電話を持って廊下へ出て、ジョエルに電話をかけた。彼はどうしたのかと尋ねた。私は起きたことを矢継ぎ早に詳しく話していった。彼はどんな話も嫌がらずに、私が話し終わるまでただ聞いていた。

「どうしたらいい？」私は尋ねた。思いとどまる間もなく、口から質問が飛び出てきた。その瞬間まで、私は密かに興奮していて、男の無精髭が顔の前にやって来て、男の手が私が望んだ場所に伸びていくという新しい体験に気持ちが高まっていた。でもジョエルの沈黙には、かすかに非難の色が感じられて、私はそういうことをした者が受ける罰を思い出した。

はじめて、彼は何と言ったらいいのかわからない様子だった。いつも流暢に口からでてくる、正しくて、善良で、明瞭なアドバイスの代わりに、遠慮が見えた。ジョエルはとまどっていた。「許しを請いなさい」ようやく、彼はそう言った。

数週間後、電話をかけてもジョエルは出なくなった。

普段の生活に戻っても、彼の沈黙が私の周りをさまよっていた。オトナの経験をしたことに怒ったの？　それとも……嫉妬？　私はうろたえた。もしかすると彼は、私に興味を失ってしまったのかもしれない。私は見えない線を越え、許されないことをしてしまったのかもしれない。適当な間隔を置いて、メールを何通か送ったが、返事はなかった。

数週間後、寮の部屋で茶色のコーデュロイの毛布の上に座って、ダイニングホールに行くかどうか迷っていると、電話が鳴った。私はルームメイトに、すぐ追いつくから先に行ってと伝えた。

母の声は控えめで、少し冷たかった。「ジョーンズ牧師が教会をクビになったのよ」と彼女は言った。

「え？」

「噂によると、信者の一人と関係を持っていたんですって。結婚生活のカウンセリングをしてあげていた女性と」

私は電話を切って、ジョエルに電話をかけた。彼の携帯電話は鳴り続けた。そんなことが彼にできるなんて信じられなかった。それにそうやって彼を決めつけている自分が嫌だった。留守番電話のメッセージが流れると、私のなかの少女の部分、嫉妬している部分が、もしそれが本当に彼のやりたかったことならば、どうして私を選ばなかったのだろうと悩みはじめた。私はずっとそばにいたし、ふたりはすごく近い関係だったのに。やろうと思えば彼にはできたし、私も喜んで応じたはずだ。「電話してね」と私は声を震わせないようにして言った。「お願い、話がしたいの」

電車に乗って実家に帰ると、牧師館まで車を走らせた。電気はついていなかったが、とにかくドアをノックした。ジョエルが応えないので、私は家に帰ってまたメールを送った。

「お願い。私を締め出さないで。締め出したいんだったら、そう言ってよ。そうすればこんな中途半端な状態でいずに済むでしょう。私の周りの世界が崩れそうになったとき、あなたはそばにいてくれたじゃない。お願いだから私にもそうさせてよ」

返信が来たのは、数時間後だった。「カルメン、僕は大丈夫。でも厄介なことになっていてね。図書館が閉まるから、もう行かないと。ジョエル」それが彼からの最後の言葉だった。

しばらくして誰かとデートできるくらいの余裕が生まれる頃には、私は少し絶望し、少しムラムラし、すごく混乱していた。何一つ理解できていなかった。そうしてドリームハウスで大人になり、眠っていても、英知で息が詰まりそうだった。あらゆるものは啓示みたいな味がした。

民話分類学としてのドリームハウス

ハンス・クリスチャン・アンデルセンの物語で、人魚姫は舌を切り落とされる。[*4]『野の白鳥』のエリザは、七年間沈黙を続けながら、白鳥に姿を変えられてしまった兄弟のためにイラクサのシャツを縫うお姫様だ。[*5]それから、『がちょう番の娘』。彼女はアイデンティティや肩書や夫を裏切り者のメイドに盗まれてしまうが、命の危険を感じて窮状を話せずにいる。[*6]

人魚姫は他にも苦しんでいる。脚が生える過程は、尻尾にナイフが切り込むのと同じくらい痛々しい。彼女が美しく踊れるのは、ステップを踏むたびに激痛に苦しんでいるからだ。それでも、王子は彼女を選ばない。終盤、彼女は自分の命を守るために彼を殺そうと考えるが、結局は自らの死を選び、天使たちに連れて行かれる（苦しんだおかげで、彼女は魂を得られたというわけ）。[*7]でもその前に、魔女に舌をつかまれて、神経を切られてしまう。全然切れないイケアのナイフでポークチョップを切ったことがあれば、どんなかはわかるはずだ。のこぎりを引くように、前後に引いて押してを繰り返す動き。筋を切るときのヌルヌルときしる音。白いマーブル模様の脂肪。

一方のエリザは、幸運だ。いや、やや幸運かな。まあ、他のお姫様よりは幸運だ。棘のあるイラクサを墓地から採ってこなければならず、その間はずっと黙っていないといけない。かさぶただらけの手でシャツを縫う間も沈黙し、男に恋焦れられる間も沈黙し、みんなに魔女だと言われて焼き殺されそうになる間も黙っている。ようやく縫い物が終わっても、話しだす前に気を失ってしまうので、代わりに兄弟が話をする。

それから、がちょう番の娘？　彼女は生き延びる。そう、ちゃんとね。偽物のお姫様に、愛していた喋る馬を殺されて、切り落とした頭は、見せしめに門からぶら下げられた。そう、彼女は誰かが自分のアイデンティティを衣装みたいにまとってワルツを踊るのを見る羽目になり、言うべきことを口にするのを恐れている。でも結局、心優しい王とその息子のおかげで、真実が明るみに出る。彼女は王子と結婚して、国を平和に治め、最後の日々まで幸せに過ごすのだ。

舌が抜かれることもあれば、自ら舌を静かにさせることもある。生き延びることもあれば、死ぬこともある。名前があることもあれば、自分ではない誰かの名前を付けられることもある。物語はいつも、誰が語るかによって少しだけ違って見える。

こんなケチュア語のなぞなぞがある。「私を名付け、私を壊すものはなあに？」答えはもちろん、「沈黙」。でも本当は、あなたの名前を知る者なら誰でも、あなたを真っ二つにしてしまえる。*8

＊4　『昔話のモチーフ』、S163、切断〜舌を切り（ちぎり）落とす。
＊5　アンティ・アールネ、スティス・トンプソン、ハンス＝イェルク・ウター『タイプ・インデックス』、451、兄弟を探す娘。
＊6　『タイプ・インデックス』、533、抑圧された花嫁。
＊7　『昔話のモチーフ』、Q172、報酬〜天国への切符。

＊8　『昔話のモチーフ』、C432.1、超自然的な生物の名前を当てると、力を得る。

動物園としてのドリームハウス

一線を越えてしまった——あなたたちは恋に落ちた。「ヴァルと話をしなくちゃね」と彼女は言う。「彼女に伝えなきゃ。とにかく今の状況をどうにかしないと。三年も付き合ってるんだから」彼女は釈明するみたいに言う。すべては順調なはずなのに、あなたは変な罪悪感を覚える。感情ってこういうものだよね？　絡まり合って、複雑になるんだよね？　勝手に動き出すんでしょ？　だからコントロールしようとするのは、野生動物を思いのままにしようとするようなもの。どれだけ調教できたと思っていても、彼らは強情で、自分たちの心を持っている。それこそまさに、野生の美しさ。

星回りの悪い恋人たちとしてのドリームハウス

ある日、一通の手紙が届く。彼女はアイオワ大学のライティング・プログラムには合格しなかったが、インディアナ大学に受かった。一キロも離れていないところに住んでいるのに、彼女はそれを電話で悲しそうにあなたに伝える。

あなたは寝室でひとり泣く。これは避けては通れない。すごくうまくいってたけど、もう終わりだ。

数時間後、彼女はあなたの家のドアを叩く。あなたの部屋で、彼女はキスをしてから説明をはじめる。ヴァルはニューヨークを離れて、インディアナで彼女と一緒に暮らすことになった。でもあなたには会いに来てほしいし、こうやってこれからも会い続けたいと。「ヴァルはやってみようって言っているの」と彼女は言う。「私はほら、いつも何人かの恋人がいたから、筋が通った話に思えるんだよね。あなたとも彼女とも一緒にいたいし、うまくやりたいの。それって、おかしいかな?」

「ううん」眼鏡から涙を拭き取りながらあなたは言う。「やってみよう」

白昼夢としてのドリームハウス

彼女とヴァルはブルーミントンで家を探すことになり、あなたにも一緒に来てほしいと言う。アイオワを離れる数日前、あなたは店先で古い写真を見つける。三人の女性が笑顔で写っていて、一人は赤ちゃんを抱いている写真だ。おそらく四〇年代のものだろう、でもそれはあなたの推測に過ぎない。リサイクルショップで買った額と一緒に、写真を持って帰る。

インディアナでは、家から家を三人で見て回る。あなたが運転して、あなたのガールフレンドは助手席に座り、ヴァルは後部座席だ。ざっくり言えば、ふたりはカップルで、あなたは車輪付きの友人ってこと。でもどの家に行っても、あなたたちは寝室について考えている。二部屋必要？　一つはあなたと彼女で、もう一つは彼女とヴァル用？　書斎に布団を敷く？　三人は一斉に笑いながら、部屋になだれ込んでいく。家主たちは疑問に思ったとしても、言葉にしない。想像すらできないだろう。この関係がどれだけ完璧で、ぜいたくなのか。

ある家は神秘的だ。木々に包み込まれるように建てられた丸太づくりの家で、埋めようとしても埋めきれないくらい部屋があった。あなたは室内窓がいくつもあるのを見て、とまどったのを覚えている。まるで家がもう一つ小さな家を飲み込んでしまったみたいだった。また別の家は、おかしなくらい荒れ果てていて、キッチンには乾かしている途中のショットグラスが並んでいた。少なくても一人は几帳面な住人がいるパーティーハウス。十代の男の子たちみたいな匂いがする。汗と香料入りスプレーとドリトスの匂い。

約束と約束の間に空いた時間に、三人はペットショップを訪れて、囲いの中で体を寄せ合ったフェレットたちが重なり合っているのを見る。それぞれにふざけた声を付けて、夏のバイトで出会った上司に、子どもたちの写真を見せてもいいかしら？　と言われて見てみたら、フェレットの写真だったという話をする。外に出て太陽の光を浴びる頃には、三人とも笑っている。

最後に訪れた家は一番完璧に近かった。美しい若いカップルのもので、ふたりとも赤毛で、子どもたちはクッキーの種が入ったボウルをかき混ぜている母親のスカートをつかんだままドアまでやってくる。おとぎ話みたいだ。庭ではコッコッとニワトリが何かをつついていて、ポーチでは美しいひょろりとした犬が寝そべっている。薪ストーブで家は暖かい。街から離れすぎているので、この家が実用的でないのはわかっているが、すごく気に入ったので、胸が痛む。まさにここ――木の下でガールフレンドがこの家の夫と話すのをあなたが見ている場所――で、あなたははじめて自分が幻想を抱いていると自覚する。ある日、この関係が崩壊しても、三人は一緒にい続けるという幻想を。*9

ヴァルを飛行機に乗せると、あなたとガールフレンドはアイオワまで車で帰る。農場の風景が絵巻物みたいに通り過ぎていくのを見ながら、あなたは自分がまったく新しい人生を想像していることに気付く。快楽主義と健全さが完璧に交わる人生。何かを瓶詰めし、ピクルスを作り、暖炉の前で執筆し、三人でベッドで絡まり合う。子どもたちの進路指導の先生と戦い、子どもたちに他の家族と比べるとうちは違って見えるかもしれないけれど、だからと言って間違っているわけではないと説明する。大半の子どもは、三人の母親を持つためなら何でもするんだよと言ってみたりする人生。

気がつけば、もう嘆いている自分がいる。彼女に目をやると、「また一緒に車で旅をしようね」と言われる。

＊9　『昔話のモチーフ』、T92.1、三角形のプロットとその解決方法。

官能小説としてのドリームハウス

　春の終わり、あなたはいくときに口を塞いでと彼女にお願いし、そんな自分に驚く。彼女は言ったとおりにして、固くした手のひらを徐々に大きくなる唸り声に押し当てる。音が体内に押し戻されて、一つひとつの微粒子を満たしていくみたいだ。だんだん力が出なくなって、息を吸い込もうとしてもできずにいると、彼女は手を緩め、あなたは言葉にならない何かが、なかなか消えずにいるのを感じる。

　その後あなたは、低い怒ったような声で話しながらファックしてと言う。彼女はそうする。英語とフランス語とをいとも簡単に切り替えながら、彼女のペニスや、どれだけそれがあなたを満たしているのかについて低い声でつぶやき、あなたの顔に手を押し付けて、顎をつかんであちこち向かせる。毛が剃られた彼女の性器《カント》は、ほら貝の内側みたいに光っている。彼女はハーネスを付けるのが好きで、付けたままあなたが口でいかせると、本当にいったみたいにいき、激しく脚をばたつかせて、マットレスが外れてしまう。

　彼女の体と、私の体への彼女の愛、より奇跡なのはどっちだろう。彼女はあなたのエロティックな空想に取り憑く。ふたりとも絶え間なく濡れている。どこでも構わずに、ファックしているようだ。ベッド、テーブル、床、それから電話越しにも。実際に体が隣り合わせになると、彼女はふたりの違いにやたらと驚きたがる。私の肌はスキムミルクみたいに青白いけど、あなたの肌はオリーブみたい。私の乳首はピンク色だけど、あなたのは茶色い。「あなたの方が何もかも濃いね」と彼女は言う。

できるなら、彼女にすべてを飲み込まれてしまいたい。

前兆としてのドリームハウス

あなたたちは、小遣い稼ぎにピアソン（教育サービス会社）で、共通テストの採点の仕事をはじめる。背が低くてずんぐりとした建物は、アイオワシティ郊外のオフィスパークの中にある。そこまで行くと、町の風景はとうもろこし畑に変わる。インチキな電話販売のバイトで、リーハイ・バレーの住宅所有者に電話をしては、窓を新調するように売り込んでいた十九歳の頃をあなたは思い出す。

ふたりは各々パソコンが用意された長テーブルに座る。あなたはエッセイの採点をしたいと思っているが、そこでの時間の大半を、十代の頃にじんましんの原因となった数学の長文問題を採点したり、答えを書く空欄に絵を描いたり、ジョークを書いたり、「ファック、こんなのわかるか！」と書いたりした生意気な子たちの答案用紙を見て大声で笑ったりして過ごす。気が遠くなるほどつまらないが、収入にはなるし、友達みたいな人もできた。ランチのときに一緒になる女性で、たびたび家まで車で送っていくようになる。

就業時間は長いのに、休憩時間が短く、一日が終わるとあなたはいつも自動販売機でドリトスを買って食べて、添加物漬けでむくんだピクルスになったような気分になる。しょっちゅうトイレに行くが、たいていはただ血流を良くして眠気をさますためだ。

あるとき、隣の障害者用トイレの個室の中から女性のすすり泣きが聞こえる。あなたはおしっこをするが、三十分前にしたばかりなので、ちょろちょろとしか出ない。それから手を洗って、個室のドアを軽くノックしてから、大丈夫？　と尋ねる。彼女はしゃくりあげながらドアの鍵を外す。スレンダーで小柄な女性で、すごく大きくて暗い目をしている。トラウマが蘇ってくると言う。外に行く？　と訊くと、うんと答えるので、一緒に外に出て建物の入口付近の芝生に腰を下ろす。彼女は随分昔にレイプされたことがあり、それを人に信じてもらうのに苦労していると言う。ふたりは話し込む。とは言っても、彼女が話して、あなたは大概聞いてうなずいているだけだけど。

午後の時間がじりじりと過ぎていく。ふたりがいないと上司が気づき、外に出てきて怒鳴り声を上げるのをあなたはずっと待っている。でも誰も気づかないし、あるいはどうでもいいと思っているのかもしれない。ある時点で、いったい今は何時なんだろうと思うけれど、携帯電話を取り出すと、彼女の話を止めてしまうのではないかと気が咎める。

ようやく電話を取り出すと、二つの発見がある。ふたりはそこに二時間くらいいて、ガールフレンドから不在着信とメッセージが六件残っている。どこにいるの、どこにいるの、どこにいるの。かけなおそうと電話を耳に持っていくと、建物の正面ドアが開いて、採点者の集団が溢れ出してきて、彼女の姿も見える。あなたは話をしていた女性に電話番号を渡し、何かあれば連絡してと伝えると、芝生を横切る矢のごとく走っていく。

ガールフレンドはしかめ面をしている。例の新しくできた友人が、少し心配そうに息を切らしながら彼女の横を走ってきて、先にあなたのもとに到着する。「彼女が心配してたよ」その声に滲んだ先を見越した不安に、あなたは面食らってしまう。三人で車に乗りこむと、ガールフレンドは怒りを撒き散らしはじめる。あなたは無言のまま、友人の家まで運転する。到着すると、友人は車から降りるのをためらっていて、降りても、何か言いたそうになかなか離れようとしない。でもそのうちに家の中に入る。あなたが車を出すと、ガールフレンドはダッシュボードに思いっきり両手を叩きつける。

「あんたはいったい、どこにいたのよ?」

あなたはトイレで会った女性のことを説明する。彼女に聞いたこと、彼女の話を遮りたくなくて、メッセージを返せなかったこと。あなたはすっかり、この説明を聞けば彼女の怒りは和らぐと思い込んでいる――謝ってくれるかもしれないと期待すらしている。でもどういうわけか、彼女は怒りを募らせる。ダッシュボードを拳で叩き続けながら、こう言う。「あんたは私が会ったなかでも一番思いやりがない最低の人間だよ。何の説明もなしにああやって建物から出ていくなんて、どうしてそんなことができるの」あなたが例の女性の話を持ち出すたびに、彼女はまた怒鳴り声を上げる。家から数ブロック離れた場所で、あなたは車を道に寄せる。

「そんな言い方はやめてよ」そう言うと、あなたは怖いくらいに激しく泣きはじめる。「どうしたらいいか決めないといけなくて、自分は正しい選択をしたって思ってる」

彼女はシートベルトを外すと、あなたの耳元にこれでもかというくらい体を近づけて、こうささやく。「このことは絶対に書かないでよね。本気で言ってんの。絶対に書かないでよ、わかった?」

あなたは彼女があの女性のことを言っているのか、彼女のことを言っているのかわからないまま、頷く。

恐怖は私たちを全員嘘つきにする。[*10]

*10 『昔話のモチーフ』、C420.2、ある出来事については口にしてはならないというタブー。

ノワールとしてのドリームハウス

　彼女はあなたの初恋の女性ではないし、はじめてキスをした女性でも、はじめての女性の恋人ですらない。でも彼女はあなたをそんなふうに求めてくるはじめての女性だ。うっすらと執着を感じさせる欲望が見える。彼女はガールフレンドというレッテルで自分自身とあなたとを結びつけたはじめての女性で、それを誇りに思っている。だから、書斎にやってきた彼女に、これが女性と付き合うっていうことだよと言われると、あなたは鵜呑みにする。信じないわけないでしょ？　あなたは彼女を信頼しているし、似たような状況になったことがないんだから。これまでずっと、お父さんが女性の感情や感受性について話すのを聞いてきた。匂わすことはあったものの、必ずしも悪く言うわけではなかった。急にあなたは、もしかすると今、父親の言っていたことは正しかったという証拠を叩きつけられているのではないかと思う。あんなことを言うなんて最低最悪だし、頭を脱植民地化させてジェンダー本質主義を取り除かないとだめだよと、何度も言い続けてきたけれど、今は、レズビアンの恋愛関係はどこか違うとわかりはじめている。もっと激しくて美しいけれど、同時により大きな痛みを伴うし、気まぐれでもあると。それは女性が、文字通りそうだからだ。もしかするとあなたは本当に、女性は違うと信じているのかもしれない。もしかするとお父さんに謝らないといけないのかもしれない。ご婦人たち、どうでしょう？

極悪なクィアとしてのドリームハウス

クィアの悪役についてよく考える。彼/彼女らにまつわる問題、彼/彼女らが与える喜び、その厚かましさについて。

彼/彼女らに対して、政治的にわかりやすく反応すべきなのはわかっている。例えば、ディズニーの一連の悪役の描き方には不快になるべきだ。どうしようもない怠け者（スカーやジャファー）、いたずら好きのドラアグクイーン（アースラ、クルエラ・ド・ヴィル）、それから堅苦しい男性嫌いのパワー・レズビアンたち（トレメイン夫人、マレフィセント）。『ダウントン・アビー』に登場する悪巧みをするゲイの執事や、インド映画『ガールフレンド』で描かれる支配欲の強いレズビアンには腹を立てるべきだし、『レベッカ』『見知らぬ乗客』『ローラ殺人事件』『古城の亡霊』『イヴの総て』をはじめ、大小のスクリーンに映し出されるその他の古典や現代作品に登場する、キザで、卑劣で、めめしくて、冗談が通じず、堕落していて、邪悪で、頭のおかしい同性愛者たちに激しい怒りを示すべきだと。

頭では、体系的に記号化され、悪事と言えばクィア、クィアと言えば悪事のようになっている実態を認識している一方で、どうしても架空のクィアの悪役を好きにならずにいられない。彼/彼女らのクールな審美眼や、わざとらしい喜び方、輝き、無慈悲さ、力……その全部が好きでたまらない。彼/彼女らはいつも、スクリーンの登場人物のなかで群を抜いておもしろい。

結局のところ、彼／彼女らは自分たちを嫌悪する世界に生き、適応し、自分自身を隠す術を身につけて、生き延びてきた人たちなのだ。

アラン・ギロディ監督の『湖の見知らぬ男』で、若い主人公フランクは、年上のミシェルが地元のクルージングスポットである湖でボーイフレンドを溺れさせるのを目撃する。しばらくして、彼はミシェルと関係を持つようになる。ボーイフレンドの死体が見つかると、岸辺にできていたゲイ・コミュニティに激震が走り、混乱の渦に放り込まれるが、その間も普段と変わらずに過ごしている。やる気のある警部が周辺を嗅ぎ回り出すと、フランクは新しい恋人のために嘘をついて、もっと彼に近づこうとする。

　魅惑的でハンサムな殺人犯と一緒にいる、というフランクの決断は、欲望や愛や孤独という波に翻弄されると、人は論理的な足場を見つけられなくなるという問題を僅かに誇張したものだ。ミシェルには、クィアの悪役の多くに見られる、いかにもゲイらしい輝きはないし、多くの面ではるかに腹黒い。魅力的で、カリスマ性があって、道徳心のかけらもない。映画のなかでは、彼の生い立ちや、殺害動機のヒントはほとんど与えられない。

　クィアの悪役にまつわる苦悩には表象問題が紐付いている。スクリーンにゲイの登場人物がほとんど現れないと、彼ら／彼女らの大仰な悪役ぶりは、どこから見ても疑わしくなる。チママンダ・ンゴズィ・アディーチェの言葉を借りれば、固定概念《シングルストーリー》を形成する偏ったものの見方を提示し、現実世界の悪と堕落を連想させる。アーティストに、誰を悪役にするかという選択には責任が伴うと言うのは間違っていないが、簡単なことでもない。

結局のところ、クィアの悪役はその他のゲイの登場人物に混じっていたほうが断然面白い。特殊なプロジェクトや分野のなかでも、時代の流れ全般においてもそうだ。大きな星座の一つの星になるということは、文脈のなかに置かれるということだ。それはすごく刺激的なことで、解放的なことですらある。表現を広げることで、クィアに――登場人物としても、実在する人間としても――一人の人間になれる場所を与えられるのだ。彼／彼女らは悪や堕落を表すメタファーや、順応や従順さのアイコンである必要はないし、彼／彼女らのままでいられるはずだ。[*11] 私たちの悪行だって、ヒーロー的な行いと同じくらい表現されていい。ある種の人たちは悪いことをしない、という可能性の否定は、その人たちの人間性までをも否定してしまう。つまり、クィア――現実世界のクィア――は、道徳的に純粋で正しい人間だから、表象され、保護を受け、権利を得るのに値するわけではない。[*12] 彼／彼女らが人間だからそれに値するのであって、それ以上の説明はいらないのだ。

『湖の見知らぬ男』の終盤、警部がビーチをあとにしようとするフランクに詰め寄る場面がある。フランクは、警部の車のヘッドライトのなかで文字通り身動きが取れなくなり、会話が進むにつれてメタファーは鋭さを増していく。「我々がここで死体を見つけたその二日後に、何ごともなかったみたいにみんながクルージングを再開するなんておかしいと思いませんか？」と警部は尋ねる。

この場面の後半、警部に死んだ男を哀れみ、自分の体を大切にするよう切に頼まれると、フランクは悲しみにうちひしがれる。[*13] しかしそうしながらも、明晰に物事を見ていて、こう言う。

「僕たちは生きるのをやめられない」

僕たちは生きるのをやめられない。それはつまり、私たちは生きなければならない、ということで、私たちは生きている、ということだ。そしてそれは私たちは人間以外何者でもないということを意味する。不親切なときもあれば、混乱していたり、間違った相手と寝てしまったり、良くない選択をしたり、殺人を犯してしまったりもする。聞こえは悪いが、「クィア≠善良、純粋、公正」という考えは、実際にクィアを解放する。クィアは単なる一つの状態で、政治や、社会的な力や、より大きな物語や、道徳的な複雑さに左右されるものなのだ。だから、クィアの悪役、クィアのヒーロー、クィアの相棒、クィアの脇役、クィアの主人公、クィアのエキストラを登場させよう。彼／彼女らは自分たちをはめ込む完璧な型となれるかもしれない。彼／彼女らに主体性を持たせて、解放しよう。

＊11　「権利のために戦う」という、必要悪から生まれた決まり文句。人種やジェンダーや身体的健全性と同様に、聖人のごとく全てを犠牲にするマイノリティという表現は、純粋な憎悪のあとに続くもので、（理由は異なれど）同様に危険である。

＊12　このような特徴づけは、アメリカでの結婚の平等を求める戦いにおいては有効だったが、欠点もたくさんある。二〇一八年に、ジェニファー・ハートとサラ・ハートという白人のレズビアンカップルが、六人の黒人の養子を飢えさせ、カリフォルニアで子どもたちを道連れに、自分たちが運転する車ごと崖から転落したという、理解に苦しむ事故は、偶然に起きたのではない。また、クィアの女性たちが性的虐待やドメスティック・アビューズの加害者になるのは想像し難いと思われるのも偶然ではない（言葉にするのもはばかられるような暴力をふるえるのは、誰なのか？　というリジー・ボーデン（訳注：十九世紀に、実父と継母が斧によって殺された事件の被疑者となり、その後無罪となった）の事件

を思わせる難問にも、たくさんの性差別が結びついている)。

＊13　この場面の些細な描写が気になって、私は負のスパイラルにはまってしまった。警部はフランクに「ホモフォビア（同性愛嫌い）の連続殺人犯が野放しにされていたらどうなるんでしょうね？」と尋ねる。警部は必ずしも殺人犯がゲイだと知っているわけではない。悪い評判があるグループにいた被害者は、そこに属していたために標的にされたのではないかと推測しているのだ。でも、ゲイの殺人犯がゲイの男だけを狙う場合、ゲイの殺人犯自身はホモフォビアになるのだろうか？　この問いは自分の尻尾を食べる蛇のようなもので、私はそこから抜け出せずにいる。

どこにでも行く
ロード・トリップとしてのドリームハウス

七月。アイオワの七月は大忙しだ。ジメジメと暑く、竜巻警告が出され、暴力的なまでに激しい雷雨となるので、あなたは車を近くに寄せなくてはならない。蚊が集まってきて、彼らの欲望で脚が腫れ上がる。

あなたたちは旅の計画を立てる。アイオワからボストン、ボストンからニューヨーク。ボストンでは、彼女が昔懐かしい場所を見せてくれることになっていて、ニューヨークでは、ふたりでヴァルに会う予定だ。それからアレンタウンに行って、彼女はあなたの両親に会い、アレンタウンからDCに移動して、大学時代のあなたの友人に会い、ヴァージニア州北部へ向かってあなたの旧友の結婚式に出て、そこからフロリダに下りてきて、あなたは彼女の両親に会う。どこまでも続く道を走るところを想像すると、あなたは明るい気持ちになる。長距離運転でアメリカを横断するのがずっと好きで、そうしているときだけは、愛国心のようなものを感じられる。

彼女の両親はあなたに運転してほしくないと言う。事故を恐れているのだ。頼むからふたりとも飛行機を使ってと懇願される。そこであなたたちは妥協して、DCまではあなたが運転し、そこからは飛行機でフロリダへ向かうことにする。チケット代は彼らが払ってくれる。

旅の道のりは一から十までが甘酸っぱい。運転している間、あなたの手は彼女の脚の間に滑り込み、とうもろこし畑をびゅんびゅん通り越して信号で止まる間に、彼女をいかせる（彼女はセクシーだけど、あなたは愚か者）。ふたりはイリノイのサービスエリア付近で喧嘩をする。事もあろうに、ビヨンセの曲について（「もしこの歌詞がどれだけ男が世界を支配しているかについてなら、あなたはこの曲が嫌いなはずでしょ」と彼女は言う）。インディアナ州のマクドナルドの駐車場で、彼女があなたにキスをして、ふたりが揃って顔をあげると、男の集団がいる——男の危険、男の殺人——指をさして笑いながらこちらを見ている。そのうちの一人が、指と指の間に舌を入れたり出したりする仕草をする。現実の世界で誰かが実際にするのを見るのははじめてだ。あなたたちはできるだけ早く退散する。州間高速道路に戻るまで、シートベルトすら締めないまま。

偶然としてのドリームハウス

ボストンでは友人のサム——未だにあなたは頭の中で、大学時代のあだ名、ビッグ・サムと呼んでしまう——が、あなたが彼女に泣かされているのを立ち聞きしてしまい、彼女に冷たくそっけなく振る舞う。あなたはただ、何も聞かなかったように振る舞ってほしいだけなのに。

野心としてのドリームハウス

彼女に連れられてハーバード大学のキャンパスへ行くと、あなたはこれまで一度も見たことがなかったのに、奇妙な過去を回想している。ホグワーツみたいな学部生用のダイニングホールを見せてもらう間、心では密かにこう考えている。もしかして、私もハーバードに行くべきだった？　出願するべきだったのかも？　なんで実際に行った大学を受験したのかずっと考えていて、何年かぶりにようやく思い出す。完全に適当に選んだのだ。都会に行きたいし、ペンシルベニア州を出たい、この二つだけが基準だった。キャンパスを歩いているときに感じた、骨にまで響くような痛みをきちんと表現できればいいのに。十分な野心を持っていなかったせいで、人生を完全に台無しにしたという、あまりにも遅くやってきた気づきの痛み。いったいあなたは何者なの？　誰でもない、何でもない人。

建物の間を歩きながら、彼女はあなたの腕を取る。まるであなたもそこに属していたみたいに。あなたも彼女と同じように、そこに属しているみたいに。

人間VS自然としてのドリームハウス

ニューヨークシティで、自然科学にまつわるエフェメラ（紙ものなど短命のコレクション）を扱っている店を訪れる。ケースに入ったシカの頭蓋骨、石化した木、瓶に入ったコウモリの骸骨、子どもの背丈ほどあるアメジスト・ジオード、ネズミの剝製、三葉虫の化石、革張りの野鳥観察についての本。この店はどこか催眠術を思わせる。一日中ここで過ごせたらいいのにとあなたは思う。この店で何千ドルも使えたらいいのに。子どもの頃に通っていた〈ナチュラル・ワンダーズ〉や〈RIPショップ〉といった店の記憶が呼び起こされ、そこに行くといつも自分がエリー・サトラー博士とララ・クロフトを足して二で割ったような存在になったように思えたことも蘇ってくる。

夜、あなたは布団で彼女の横に寝そべりながら、妄想を話して聞かせる。

「私たちには素敵な家があって、図書室は、本や、一九一〇年代の紳士なアマチュア科学者なら書斎に持っているようなもので埋め尽くされているの。豪華なパーティーを開くと、みんなやって来て、笑い声がして、お酒や美味しい食べ物がある。私は五〇年代のぴったりした美しいスウィングドレスを着ていて、あなたはスーツにタイを締めている。その夜、みんなが何杯目かのお酒を飲んだ頃、あなたは小さな部屋の誰もいない片隅に私を引き寄せて、ドレスの裾から手を滑り込ませながら、ゲストがみんな帰ったら何をするか耳元で囁くの。最後の客の頰にあなたがキスをして、玄関のドアの鍵を閉めると、私たちは転がるように図書室へ向かって、あなたは私を豪華な赤い長椅子に押し倒し、私はあなたのタイとシャツのボタンを外して、骨や本や絵画に囲まれながら、あなたは私の体の上の方へ手を滑らせて首を噛み、私がいくと、今度は私があなたをいかせるんだけど、その間ずっと、死んだものたちが私たちを見下ろしてるの」この妄想ははっきりと立ち上がってくるので、過去の時代に起きたことのように感じられる。作り話ではなく、歴史と意識のスープの中から取り出したみたいに。

「いいね」と彼女は言う。「いいね」

非情な喜劇としてのドリームハウス

ニューヨークの夏、登ったきり降りてこられない動物のような熱気だ。あなたたちはクラウン・ハイツにある彼女の友人のアパートメントに泊まっていて、ヴァルと三人でマリワナを吸いまくる。あなたは今までいわゆるマリワナ好きではなかった。それどころかドラッグのことになると少し抜けていて、「ドラッグ」という言葉を口にするだけで、バカみたいに思えてしまうのだ。それでも吸うのは、彼女が吸うからで、彼女はあなたがやらないと怒りだすから（「なにそれ、自分は立派だとでも思ってるわけ?」以前断ると、そう言われた。以来、あなたは断らない）。吸うのに慣れていないあなたは、ゲホゲホと咳き込んでしまう。

うっかり、すごくハイになる。あまりにもハイで、地下鉄に乗ってリトル・ロシアのビーチに行くまでのことを、遠くに見えるいくつかの明るい断片以外、何も思い出せない。ドラッグストアにいて、ミノタウロスのいけにえになったような気分になったこと。熱い砂。冷たいローションを塗りながらあなたの背中に触れる彼女の手（三人の写真が残っている。あなたがそこにいた証拠だ。あなたは笑っていて、たまらなく柔らかそうに見える）。

その日はあなたの誕生日で、パーティーが開かれる。あなたは立ち上がれないほどハイになっていて、コンロ台にもたれかかりながら重たい頭のまま脚を広げて座っている。人々がひっきりなしにやってきては、隣に座って話をしてきて、あなたはもうろうとしながらもようやく、彼らが本当に心配してくれていると気づく。そこで、大丈夫だから、本当に大丈夫、ただハイなだけと説明しようとするが、実際に何を口にしても、みんなは納得していなそう。

ヴァルが床に座っているあなたのもとへ、チーズをいくつか持ってきてくれる。一つ口に突っ込むと、なめらかな口当たりとナッツみたいな甘さに無心になる。あなたは彼女のことがすごく好きだ。親切で気さくで、その不屈の精神には頭が上がらない。もう一つ、今度は塩が効いたもろいチーズを食べる。ほろほろ崩れるのがとにかく心地よい。こうやって新しい人たちと知り合えて、なんて幸運なんだろう。次はフレッシュ・モッツァレラ。ヴァルに立ち上がるのを手伝ってもらいながら、あなたはモッツァレラは基本的には水チーズだよなと心で思っていて、それから別の部屋へ行って眠る。

ミート・ザ・ペアレンツとしてのドリームハウス

ニューヨークから帰る車の中、ガールフレンドはハイになっていて静かだ。これからあなたの両親にはじめて会うことになっているのに、マリワナの煙をふかせている。あなたはかつてないほどの怒りを感じる。

「あと一時間くらいで両親に会うんだよ。なんでそんなことができるのか理解できない」

「あなたは誰かの最初のガールフレンドになって、その両親に会ったことがないじゃない」と、彼女はキレる。

「ふたりは変なふうにあなたを見るはずだし、そんなの耐えられない」

あなたは黙り込む。

「わかりっこないよ」と彼女は言う。

「もう運転を代わってもらうこともできないし」とあなたは言う。「ずっと私が運転することになるじゃない」

そんなふうにじりじりとニューヨークを抜ける間、車はふたりが放つ静かに脈打つ怒りの熱で充満する。

アレンタウンで、あなたの両親は彼女をとても感じよくもてなしてくれる。

婚礼の合唱としてのドリームハウス

DCで、彼女は大学時代のあなたの友人たちに会う。彼らの反応は優しかったり、興奮していたり、控えめだったりさまざまだ（サムにやられたと気づいたあなたは動揺する。事態をうまく収拾できなかったのだ）。

ヴァージニアでは、森で乗馬をして、シェナンドー山脈に日が昇るのを見る。結婚式は最高で、パーティーではみんなフォトブースになだれ込む。あなたは手袋をつけて、目には一眼鏡をかざし、唇にパイプを傾ける。お酒を飲み、踊る。ダンスフロアで踊る彼女をすごくいいと思う。体中に喜びが満ち溢れている人の踊りだ。パーティーが終わると、あなたは彼女の体からリトルブラックドレスを剝ぎ取る。そんなことになったのは、ジッパーが壊れていて、ふたりとも酔っ払って、ハイで、笑っていたからだ。

翌日、友人たちに別れを告げたあと、あなたは駐車場に停めた車の中で、彼女がこう言うのを聞く。「あなたの友達は私のことを嫌ってる、嫉妬してるんだよ」一時間後もふたりはまだそこにいて、あなたは涙に濡れながら窓に頭を傾けている。新婚ほやほやの花嫁がそばを通りかかり、車の中のふたりに気づく。彼女が歩みを緩めて、困惑と心配で顔をしかめるのが見える。あなたが気づかないくらい僅かに首を振ると、彼女はおぼつかない表情をする。でも幸いにも歩き続けてくれたので、あなたは安心して自分の罰に耐える。車が曲がりくねった山道を抜けて、また高速道路に出る頃には、喧嘩の痛みは薄まっている。氷が溶けたウィスキーみたいに。

フロリダの家としてのドリームハウス

ふたりはフロリダの最南端にある彼女の両親が住む家を訪れる。そこに行くまでの間は、喧嘩ばかりだった。ワシントン・ダレス国際空港のサミュエル・アダムズの名前がついたレストランで彼女に泣かされ、ナプキンを結核を患っているみたいに顔に押し当てているあなたを、数人の見知らぬ人たちが、批判するような顔でじっと見ていた。到着してあなたはほっとしている。

彼女が実家で飼っている年老いた猫は、すぐにあなたに噛みつこうとする。母親は鳥のように痩せぎすで、あなたは彼女のことも、自分のことも心配になる。少しして現れた父親は、自分で飲むためのカクテルをたっぷり作る。彼女の家族は面白くて立派だ。一度も気持ちを理解してもらったと思えたことのないあなたの家族とは違う。家に彼女と両親しかいないのも、羨ましい。それ以外に言葉が見つからない。

食事が振る舞われる。チキンと、イスラエルのクスクスと、クッキーと、カラマタ・オリーブと、大量のディルが入ったビーンサラダ。シーフードに、リゾットに、新鮮なフルーツ。あなたは笑う。「私たちはここに引っ越してきた方がいいのかもね」と言うあなたに、彼女の母親が明るい笑顔を見せると、一瞬、自分が映画の一場面にいるような気分になる。恋人の母親に料理の腕を披露されているボーイフレンドみたいに。彼女の母親が食べているところは一度も見ていない。一度も。

「もしあとで散歩に行くんだったら」と彼女の父親は三杯目のマティーニを飲みながら言う。

「ワニには気をつけろ」

「ワニ?」あなたはびっくりして繰り返す。

「襲ってはこないはずだ」と彼は言う。一気にグラスが空になる。「多分な」


翌日、ふたりは彼女が子どもの頃に使っていたベッドに座りながら、どうでもいいことで喧嘩になる。その場を離れて、キッチンに行くことにしたあなたは「あっちで本を読んでるね」と言って、一時間ほどそうする。彼女の母親はカウンターテーブルで、何か香りの良いものをみじん切りにしながら、明るい声であなたとおしゃべりをする。

彼女がキッチンに入ってきて、「何を読んでるの?」と尋ねながら、片手であなたの腕をつかむ。「えっとね……」答えようとすると、彼女の指がきつくなる。

母親はまだ何かを刻んでいて、「あなたたち、まだビーチに行くつもりなの?」と言う。ナイフは驚くほど正確に、まな板をトントンと叩き続ける。

彼女の指がさらにきつくなり、痛みだす。あなたは理解できない。脳が走り出して、スキップして、後退するくらいわからない。小さく息を飲む、できるだけ小さく。愛を感じられない方法で彼女に触れられるのはそれがはじめてで、どうしたらいいかわからない。こんなの普通じゃない、普通じゃない、普通じゃない。あなたの脳は説明を求めてごちゃごちゃになり、ますます痛み、すべてが静止する。そのあとには恐怖が引き起こす痙攣がやってきて、あなたはそれに気を取られるあまり、彼女の反応を見逃してしまう。

一時間後、あなたたちはビーチにいる。ふたりきりだ。「海に入ろうよ」と彼女は言う。他にどうしたらいいかわからず、彼女のあとに続く。フロリダの海はこれまで経験した海とは全然違う。お風呂みたいに温かいけれど、逆説的に言えば、脅威で満ちている。子どもの頃に入った氷のように冷たい海は、生命により敵意を抱いているように思えた。美しくて生ぬるいこの海には、何が潜んでいてもおかしくない。あなたが水から首を出すと、彼女は「ぎゅっとさせて！」と言う。

あなたは彼女を見つめる。

「なんでそんなにイライラしてるの？」と彼女は訊く。「家を出たときからずっとそんな感じじゃない」

「話があるの」とあなたは言う。「さっき、私の腕をつかんだとき、すごく怖かった。心配して触るのでも、愛しているから触るのでもなかったよね。あなたは怒りで私に触れたんだよ」どうしようもないヒッピーになったみたいな気持ちになるけれど、心に刻みこまれたパニックというタトゥーを、他にどんな言葉を使って言い表せばいいのかわからない。「それからどんどんつかむ手に力を入れて……」あなたは水から腕を持ち上げる。すごく僅かだけど、あざになりはじめている。「なんであんなことをしたの？」

一瞬、彼女は真顔になって、すぐに顎が震えだす。「ごめんなさい」と彼女は言う。「あんなことするつもりはなかったの。私があなたを愛しているって、わかっているでしょ？」

残りの日々は平穏に過ぎていく。でも、最終日近くの夜、日没のすぐあとに、ふたりでプールから出て家の中に入るときは違った。スライド式のガラス扉を開けると、エアコンが効いていて、次第に大きくなる声が聞こえる。キッチンを通り抜けるとき、彼女の父親が母親に詰め寄っているのを見かける。手にお酒を持ち、何かを叫んでいる。母親はカウンターに押し付けられて体を固くしている。ガールフレンドは立ち止まることなく歩き続けるが、あなたは一瞬足を止めて、ふたりを見る。母親はあなたにちらっと目を向けると、夫のほうに顎を傾けて「夕飯の続きを作らなくちゃ」と言って、彼に背を向ける。その瞬間は緊迫しているものの、すぐに過ぎ去り、父親は怒って行ってしまう。

ガールフレンドの部屋で、あなたは震えている。外は嵐の前の張りつめた空気で満ちている。彼女は着ているものを全部脱いで裸になると、鳥肌を立てながらそこに立って言う。「あの人みたいになりたくない。でも時々、私も彼みたいになっているんじゃないかって心配になるの」あなたに話しかけているようには聞こえない。

嵐になると、雷が銃声のように大きな音を立てる。

青ひげとしてのドリームハウス

青ひげがついた最大の嘘は、ルールはたった一つということだった。新しい妻は、やりたいことなら何でもできる。ああした（勝手な）ことをしない限り、何でも。小さな小さななんでもない鍵を、小さな小さななんでもない鍵穴に差し込まない限り、何でもできるという嘘。*14

でも私たちはみんな、それが単なるはじまりで、新しい妻は試されているとわかっている。彼女はしくじった（そして私みたいに、生きて何があったのかを伝えた）けれど、うまくやって、言われたとおりにしたとしても、また別の何か、少しだけスケールが大きくて奇妙なことを要求されたはずだ。そして彼女が言われたとおりにし続けたとしても（コルセットマニアが自分のウエストをさらに細く締め上げるみたいに、自ら調教され続けたとしても）青ひげがこれまでの妻たちの腐った死体を抱きしめながら踊り回る場面はあるだろうし、新しい妻は黙ったままそこに座って、膨れ上がる恐怖心を抑えながら、胸骨の奥でうずく嘔吐の卵を飲み込んでいるだろう。そしてその後、また別の場面で、青ひげは死体（女性の体。かつては女性だった人たちの体）に言葉にするのもはばかられるようなことをして、妻はただ死んだような目であらぬ方向を見つめながら、黙ったまま永遠に生きられる煉獄を探している。

（学者のなかには、青ひげの青い髭は彼の超自然的な能力を象徴していると信じる人もいる。何の変哲もない男に服従させられるよりもその方が受け入れやすい。でも冗談やめてよね？

青ひげは何の変哲もない男かもしれないし、人間ですらないかもしれない）

彼女は鍵とその状態を見ても驚かず、彼に足音が好きになれないと言われてもためらわず、泣きながら犯されても抵抗せず、他の誰とも口を利くなと言われても断らず、腕にあざを作られても何も言わず、子どもや犬のように話しかけられても咎めず、叫び声をあげながらお城からの道を下って一番近い村まで行って、誰かに助けて、助けて、助けてくださいと訴えかけもしなかった。だから彼女がそこに座って、青ひげが第四の妻の死体を回転させ、そのはずみに腐敗した頭が肉の蝶番から後ろにどさりと落ちるのを見ているというのは、論理的に理解できることなのだ。

こうやって、人は打たれ強くなっていく。物わかりの良い新しい妻になる。こうやって、不屈の愛が施される――その強度、耐久力が。あなたは試され、お眼鏡にかなう。可愛い女の子の可愛い私。なんていい子なの。なんて忠実で、なんて愛されているんだろう。

＊14　『昔話のモチーフ』、C610とC611、禁じられた場所（禁じられた部屋）。

2.

ミルクはとても熱くて、すぐに唇をつけることもできなかった。少しすすると、さまざまな有機的な味が混じり合って、口のなかに広がった。骨と血、温かい肉体、髪の毛みたいな味がする。粉乳のように塩味がないのに、成長する胎児のように生き生きとしている。カップの底までとことん熱いそれを、テレーゼは一気に飲み干した。おとぎ話で、変身する薬を飲むみたいに。あるいは、騎士が死をもたらす盃を何の疑いも抱かずに飲み干すみたいに。

――パトリシア・ハイスミス

『塩の対価』

宇宙の熱的死としてのドリームハウス

覚えている限り、私は端っこや、物理的・時間的限界にずっと夢中だった。はじまりと、終わり。最初と、最後。端っこ。一度、子どもの頃に、波打ち際のきれいな砂――濡れると柔らかくも、湿ったコーンスターチみたいに固くもなる――の上に立って、地図の線に立っているよ！　と両親に向かって叫んだことがあった。そして、よくわからないでいる彼らに、地図には土地と海を隔てる線があって、自分はまさにちょうどその上に立っていると説明した。

何年も経ってから、弟と一緒にキューバの南海岸にシュノーケリングに出かけた。岸辺近くのサンゴ礁で海に浸かったあと、弟はこんがり日に焼けて、上半身裸で、フリーダイビングをするロロというヒッピーのガイドに、もっと遠くへ連れて行ってほしいと頼んだ。そこで私たちは海水浴場よりも広い水域へと進んでいったが、そこでは体の力を抜くと、海に体を上下に揺さぶられ、少し海酔いしてしまう。ロロに棚が深くなった切れ目まで連れていかれると、砂が見えたと思ったら、次の瞬間には濃い青色になって何も見えなくなった。三人が水面に顔を出すと、ロロは「見てて」と言って、暗闇に姿が飲み込まれてしまうまで下へ下へと深く潜って行った。

危険のない状態だったけれど（私の背中は空気にさらされていたので、呼吸しようと思えばできた）息を切らして水から顔を上げた。すると弟が「何があったの？　何があったの？」と訊いてきた。でも、説明しようとしても、できなかった。数秒後、ロロが水面に上がってきて、にんまり笑いながら、こう尋ねた。「見てた？」

あらゆるものの終わりとは、宇宙の熱的死を意味する。エントロピーが極限まで増大すると、物質は散り散りになり、あとには何も残らない。

目的地としてのドリームハウス

あなたは彼女と一緒に車でブルーミントンまで行く。彼女を愛しているし、安全に送り届けたい。どれだけ自分が愛されているかを実感してもらうのには、飛行機では頼りない。

ドリームハウスは記憶していたとおりの姿をしている。彼女の持ち物が詰まったコンテナが届いていて、物置みたいに庭に置かれている。あなたはふと、開けたら中に誰か住んでいるかもしれないと思う。極小アパートみたいに。それからナルニア国に思いを馳せる。ルーシーがクローゼットに入って毛皮のコート伝いに進んでいくと、辺り一面が雪景色になる。例の街灯があり、白い魔女がひどい冬に凍らせた、まったく新しい世界が広がっている。

彼女の両親の警戒するような視線を感じながら、あなたはコンテナの中身を出していく。彼らはあなたに細い体を高く持ち上げられた彼女が、天井からマットレスの紐を解くのを見ている。あとで彼女に聞くと、あんなふうに、力があるところを見せつけようとする体格のいい男の子みたいに彼女を持ち上げるあなたの姿を、両親は目を輝かせて見ていたそうだ。

みんなで夕食に出かけて戻ってくると、あなたはベッドに倒れ込み、泣き、驚く。

ユートピアとしてのドリームハウス

ブルーミントン。その名前ですら希望を感じさせる（生き生きしていて、何かがはじまる予感がして、声に出す感じも優しい）。

ドッペルゲンガーとしてのドリームハウス

昼下がりに携帯電話が鳴ると、出る前にもう何が起きているのかわかってしまう。超能力を信じているわけではないけれど、確信している。

「本当なのか教えて」電話に出ると、彼女が言う。「あなたが本当に賛成しているのか知りたい」

「してる、してるよ」

「今、ヴァルと別れてきた」と彼女は言う。「彼女が引っ越して来てからのことを考えると、この関係はうまくいかないってわかってた。もちろんこれからも友達だよ。ヴァルはあなたが大好きだしね。でも彼女は東海岸に戻ることになる」

違和感を覚えながらも、ヴァルにメールを送ると、返信がくる。「いずれは本当に仲の良い友達になれるといいね。ふたりとはずっと一緒にいたいって思ってるよ」

その後、あなたは幸せな気持ちになる。それから幸せを感じたことに罪悪感を覚え、でもまた幸せに思う。あなたはゲームに勝った。自分がゲームをしていると気づいていなかったけれど、それでも勝った。

これからは、あなたとドリームハウスの女性だけ。[*15] ふたりきりだ。[*16]

＊15　『昔話のモチーフ』、T92.4、間違った相手と駆け落ちしてしまう女の子。
＊16　『昔話のモチーフ』、P427.7.2.1.1、固く結ばれた、詩人と愚か者。

壮大な空想としてのドリームハウス

そのあとは、何もかもが違ってくる。まずは、なるようになって、長い間、自分の価値について密かに抱いていた疑念を一つ残らず確認していく。あなたは彼女に出会えて幸運だ。あなたは変人でも、どうしようもない人間でもない。あなたは求められているし、それどころか、必要とされている。あなたは誰かの運命の一部。何年にも、いくつもの王国にも、何巻の本にもわたる壮大な計画にとって、絶対不可欠な存在。

昆虫学としてのドリームハウス

「ヴァルと付き合っていたときは、多重恋愛《ポリアモリー》をしていたんだけど」と彼女は言う。「でもあなたのことは誰とも共有したくない。本当に愛してるの。一対一の関係でいいよね？」あなたは笑って頷き、彼女にキスをする。彼女の愛が針のように鋭く尖って、壁に固く留められたみたいに。

三流のレズビアン小説としてのドリームハウス

その本の表紙は、知るべきことをあなたに教えてくれる。堕落した倒錯。誘惑。いやらしいブッチと、誘惑する巨乳の女たち。その名を語るのをはばかる愛。

いくつもの検閲をかいくぐらなければならないので、悲劇になるのは目に見えている。それはドリームハウスのDNAに組み込まれていた。きっとドリームハウスがただの家だった頃、あるいは、ただのインディアナ州ブルーミントン、あるいは、ただのノースウェスト地帯、あるいは、まだ植民地化されていないマイアミ族の土地だった頃ですらそうだった。あるいは、そもそも人間が存在する以前の、名前のない未開の地だった頃か。

あなたは考える。もしかすると、歴史のどこかの時点で、ずっとあとにリビングになるだろう場所を何かの生き物がちょこちょこ走り回って、頭をかしげながら、どんな小さな音も逃さないように聞き耳を立てていたのかもしれない。叫び声や、泣き声。まだ現れていない未来の幽霊たちの音。

教訓としてのドリームハウス

あなたには赤毛のおばさんがいる。お母さんの一番仲が良い妹だ。子どもの頃、あなたは彼女をそこまで隠しもせずに「怖いおばさん」と呼んでいた。というのも、彼女は気まぐれに怒りを爆発させる人で、怒りの矛先はたいていあなたに向けられていたからだ。*17 あなたは毎年恒例でウィスコンシンへ行くのをひどく恐れていた。あなたのことが明らかに嫌いで、それを笑ってしまうくらい隠そうとしない女性の近くに行くのだから。まさに権力争いだったけれど、あなたには権力なんてこれっぽっちもなかったから、変な感じだった。彼女と話すときはいつも緊張していて、見えない地雷の周りをつま先立ちで歩くみたいだった。

覚えている限り、おばさんの怒りに火をつけたのはこんなことだ。いとこと一緒にポップコーンを作って、その上にパルメザンチーズを振りかけたこと、いとこと一緒におばあちゃんの家で花びらから水彩絵の具を作ろうとしたこと。映画『オズ』をいとこに説明しようとしたこと（この映画は怖すぎたようだ。前日の夜に、暗闇の中で犬のぬいぐるみを抱きしめているあなたを前に、『ニードフル・シングス』の恐ろしいあらすじを詳細に教えてくれたのは同じいとこだったけれど）。中学生になって、あなたがお母さんと喧嘩ばかりしていると、おばさんはAOLのインスタントメッセンジャーで、両親が離婚したらあなたのせいだし、お父さんの金玉を切り落としてやると脅した（何年かあとになって、両親の有害で惨めな結婚生活が終わりを迎えると、あなたはそのときのことを、離婚後は再婚しなかったおばさんに、はじめて少し同情した瞬間だったと思い返した)。

あなたのお母さんはいくつも事実を並べて、おばさんの行動を説明しようとしていた。彼女はシングルマザーで、子どもたちを養うために一生懸命、看護師として働いているのよ、とも言っていた。それにおばさんは、子宮内膜症を患っていて、しょっちゅう痛みを訴えていた(何年も経ってから、同じ症状が自分の体に現れると、あなたは一番つらい時期でも、子どもたちや、誰に対しても怒鳴り散らさず、やり過ごした)。

おばさんはドリームハウスの女性に一度だけ会ったことがある。あなたのいとこである彼女の娘が、中西部近くの町で大学を卒業することになり、ふたりでパーティーに参加したのだ。おばさんは堅苦しくて礼儀正しかったが、いとこは完全に浮かれていた。あとになって、あなたは後悔して嫌な気持ちになった。なぜ保守的なカトリック信者の親戚がクィアの女性に抱いているイメージを補強するような人を、はじめてガールフレンドとしてウィスコンシンに連れていってしまったのだろうと。

その後、おばあちゃんが亡くなると、あなたはお母さんと怖いおばさんと別のおばさんと一緒にドライブに出かけた。怖いおばさんが出し抜けに言った。「ゲイの人たちのことは信じてないのよね」大人になって力を付けたあなたは、後部座席から「そうなんだ、でも私たちはおばさんを信じてるよ」と言った。お母さんは何も言わなかった。*18

＊17 『昔話のモチーフ』、S72、意地悪なおば。
＊18 『昔話のモチーフ』、S12.2.2、母親が子どもたちを火のなかに放り入れる。

世界構築としてのドリームハウス

文章に出てくる場所が、単なる場所であることはない。もしそうだとしたら、作者はしくじっている。背景は反応し、視点が活気を与える。

あとになってあなたは、ドメスティック・アビューズの典型的な特徴は「混乱」だと知る。つまり、被害者がどこか新しい場所へ移動したり、言葉が通じない所に行ったりしている、あるいは、支援ネットワークや、友人や家族から引き離され、コミュニケーション能力を失っている。彼女はそうした状況や孤立によって、より脆弱になっている。唯一の味方は虐待の加害者で、要は、味方は誰もいないということだ。だから彼女は、時間の経過によって打ち立てられてきた不変の背景――手で解体するには大きすぎる家や、自分が主人になるには複雑すぎて抗しがたい状況――と戦わなければならない。背景は役割を果たしているのだ。

この世界は一つの島で、渡れない海に囲まれているようなものだ。一方には家と同じように大学が所有するゴルフ場があって、酔っ払った大学生たちが、ふらふらとゾンビみたいに坂道に影を落としている。もう一方には、野生動物と暗闇が混じり合った神秘的な森を思わせる木立ちがある。近くには、聞いたこともなく、関わりたいとも思わない他人が住む家がある。最後に、道がある。でもこの道はもっと大きな別の道につながっている。歩行者に優しくない道。実際、横断できるように作られてない。しかも街の中心から何キロも離れている。

ドリームハウスが、単なるドリームハウスであったことはなかった。順に、希望を感じさせる修道院（ハーブ園、ワイン、テーブルで向き合いながら執筆）、耽溺の巣窟（窓を開けっ放しのファック、唇を合わせたままの朝の目覚め、ひっきりなしに妄想をつぶやく低い声）、呪われた家（「こんなことはどれも、起きるはずがない」）、牢獄（「ここから出なくちゃ、出なくちゃ」）となっていき、終いには記憶の地下牢になった。夢のなかのドリームハウスには、緑のドアがある。理由はわからない。実際のドアは緑色ではなかった。

舞台装置としてのドリームハウス

場面は、二〇一〇年頃のインディアナ州ブルーミントン郊外にある、これといった特徴のない家ではじまる。郊外ながら、野性味溢れる自然に囲まれていて、まるでそこには誰も住んでいないみたいに、動物たちが敷地内を動き回っている。正面のドアは通りに面しているが、閉じたままだ。敷地の左側には、車道へ続く道が小川のようにゆったりと弧を描いていて、その先には郵便受けがある。屋根板はオフホワイトで、特徴らしきものは赤い煙突だけ。家の裏には、大きな木が一本立っていて、低い枝からは木のブランコがぶら下がっている。住人が出入りする唯一のドアである、キッチンへ続く裏口の向かい側だ。

キッチンは、家のその他の場所と同じように、彼女が前に住んでいた家の階段から下ろすのをあなたが手伝った濃い色の木製家具と、家の前の所有者が置いていった壊れた不揃いの家具で溢れている。ほつれたコードがついたスタンド式ランプ、小さなキッチンテーブル、お姫様のマットレスの下のエンドウ豆みたいに、スプリングがキーキー音を立てるソファ。家は使い勝手を考えて円形の構造になっている。キッチンはリビングとつながっていて、リビングは廊下に通じ、そこから寝室とバスルームが突き出している。その先にある書斎は、一巡してキッチンにつながる。寝室には、積み重ねられた洋服、本の山、派手な紫色のバイブレーター、中身が半分空になった頭のない胴体の形をした男性用コロンの瓶――ジャン゠ポール・ゴルチエの「ルマール」――がある。キッチンには、こだわりのシーソルトを置く竹製のソルト・セラーや、不思議なほど切れないナイフがある。

どこもかしこも、段ボール箱だらけ。それだって新品ではない。柔らかくなっていて、油で湿ったピザハットの箱みたいな甘い匂いがする（アンジェラ・カーターの「虎の花嫁」には獣が登場する。「家主が引っ越すのか、そもそも正式に越してきていなかったのか、城は解体された。獣は誰も住んでいない場所を住処にしてきた」）。まるで没落した貴族の所有品みたいに、金目のものとがらくたが奇妙に混在している。この家には、どこか絶望を感じる。幽霊が自分のことを知らしめようとするのにうまくいかず、絨毯に突っ伏して、ゼーゼー喘ぎながらカビみたいな匂いを漂わせているみたいに。

幕が上がると、ふたりの女性が向かい合わせで座っている。一人は「カルメン」という、人種があいまいな二十代半ばの太った女性で、ひどく姿勢が悪い。パソコンに向かって何かを書いている。向かいには、小柄でボーイッシュな「ドリームハウスの女性」がいて、彼女もまたいかめしい顔でパソコンで何かを書いている。彼女たちの周りでは、家が息を吸って、吐いて、また吸う。

一九五〇年代のホラー映画としてのドリームハウス

あるとき、地下室へ降りていくと、クモがいる。しかも何十匹も。種類はわからないけれど、体の細部が見えるくらい大きい。顔も見える。クモの顔！　薄暗い光のなかでもわかる。あなたは洗濯物を入れたかごを置きっぱなしにしたまま、二階へ駆け戻り、洗濯を代わってとお願いする。彼女はそうする。

アメリカン・ゴシックとしてのドリームハウス

二つの要素さえあれば、物語はゴシック・ロマンスになる。まず一つ目は、「女性+住居」。映画評論家メアリー・アン・ドーンは「本来は家庭外にあるはずの恐怖が、家庭内に侵入してくる」と書いている。家はドメスティック・アビューズに不可欠ではないが、忌々しいことに役には立つ。決まり文句にもあるように、閉じたドアの向こうでは外からはわからない出来事が繰り広げられているのだ。さらには、音を封じ込める窓、閉められたカーテン、鳴らない電話もある。家は決して政治と無関係ではない。権力や欲求や恐怖を抱いた人たちによって計画され、建設され、占領され、取り締まられている。ウィンデックス（アメリカの窓拭き用洗剤）は政治的なものだ。喧嘩の残り香をごまかすために焚くお香も。

二つ目に必要となるのは、「よく知らない人と結婚すること」。フェミニストの映画評論家ダイアン・ウォールドマンは、一九四〇年代——『レベッカ』や『呪われた城』『断崖』などゴシック・ロマンス映画の全盛期——に戦争から帰還した男性たちは、あとに残されていた人々には見知らぬ人のようになっていたと指摘している。また彼女は「戦前の結婚ラッシュ（およびそれに続く一九四六年の史上最高の離婚率）、四〇年代における早婚の増加、戦時中の別れと再会は、歴史的に見ても、ゴシック映画のモチーフとはっきり共鳴している」とも記している。映画研究者タニア・モドゥレスキーは「ゴシック映画のヒロインは、自分が抱いている疑念は事実無根であり、彼を愛しているのだから、彼は信用に値する人間であるはずで、暗に彼を信じなければ、自分は女性として失格と自分を納得させようとする」と述べている。

言うまでもなくゴシック・ロマンスには、異性愛を基準にしているという大きな問題がある。顕著な例外は、ジョゼフ・シェリダン・レ・ファニュの『カーミラ』で、無垢な主人公と作品名にもなっている悪役の吸血鬼との間には、強烈なクィア性が感じられる。(「おまえは私を残酷で身勝手だと思うだろう。でも愛はいつも身勝手なのだ」とカーミラはローラに言う。「どれだけ私が嫉妬しているか、おまえは知るよしもない。おまえは私と一緒に来て、死ぬまで私を愛すんだ。さもなければ、私を憎めばいい。それでも一緒に来て、死ぬときもそのあとも憎み続けるがいい」)

私たちは結婚していなかったし、彼女は暗い陰気な男ではなかった。住んでいた家は崩壊寸前の先祖伝来の屋敷ではなく、大恐慌時代のはじめに建てられた一戸建てだった。辺りにあったのは荒野ではなく、ゴルフ場だ。でも「女性+住居」で、彼女はよく知らない人だった。おそらくそこが最も真実に近く、ゴシック的なところだろう。戦争のせいでも、お目付け役に紹介されて出会ったからでもない。むしろ、彼女の本性がわかるまで、実はよく知らなかったせいだ。彼女がよく知らない人だったのは、重要なことに蓋がされていたから。でも、押さえきれずに少しずつ外に放出され、最終的に洪水になった。おかげで、私は自分がよくわかっていなかった、という事実に気づけた。[*19] そのあとは、彼女が死んでしまったみたいに嘆いた。なぜなら、実際に何かが死んだから。私たちが一緒に作り上げた誰かが死んだからだった。

＊19　『昔話のモチーフ』、T11、一度も会ったことのない人と恋に落ちる。

慣用句としてのドリームハウス

「家のように安全」とは、家は安全な場所ということを示す表現だとずっと思っていた。美しい概念だと思う――夏の終わりに、雷雲が息巻くのを首筋に感じながら急いで家に帰るのに似ている。あなたを待っている家がある。自然や詮索や他人の目から守ってくれる壁は、家の中から空がきょうだいのようにふざけて地球を殴りつけるのを、窓ガラス越しに見ている。

でも実際、家にまつわる慣用句とそのバリエーションは、安全や安心とはまったく逆を意味することが多い。何かが「トランプで作った家みたい」だと、危険で、簡単に崩壊してしまう。「壁に何かが書かれている」と、終わりの前兆が見える。「ガラスの家に住む者が石を投げてはならない」のは、家が偽善でできていて、すぐに粉々になってしまうから。弱さや、回避できない失敗にまつわる表現ばかりだ。

「家のように安全」は「カジノ・ハウスがいつも勝つ」と言うのにどこか似ている。それは、共用の建物が避難場所を提供するのではなく、責任者の安全を意味する表現だ。つまり、他の人はみんな、恐れるべきだと。

警告としてのドリームハウス

ガールフレンドが「ドリームハウスの女性」になる数ヶ月前、ローレン・スピーラーという名前の、若くて、上流階級出身で、小柄で、ブロンドの大学生がブルーミントンで行方不明になった。ドリームハウスの女性の両親はひどく興奮して怒った。大学生ではなかったけれど、彼女も若くて、上流階級出身で、小柄で、ブロンドなので、ローレンをこの世から連れ去ったモンスターが誰であれ、次の標的にされるかもしれなかったからだ。

（何年かあとになって、あなたは同時期に別の女の子が失踪していたことを知った。ローレンとは違い、彼女は裕福な家の出身ではなかった。名前はクリスタル・グラブ。彼女の家族は、他の人たちに事件に関心を持ってもらおうと必死だった。でも結局、クリスタルはとうもろこし畑で首を締められて死んでいた。世の中には他の人よりも価値がある人がいると主張するのは、珍しいことではない）

当時、最初の数ヶ月間は、ローレンがいないことをあなたたちは痛感していた。街の至る所で、巨大な看板が立てられた。そのなかの彼女は首を傾げていて、頭にはサングラスが載っていた。外出するたびに、あなたはローレンのことを考えた。六月の蒸した夜に、靴を履かずに通りを歩いていたのが、最後に目撃された彼女の姿だった。どこに行こうとしていたんだろう？　何から逃れようとしていたんだろう？

欲求としてのドリームハウス

あなたは早い段階で間違いを犯すが、そのときは気づかない。ずっと、大勢の人にちょっとした恋心を抱いていると彼女に打ち明ける。実行には移さないけれど、大勢の人に魅力を感じるし、賢くて面白い人たちの周りにいられるように努力してる。そうすると、偏愛《フィリア》とエロスの間のねっとりとした愛しい空間が生まれるの。物心ついたときから、ずっとそんな感じだった。いつもこの変な癖を、ただの癖だと思っていたんだけどね、と。彼女は笑って、そこが魅力なんだよ、と言う。

付き合っていくうちに、彼女はこれから挙げる人々とあなたがファックしたり、ファックしたいと思ったり、ファックしようと目論んだりするのを責めるようになる。あなたのルームメイト、あなたのルームメイトのガールフレンド、何十人ものあなたの友人、まだ出会ってもいないクラリオン大学のクラスメイトたち、何十人もの彼女の友人、インディアナ大学の大勢の彼女の仲間たち、彼女の元カノ、彼女の元カレ、あなたの元カレ、先生たち、MFAプログラムの責任者、あなたが教えた生徒たち、診てもらった医者の誰か、そして――この試みでも、最も気が狂いそうになる瞬間かもしれないけれど――彼女の父親。また、嫌になるほど大勢の知らない人たち。例えば地下鉄に乗っている人、コーヒーショップにいる人、レストランのウエイター、店員や、スーパーのレジ係や、司書や、チケット係や、用務員や、美術館に行く人、ビーチで寝転がっている人たち。

問題は、否定すると彼女には自白しているように聞こえることで、あなたは立証責任を負う羽目になる。この人たちとファックしていないと証明するために、携帯電話を探って、誰とも連絡を取っていない証拠を見せるのが上手くなる。そして、教えているクラスにいる、将来有望な生徒について話すのをやめる。説明描写と場面描写のバランスを学んだばかりの十九歳に、あなたが恋をしているのではないかという疑念に、彼女が取りつかれてしまうからだ。

ある日、彼女にクリトリスを指でさすられながら、気持ち良くなって目を閉じると、顔をつかまれて、無理やり彼女の方を向かせられる。顔が近づいてくると、少し酸っぱい息の匂いがする。「誰のことを考えているのよ」と彼女は言う。質問のようだが、質問ではない。あなたは口を動かすけれど、言葉は出てこない。彼女はあなたの顎をもう少し強くつかむ。「ファックするときは私のことを見て」と彼女は言う。あなたはいくふりをする。

聖域としてのドリームハウス

子どもたちにとって、自分の部屋を持つのがどれほど特別なのかについて考える。なくてはならない神聖な自分だけの場所（体においても、心においても）。友人たちには、この点で私は典型的なかに座だと言われる。巣作りが好きで、その場を自分の空間にするのが好きだと。子どもの頃は、自分の部屋があったが、母はいつもすぐに、それは私の部屋ではないと指摘した。そこは彼女の部屋で、私はただ使うのを許されているだけだと。明らかに母は、家のお金は全部両親が稼いでいて、私は単に間借りしているだけと言いたかったわけで、それは厳密に言うと正しい。けれど、子どもとしての私の存在は借りのようなもので、どんなに小さなものでも何一つ自分のものではないこと、真に自分だけのものと呼べる空間はどこにもなく、私のものは全部、誰かの気まぐれでいつ没収されてもおかしくない。こうした陰険な考えがもたらすダメージの異常さには驚かされるばかりだ。

一度、喧嘩をしたあとに、両親から離れたくて、自分の部屋のドアを閉めて鍵をかけたことがあった。すると母は、父にドアノブを外させた。この恐ろしい瞬間について両親はまた違うように覚えているはずだが、ネジが落ちてドアノブ——偏りのない忠誠心を持って、やるべきことをやっていた小さくて完璧な装置——が元の場所《ホーム》から外れたときに、冷たい感覚が体を駆け巡ったこと、ドアノブが一方に傾いたときに太陽の日差しが作った冠、ドアノブが床に落ちて、それが二つの部品から成り立っていて、あんなに小さなものが自分の部屋のドアを閉めていたと気づいたことを、私は覚えている。

私の部屋をばらばらにするのは、プライバシーと主体性の侵害ではあったが、安全を脅かされたわけではなかったのは幸運だった。ドアが開いても、特に何も起きなかった。ただ何一つ、私の体を取り囲んでいる四つの壁ですら、自分のものではないことを、改めて思い知らされただけだった。

アイオワの家としてのドリームハウス

十月の終わり、彼女はあなたを訪ねてアイオワシティに来て、ハロウィーンではダーレクに変装することにする。それを聞いてあなたはひどく混乱する。彼女は真剣なオタク文化を、あいまいな理由で軽蔑しているからだ。それに、「ドクター・フー」のエピソードを見たことすらない。「嘆きの天使」になるつもりだと伝えるとき（あなたはメノナイト［十六世紀オランダのプロテスタントの一派］の中古品店でぴったりのナイトガウンを見つけていた。ほとんど透けたベイビーブルーの美しいドレープがかかったギリシャ風のものだ）その悪役について説明しなければならなかった。それでも彼女はダーレクになりたいと言い張り、自分で衣装を作りたいと言う。街に出ると、彼女は必要なパーツを買い揃え、衣装を組み立てはじめる。悪くない。ダンボール紙を切って、手芸用品店で買った発泡スチロールのボールを半分にしたものを使って、ダーレクの特徴ある胴体を作っていく。彼女は金のスプレーペイントも買っていて、地下室は煙だらけになる。

ハロウィーンパーティーの夜、ガールフレンドは豪華な夕食を作ろうと言い出す。両面を少し炙ったマグロのステーキ。かぼちゃのリゾット。彼女の衣装はまだ完成していない――スプレーしたペイントが乾いたところで、発泡スチロールの部品を胴体にくっつけなければならない。完成させたほうがいいよと優しく促すと、彼女はキレる。そこであなたは自分の衣装に着替えはじめる。ナイトガウンと、ペンキを塗った一対の羽。顔と胸と腕には白と青のメイクを施す。この最後の過程には、予想していたよりもはるかに長い時間がかかる――人間の表層部分を大まかに甘く見ていたっていうこと？　それともとりわけ自分の体を？　鏡の前で、渦巻くように顔に色を塗っていく。その間彼女はものを叩きつけ、家じゅうを大股で歩きながら、衣装が完成していないことを怒っている。時々、あなたは鏡に向かってうなる。

バスルームのドアの前を通るたびに、彼女は大声で質問してくる。なんで夕飯にはマグロがいいって言ったのよ？（言っていない）なんでバカみたいなダーレクにならせたの？（あなたは答えない）あんたはまた何様のつもりなわけ？（嘆いている天使の像に変装した大昔の地球外生命力。えじきとなった人間を過去に送り返して、もはや現在にはいられなくなった生命の潜在的なエネルギーを食らって生きている、恐ろしい不死身の体だよ）

「何それ？」

「銅像だよ」とあなたは言う。「ただの銅像*20」

パーティーへ向かう道は、完璧とも言える夜。少し肌寒くて、くすんだ空気は身を切るようで、滑りやすくて足にまとわりつく紅葉が歩道を埋めている。随分遅れて到着したので、パーティーはすでに社交的な雰囲気を過ぎてたけなわを迎え、より薄気味悪くなりかけている。お酒と何かを混ぜて飲んでいる友人の横を通り過ぎながら挨拶すると、彼女はこれまで見たこともないほど無表情で、死んだような目であなたを見つめる。

みんなに、誰に扮装しているのか訊かれると、あなたは笑顔を作って両手で目を覆う。嘆きの天使のお決まりのポーズだ。でも誰もわからない。「彼女は何なの？」と誰かがガールフレンドを指さして訊く。

「ダーレク」

「何それ？」

「『ドクター・フー』の世界でも一番邪悪な地球外生命体だよ。タイムロードを大量殺戮しようとして、同じようにタイムロードもやり返すの。基本的には、お互いに破滅し合ったってこと」

あなたは間違いなく、このMFAプログラムに参加している人のなかで最もイケていない。ダーレクに扮したドリームハウスの女性は、ほとんど人混みから動けずにいて、みんな彼女の衣装にひっきりなしにぶつかっている。*21 あなたは冗談を言いたくなる。「『抹消セヨ！』って叫んだら、みんなどいてくれるよ！」と。でも彼女には通じないだろう。あなたは彼女がお酒を飲み干して、また次のグラスに手を伸ばすのを見る。

一時間後、彼女は酔っ払ってひどく怒りながら家まで歩いて帰っていく。あなたは何ブロックも後ろを追いかけるが、目の前でふらふらと歩く彼女の姿を見ると、どうしたらいいかわからなくなる。家の鍵を持っているのは、あなただからだ。彼女は陰謀論者みたいに水切りボールを頭に載せている。まさにティンホイル・ハット。以前も彼女に腹を立てたことがあったけれど、大人の女性が、自分は見もしない番組に登場するキャラクターに扮するための崩壊寸前の衣装を着て、酔っ払って怒りながら、千鳥足で家に帰ろうとしている姿には、どこかもろくて弱いものを感じる。この話はいつかきっと良い思い出話になるはずとあなたは思う。

酔っ払った大学生が偶然現れる。「幽霊だぞ」と言って、大きく目を見開く。「幽霊だぞ！」[22] 触れようとしてくるその男に、あなたはくたばれと言って、その手から逃れる。サヴァンナのときとは違って、彼女はあなたを助けない。

家に到着すると、彼女がドアを蹴っている。芝生にはダーレクの衣装のこぶが転がっている。近づいて疲れ果てた声で「鍵は私が持ってるんだよ」と言うと、彼女はビクッとして、怒鳴りはじめる。「なんでそうやって驚かすの？ あんた、おかしいんじゃない？」

中に入るときも彼女はまだ叫んでいる。「なんであんな豪華な夕飯を作りたいって言ったのよ？」と彼女は言う。「あんたのせいで全部台無しになった、今夜全部が台無しにね。ただふたりで一緒に週末を過ごそうとしていただけなのに、あんたが全部台無しにしたんだ」あなたが面倒な洗顔をはじめても、彼女はまだ怒鳴っている。メイクの間から素肌が徐々に見えてくる。「結局あんたはどうしようってわけ？」彼女はあなたがシャワーを浴びて、洗い落とせるヘアカラーがクリーム状に渦巻きながら排水口に流れていく間も、あなたがパジャマに着替えても、まだ怒鳴っている。ベッドに入ると、彼女は「ファックしたい」と言い、あなたは「また今度ね」と言って枕に頭をうずめる。するのは来年のハロウィーンでもいいかもしれない。

＊20 『昔話のモチーフ』、C961.2、タブーを破ったせいで、石に姿を変えられる。
＊21 ある年のハロウィーンで、中学生だったあなたはスティック状のガムに扮装する。衣装はダンボ

ール紙とアルミホイルとピンクのペイントで自作したもので、穴から腕と顔が出せるようになっていた。その穴は、観光名所にある子どもが顔を出せる写真ボードみたいに少し小さく、穴の間で頬が押し付けられそうだった。胴体には「オリジナルフレーバー」という文字を縦書きした。それは最高の衣装で、巨大で面白かった。でもスクールバスに乗りこむと、衣装を着たままでは座れないとあなたは気づき、床にひざまずかないといけなかった。一日じゅう授業の間はひざまずいていたけれど、幸いにも先生たちは何も言わなかった。昼休みになると、子どもたちは何度も後ろからぶつかって来て、あなたが（やっとの思いで）振り向いても、誰の仕業かはわからなかった。その日の最後の授業の間にトイレに行くと、それまで一度も見たことのない先生が廊下であなたを呼び止めた。「おめでとう」と彼女は言った。「衣装コンテストであなたが優勝したのよ！」彼女は映画の無料券がついた小さな冊子をくれた。コンテストがあるなんて知らなかったけれど、あなたは嬉しかった。それですべてが報われた。

＊22　『昔話のモチーフ』、C462、幽霊を見て笑うというタブー。

解釈の違いで失われるものとしてのドリームハウス

彼女の冷たい態度をどう考えるか――彼女は何かに気を取られている。幸せではない。あなたと一緒にいて幸せではない。あなたが何かしたせいで彼女は不幸なので、あなたは何がいけなかったのか知りたい、そうすれば彼女は不幸でなくなるから。あなたは彼女と話をする。あなたの話は明快だ。自分ではそう思っている。考えていることを口に出し、しかもじっくりと考えてからそうする。でも、あなたが言ったことを彼女が繰り返すと、まったく意味がわからない。本当にそう言ったの？　あなたはそう言ったり、考えたりしたことすら思い出せない。でも彼女はそう言われたとあなたにわからせようとしているし、あなたも間違いなくそのつもりで言ったのだ。

忘却の川としてのドリームハウス

その年の秋の終わりに、彼女はハーバード大学対イエール大学のフットボールの試合を見に行こうとあなたを誘う。毎年恒例にしている彼女のお気に入りの行事で、これまでは飛行機を使っていた。でも今回は思っていたよりも早くインディアナに戻ってこなければならないらしい。「車で来てくれたら、私を乗せて帰れるじゃない」と彼女は言う。あなたは彼女に会うために、アイオワからコネチカットまで車を走らせる。

そうして、秋らしい陽気と、魔法瓶の温かい飲み物と、毛皮を着た人々と、泥まみれのグラウンドにバドワイザーの缶みたいに高級シャンパンの瓶が転がる一日を過ごしてから、あなたは寝心地のよくないホテルのベッドでぐっすり眠る。次の日の午後――何度か遅らせてもらってから友人とブランチをして、さらにまた何度か遅れてから――ふたりは出発の準備をする。彼女は向こう見ずな運転をするので（最初にサヴァンナへ行ったときから何も変わっていない）あなたは特に何も訊かずにハンドルを握る。

ラジオを聞いたり、会話をしたり、黙ったりしながらニューヘイブンを出て、コネチカットとニューヨークを急いで通過する。ペンシルベニアでは、街の明かりが早く落ちて、雨が車道を照らす。起伏の激しい道がどこまでも続くこの州は、あなたが育った場所でもある。そのちょうど真ん中あたりで、彼女はあなたの話を遮って言い出す。

「なんで私に運転させないの？」その声は、尻尾をこわばらせた犬みたいに抑制されている。何も起きていないのに、何かがおかしい。

「別に私が運転するのでいいよ」とあなたは言う。肩甲骨の間に恐怖が集まってくる。

「疲れてるじゃない」と彼女は言う。「それじゃあ運転できないでしょ」

「そんなことないよ」とあなたは言う。本当に疲れていないのだ。

「すごく疲れてるよ。ふたりのことを殺すつもりなんでしょ」と彼女は言う。声色は変わらない。「あなたは私が嫌いで、死んでもらいたいと思ってるんだよ」

「嫌ってないよ」とあなたは言う。「死んでほしいとも思ってない」

「私のことが嫌いなんだよ」と彼女は言う。声は音節ごとに半オクターブずつ上がっていく。

「ふたりとも死んでしまうかもしれないのに、気にすらしてないなんて。本当にあなたって、自分勝手なビッチだよね」

「私は……」

「自分勝手なビッチ」彼女はダッシュボードを叩きはじめる。「自分勝手なビッチ、自分勝手なビッチ、自分勝手な……」

　あなたは次の出口で高速を降りて、ガソリンスタンドに車を停める。彼女は車が完全に動きを止める前に助手席のドアを押し開けて、駐車場を大股で歩きまわる。ティーンの男の子が壁にパンチを食らわす前に気持ちを落ち着けようとしているみたいだ。あなたは運転席に座ったまま、歩く彼女を見ている。泣き出したい衝動に駆られるけれど、まるでハイになっているみたいに、かなり遠くにあるように感じる。車に戻ってくるとき、彼女の目はあなたの顔をじっと見据えている。あなたは急いでシートベルトを外し、走って助手席に移る。置き去りにされたくないし、彼女がそうしないという確信が持てない。

その後は、濡れた暗い山々に囲まれながらドライブが続く。あなたは去年のクリスマス頃にペンシルベニアを通過したとき、今走っているのと同じ道路の脇でセミトラックが数台横転していたのを思い出す。消火されたエンジンブロックは真っ黒だった。自動車も高速道路の路肩で、平然と燃えていた。彼女は時速百三十キロくらいのスピードを出していて、あなたは上昇し続ける速度計の針から目を背けずにはいられない。カーテンのように降りしきる雨のなか、シカの影が目の前を通り過ぎる。私は死ぬんだ、と思う。どうか警官に呼び止められますようにと祈りながら、サイドミラーに現れることのない青と赤のライトを探す。彼女がアクセルを踏み込み、車が無重力状態で坂を越えるたびに、ドアにしがみつく。「それやめなよ」と彼女は言って、さらに加速する。「いいから寝てて」そう命じられても、あなたは眠れない。

真夜中がやってくる。[*23] 車はオハイオ州に入る。いつもなら、恐ろしいほど運転を退屈に感じるのに、今はアドレナリン（いずれ切れてしまうとわかっているけれど、まだ切れていない）のせいで、膝に置いた両手が震えている。車は何十体もの死んだ動物の横を通り過ぎる。スピード違反の車に轢かれてバラバラになったアライグマ、崩れ落ちたダンサーみたいに筋肉質な体がよじれたシカ。

雨が弱まり、そのうち止むと、車はインディアナ州に入る。

ドライブは大詰めを迎え、高速道路を降りてブルーミントンに向かって南進する二車線の田舎道へ出ると、車は左に曲がりはじめ、二重線に触れたと思ったら越え、それから右に曲がり、ガードレールにドアが擦れてしまうくらいのところを走る。彼女の方に目をやると、後頭部がヘッドレストに触れていて、目を閉じている。大声で名前を叫ぶと、車は正しい位置に戻る。

「今はあなたが疲れてるよ」とあなたは言う。「眠っちゃってるじゃない。お願いだから、最後は私に運転させて。もうすぐで着くんだから」あなたはこれ以上ないほど、目が覚めている。

「大丈夫」と彼女は言う。「私の体は私のビッチなの。思い通りにさせられるんだよ」

「お願い、お願いだから車を寄せて」

彼女は唇を曲げる。でももう何も言わず、止まりもしない。時々、車は酔っ払ったように逸れる。「死んだらどこにいくかご存知ですか?」という宗教の広告板を通り過ぎる。真っ昼間に、こうした人の心を操るようなプロパガンダを見たら、呆れるだけだけど、今は、小さい頃の恐怖心が蘇ってきて、あなたはすすり泣きはじめ、その音をなんとかして飲み込もうとするけれどももう遅い。

はじめてブルーミントンにやって来たとき——彼女がドリームハウスを見つけるのを手伝ったとき——は、ありえないくらい明るかった。あれは春の終わりで、木々の新芽はしびれるような蛍光緑をしていた。今、葉っぱは燃えるような赤やオレンジに染まり、茶色くなった葉が螺旋を描くように枝から落ちてくる。季節は終わりかけていて、あなたの命も、今夜、終わるに違いない。

車は明け方の四時頃に家の私道に入り、静かに停まる。あなたは吐きそうだ。葉っぱが車の屋根に落ちて、風がかさかさと音とともにさらっていく。ようやく彼女はシートベルトに手を伸ばすが、あなたは芝生を見つめている。二つの暗い影が芝生を横切る。犬みたいだけど、違う。コヨーテ？　そうであれば、いつ見てもすごく素敵な光景だ。この夜の恐怖とは裏腹に、あまりにも美しくて、顔がぞくぞくする。

「見て」指さしながら、あなたは囁く。

彼女は殴られたみたいにビクッとする。それからあなたが見ているものを見る。あなたは彼女が甘い声をあげ、優しさが表れるのを待っている。

「ファック・ユー」彼女はそう言うと、あなたの方に体を傾け、耳元で話しはじめる。「あんたが何の説明もなくただ『見て』って言って指をさしたから、てっきり誰かが私たちを殺そうとしているのかと思ったじゃない。真夜中だよ。あんた、おかしいんじゃない？」彼女が車のドアを蹴り開けると、コヨーテは木立ちの方へ逃げていく。あなたは彼女がドリームハウスの中を踏みつけるようにして歩き回るのを見ている。明かりがついた一連の窓に、彼女の影が映し出される――キッチン、バスルーム、寝室――そしてすべての明かりが消える。

あなたは車から降りて、家の壁にもたれるように座る。コートをスモックみたいに後ろ向きにして着る。しばらくすると、コヨーテが戻ってきて、何の気なしに芝生をちょこちょこと歩く。シカも、キツネも、まるであなたは風景の一部、あるいはそもそも存在しないかのように、目もくれない。

このままベッドに行くこともできる。あるいはキッチンテーブルに座って、窓越しに景色を眺めてもいい。でもそうするのは、この夜を美術館に収蔵してしまうようなものだ。撤去されれば、すぐに忘れられてしまう。この夜と一緒に座っていよう。今起きていることを忘れないでいよう。明日になれば、きっと今日起きたことを押しやってしまう。でも今は、覚えておこう。

草の上に座ったお尻の感覚がなくなる。芝生は野生動物のための舞台だ。種馬のように頑健なあなたの小さな車は、私道で静かに輝いていて、長いドライブが終わってようやく落ち着きを取り戻そうとしている。木々の間では、鳥たちがくっくっと笑いながら早朝のモールス信号を送り合っている。酔っ払った学生たちが、ゴルフ場の隅にある丘に登って、あなたを見ている。もしかすると幽霊とでも思っているのかもしれない。それからよろよろと通りまで降りていく。「失われた愛あるアメリカを夢見ながら僕らは彷徨い、車道を走る青い車を通り過ぎ、静かなコテージに帰るのだろうか?」と書いたのはアレン・ギンズバーグだ。

ドアの掛け金が外れそうになると、手首の回転が早まるのと同じように、新しい日が訪れる前に、時間は少しだけ速度を早める。あなたが彼女から自由になるのは翌年の夏至を迎えてからで、この季節が真っ暗闇に変わっていくのを彼女のそばで見ることになるけれど、この朝、光が空に溶け出していて、自分が体と心を持って存在していたことをあなたは忘れない。

朝になると、恐怖であなたに最悪な思いをさせた女性は、何事もなかったかのようにコーヒーを淹れて、冗談を言って、キスをして、あなたの頭を優しくひっかく。そしてまるであなたが眠って起きたかのように、また新しい一日がはじまる。

＊23 『昔話のモチーフ』、C752.1、日暮れ後（夕暮れ）に何かをするというタブー。

スパイ小説としてのドリームハウス

誰もあなたの秘密を知らない。あなたがやることはすべて（顎のラインに親指をなぞらせながら、ツンツンした髪型のブロンドを目で探したり、硬いブーツのジッパーを引き上げたり、濡れたスポンジに沿ってハイボールグラスを回したり、トナーの変な臭いをさせる熱いプリンターを叩いたり、玄関でワインの黒い瓶を振りかざしたり、ランニングマシンが速度を緩めると、汗だくのTシャツを胸もとでパタパタさせたり、ブロッコリーやティッシュを買うのに財布を広げたり、焚き火に背を向けたり、教室の前で腕組みをしたり、他の人が話している間にノートの直線をなぞり続けたり、注目されるほど騒がしく笑い声を立てたりすること）、あなたは知っているのに、彼ら――一般市民のみなさん――は知らないことで誇張される。

ワシントン州のコテージとしてのドリームハウス

何年もあとになって、私はワシントン州沖にある島のコテージでこの本の一部を書いた。その島を一言で表すなら、「湿気」。もしくは「自然」かもしれない。草むらや道やポーチには、ぬるぬるした太ったナメクジが何匹も散らばっていた。海まで歩いていくと、ハヤブサが水に飛び込んで、身悶えする魚を引き揚げているのが見えた。海水でできた小さな沼を越えるときは、まるで地獄の亡者の女王を追いかけるみたいにブヨの大群が後を付けてきた。夜、窓を開けっぱなしで寝ると、たくさんの生き物の声が聞こえた。フクロウ、カエル、そしてあるときはホイッスルみたいな音も。観察しようとカタツムリを捕まえたら、あやまって落としてしまったことがあった。もう一度手に取ると、殻が割れていて、傷口から白い泡が吹いていた。自分が犯したとんでもない過ちに身の毛のよだつ思いがした——純粋で、軽率で、不注意な行為に。苦しみについての本を書くためにわざわざこの島までやってきたのに、何の害も加えない、もともと島に住んでいたものにひどいことをしてしまった。

ある日、レーニア山を眺めながら作家仲間とおしゃべりをしていると、恐怖の叫びが聞こえた。私たちは話すのをやめ、お互いの顔を見つめた。もう一度聞こえると、他の人たちの名前を叫びながら、森の中へ逃げ込んだ。自分たちが立てるゼーゼーという音以外は、静寂に包まれていた。「動物だったんじゃない？」私は半信半疑で言った。

島を去る前夜に、みんなでキャンプファイヤーを囲んでいたときにも、また聞こえた。うなるような声が三回、次第に大きくなっていき、間違いなく女性の叫び声になった。みんなぎょっとして、それからきっと動物の声に違いないと納得し合った。アカオオヤマネコかなにかだよね、なんて言いながら。でも、その音がもたらした戦慄――痛ましくて、紛れもない恐怖の音――は消えなかった。

ソーントン街九番地としてのドリームハウス

動詞になる前、「gaslight（ガスライト）」は明かりを指す名詞だった。一九三八年に『エンジェル通り』という戯曲が上演され、一九四〇年には『ガス燈』という名前で映画化され、その後一九四四年にはまた別の映画が作られた。二作目はジョージ・キューカーが監督し、イングリッド・バーグマンの象徴的な、徐々に破綻していく取り乱した演技が心に残るものだった。卑劣な夫が、ある女性の正気を脅かすという内容で、夫はいろいろな物——ブローチや絵画や手紙——をわざと普段とは違う場所に置く。そうすることで、自分は狂っていると彼女に信じ込ませ、最終的に精神病院へ送りこもうというのだ。でも結局、計画は暴かれる。彼女が子どもの頃、彼は彼女のおばを殺害していて、何年もあとに嵐のようにめまぐるしく進展する恋愛を仕組んで彼女と恋に落ち、狙っていた宝石を見つけるために彼女のおばの家に舞い戻ろうとしていたのだ。絹のような肌をしたカリスマ的なシャルル・ボワイエ演じるグレゴリーは、夜な夜な、彼女に気付かれないように家の屋根裏部屋に忍び込んで宝石を探す。タイトルにもなっているガス燈は、ヒロインが本当に自分は理性を失っていると信じてしまう原因の一つだ。誰も点けていないように思えるのに、家のどこかでガスが点けられたかのように、部屋がほの暗くなる。

バーグマン演じるポーラは、二様に解釈できる恐ろしい混乱の真っ只中にいる。自分は忘れやすく、儚く、おかしくなっていると信じ込ませられるにつれ、ますます不安定になっていき、心理的な虐待は彼女のすべてを崩壊していく。輝くばかりの笑顔を振りまいていたのに、理性を失い、すっかり苦悩に苛まれ、最後にはただの抜け殻のようになって、ロンドンの豪華な自宅を亡霊さながらふらふらと歩きはじめる。グレゴリーはポーラを部屋や家に閉じ込めはしない。彼女の心を監獄に変えてしまうのだから、そんな必要はないのだ。

この映画を観ると、実在の人物ではないと知りながらもポーラに同情してしまう。彼女の苦しみは、『スター・ウォーズ』に出てくるカーボナイト（ガスなどを凍結して閉じこめる際に使用される）に封じ込められている。あなたはこの映画を何度も、何度も、真っ暗な部屋で観る。現実離れしたヴィクトリア朝の家具や、装飾品に映る登場人物たちの影を捉えた不気味なショットに見とれながらも、ポーラのうちひしがれた表情や、気を失う姿や、露のように震える唇には、抵抗を感じてしまう。

イングリッド・バーグマンは大柄の女性で、背も高く体格もかっちりしているが、この映画では砂丘のようにすり減っている。グレゴリーはコンサートの合間に、人前で彼女にノイローゼを起こさせ、その後は家でも、二人のメイドの前で同じことをする。彼女の人格が汚されていくのに気づかない鑑賞者はいない。「使用人の前で恥をかかせないで」とポーラは泣きだすが、彼女たちが実際に見たことを見なかったとしても、私たち鑑賞者は観ている。ポーラはこうも言ったかもしれない。「観ている人の前で恥をかかせないで」と。どちらにしても、私たち――使用人と鑑賞者――は何の力もない目撃者に過ぎない。

『ガス燈』を観たことのない人、あるいは人伝てにしか知らない人は、グレゴリーの目的――彼が「明かりをちらちらさせる」理由――は、まさにポーラを狂気に陥れるためで、それが彼の欲望の全貌であるかのように言ったりする。それは多分、この物語が最も誤解されている点の一つだろう。実際、グレゴリーの行動には、ポーラの存在に邪魔されずに宝石を探すという、極めてわかりやすい動機がある。ガス燈の明滅は彼の追求の副作用で、意図的に狂気を引き起こそうとする彼の策略ですら、一つの目的あってこそだった。しかし、ポーラを巧みに操るのをグレゴリーが楽しんでいるのは明らかだ。即興で何かを行ったり、彼女を苦しめ、悪巧みをするとき、微妙な表情が何度も彼の顔をよぎる。彼は楽しんで行っているし、そうすると欲求が満たされるので、二倍満足できるのだ。

つまり、グレゴリーの動機は説明不可能なものではないということ。それどころか、腹が立つほど現実的で、欲に駆り立てられ、支配欲で膨れ上がり、獲物を弄ぶ猫のような本能に突き動かされている。忘れてならないのは、虐待者は甲高い笑い声をあげる狂人である必要はなく、たいていの場合、そうではないということ。彼らはいつも何かをただ欲していて、どうやって手に入れるかはどうでもいいのだ。

循環としてのドリームハウス

ジョージ・キューカーは〝本物〟の演技を引き出すために、女優を苦しめることで知られていた。ある伝記作家は彼のことを「感情をむき出しにしなければならない場面のために（ジュディ・）ガーランドを追い込んでいくのを、大いに楽しんでいるようだった（中略）そして彼女自身の不幸な幼少時代（中略）仕事がうまく行かなかったときのことや、失敗に終わった結婚生活のこと（中略）それから慢性的に気持ちが不安定であることをガーランドに思い起こさせた」と記している。映画『スタア誕生』を担当したメイクアップアーティストは、「キューカーはどうすれば女性が傷つくかを熟知していて、泣く場面の心境に女優を追い込むために、その方法を利用していた」と語っている。ガーランドが演じた女優エスター・ブロジェットが、映画会社の社長の前でヒステリーを起こすという象徴的なシーンを撮影したとき、「事前にキューカーがあまりにも興奮させ過ぎたせいで、ガーランドは気分が悪くなり実際に吐いていた」と、前述の伝記作家は書いている。それから、「彼はガーランドに厳しく振る舞ったかもしれないが（中略）それは目的があってのことだった」とも。

その場面でエスターは、撮影の合間に控室にいる。彼女はおかしな麦わらのカンカン帽をかぶっていて、目には濃いメイクが施され、リップの色によく合ったチェリーレッドのカーディガンを着ている。頬には、これでもかと言うくらい大きく描かれたそばかす。部屋には、反射するものばかり置かれている——クリスタル、鏡、クロムめっきを施した金属、ピンクと銀のセロファンで包んだ白い花束。オリヴァー・ナイルズが夫（かなり深刻な離脱症状のあるアルコール依存症患者）について尋ねると、眠りに落ちたみたいに、彼女の顔から明るさが消える。彼女は立ち上がり、せかせかと少し動き回ってから、また座って話をする。震えていて、言葉はしどろもどろで、言葉と言葉の間に小さく深いため息をつき、頭を後ろにのけぞらせて涙がこぼれないようにする。目は落ち着きなく動き、誰のことを見つめるわけでもなく、時々カメラの後ろを見る。そして、思うがままに泣く。それから、認めたくないことにたった今気づいたとでも言うみたいに、片手を口元に当て、両手で荒々しく頬をこすって、そばかすを拭き取る。「どれだけ誰かを好きになっても、毎日をどう生き延びればいいかわからない」と彼女は締めくくる。その声には悲しみと諦めが滲み出ている。

ぞっとする場面だし、悲惨で、乱暴なまでに効果的だ。もし私がこの映画の制作過程に倫理的な不安を覚えていなければ、映画がもたらした結果に異議を唱えるのは難しいだろう——登場人物は、『ガス燈』のポーラと同様に、深刻なノイローゼになるギリギリのところにいる（そして『ガス燈』とは違い、役と本人がそこまでかけ離れていない女優が起用されている）。撮影が終わって、望みどおりのものを手に入れてしまうと、キューカーは「優しさとユーモアに包まれた」そうだ。彼はガーランドの肩に触れ、「マージョリー・メインでもここまでうまくやれなかったはずだよ、ジュディ」と言ったという。

その場面の終盤、エスターはそばかすを描き直して気持ちを取り直し、撮影現場へ戻っていく。そして撮影を中座した場所に立ち、大勢の前で両腕を広げて、歌いはじめる。

間違った教訓としてのドリームハウス

一九四四年のアカデミー賞を受賞した『ガス燈』が制作されたとき、映画会社メトロ・ゴールドウィン・メイヤー（ＭＧＭ）は単に作品を作り直したわけではなかった。一九四〇年版の権利を買い取って、「フィルムを焼き、現存するすべてのフィルムを廃棄することにした」のだ。当然うまくはいかず、最初の映画は生き残り、今でも観られる。でもなんて奇妙で、鼻につく話なんだろう。ＭＧＭはただ、新たに映画を作りたかったのではない。最初の映画があったという痕跡を消し去りたかったのだ——まるではじめから存在しなかったかのように。

デジャヴとしてのドリームハウス

彼女はあなたを愛している。彼女はあなたの繊細な、言葉で言い表せない本質を見抜いている。世界中で、あなたしかいらない。あなたを信頼している。あなたを守りたい。一緒に年を重ねたい。あなたを美しいと思う。セクシーだと思う。時々、携帯電話を見ると、彼女がよくわからない何かを送ってきていて、あなたは肺に一筋の不安を覚える。時おり、彼女に見られているのがわかると、世界で一番詮索されているみたいに感じる。

フィラデルフィアの
アパートメントとしてのドリームハウス

何年もあとになって、私はこの本の一部をウェスト・フィラデルフィアの自宅で書いた。妻と一緒に住んでいるアパートメントだ。そこに越す前は、近くにある、真っ暗なひどい建物に住んでいた。ネズミやゴキブリが出たので、罠をしかけなければならなかった。ある朝、コーヒーを淹れようと寝室を出ると、ねばついた罠の上でネズミが大の字に伸びていた。禁断の神殿に入ってしまった冒険家が酸で半分溶けたみたいだった。ネズミはキーキーひどい鳴き声を上げた。私は「罠にかかったネズミ　どうする」とグーグル検索して、アドバイスが載った記事を見つけた。パジャマ姿のまま、ビニール袋にネズミと罠を入れて外に出ると、思い切り踏みつけてから、ゴミ箱に捨てた。

ゴキブリに関しては、ブラジルの幻想小説『G・Hの情熱』みたいに、発狂して自分の限界を超越する寸前だった。最初は、潔癖ということもあって、ペーパータオルを探して、カウンターのまわりを素早く動き回るそれをきれいに潰そうとしていた。ある日、彼らは電子レンジのデジタル時計の中に入り込んだらしく、影でそこにいるのが見えた。幼虫は光に照らされて成虫に脱皮し、抜け殻の一部を残していなくなった。私はその後、映画に出てくるプロの殺し屋にしかできないと思っていた、冷静な実用性を身につけて、素手で殺すようになった。

感傷的虚偽としてのドリームハウス

ドリームハウスの女性は、いつも野菜を買いすぎる。彼女の冷蔵庫のものの詰め方を、あなたはまったく理解できない。棚は全部、葉物野菜や、固い茎野菜や、太い根菜や、丸い茎野菜で溢れていて、電化製品の明るくてモダンなシルエットは完全に隠れてしまっている。中身が全部悪くなるまでの過程は、どこか官能的で、エロティックとすら言っていい。冷蔵庫を開けるたびに、匂いはどんどん庭（土、雨、生命）みたいになって、それからゴミ箱みたいになり、最終的には死のような臭いになる。

それについて一度触れたことがあったけれど、彼女はあなたが言ったことを何度か繰り返してみせ、回数を重ねるごとにどんどん嫌味っぽくなったので、結局あなたが謝った。でもなんで謝っているのかわからない。そう、冷蔵庫は彼女のお金で買ったもの。腐ったものも、そう。

はじめての感謝祭としてのドリームハウス

感謝祭直前にブルーミントンに到着したあなたは、彼女が大学院の仲間を全員パーティーに招待していたのを知る。[*24] あなたは信じられないと言うように彼女を見つめる。「全員?」と尋ね、頭の中で人数を数える。

「でも、ここには二脚しか椅子がないじゃない」とあなたは言う。「テーブルは小さいのが一つあるだけだし。荷解きもまだちゃんとできてないよね」

彼女は何も言わない。

「みんなには持ち寄り制だって言ったんだよね? 何かしらの食べ物を持ってきてもらうから、私たちは鶏を出したりするだけでいいんだよね?」

「ううん」と彼女は言う。「違うよ、それじゃ失礼になるでしょ。みんなの面倒はちゃんと見なくちゃ」

「じゃあ誰が私たちの面倒を見るのよ?」とあなたは言う。「私はすっからかんだよ」

「ファッキン・ビッチ」と彼女は言う。

そうしてあなたは夜十一時に、チェーンのスーパー〈クローガー〉でひとり、食料品を選びながら、どうして自分がそこにいることになったのかを思い出そうとしている。買ったものは全部あなたが払う。

家に戻ると、彼女がロースト用の鍋も数個しか持っていないことが判明し、あなたはひな鶏をまるごと解凍して、油と塩と胡椒をかけながら焼き、ある時点で鳥を半分に切らなければならなくなる。普段なら肉についてとやかく言わないけれど、鳥の背骨を割って、ギラギラした鶏肉をアルミホイルにぎゅうぎゅう押しつけるのを想像すると、尻込みしてしまう。

「手伝ってよ」とあなたは言う。

彼女はシャツとブラを脱いで、キッチンバサミを使って二羽とも切りはじめる。刃を切り込ませて、ももから喉にむかって肉を開いていく。ひどい音だ。あなたは南アフリカでライオンから十フィート離れた場所にいたときを思い出す。ライオンはシマウマの脚の皮を剝ぎ取ろうとしていて、あなたの脳内に住む原始人は、叫んでいた。「逃げろ、逃げろ、逃げろ」

背骨を取り出すと、彼女は鶏をひっくり返して開いた本みたいにして、鍋に押し付ける。

みんながやってきても、あなたはまだ料理をしている。みんなが笑ったり、立ったまま紙皿で食べたり、そこまであなたを意識していないときも、まだ料理をしている。

*24 『昔話のモチーフ』、C745、知らない人たちをもてなすというタブー。

診断としてのドリームハウス

心配したほうがいいのかな？　あなたはしょっちゅうお腹が痛くなる。ちょっと動くだけで吐き気がする。[*25] 胃が焼けるようで、けいれんもしている。多分酸のせいだ。がんでないといいけれど。手足が震えだし、食道が詰まるようなおかしな感覚がある。あなたは理由もなく泣きはじめる。セックスでいけないし、彼女の目を見ることもできないし、もう一軒バーに行く気にもならない。腰が痛みだす、それから脚も。医者からは切実に、減量してくださいと言われる。あなたは泣き叫んでいて、完全にオチを聞き逃す。あなたが降ろすべき重荷は、体重約五十キロで、ブロンドで、顔にイライラした表情を浮かべながら待合室で座っている女性です。

＊25　『昔話のモチーフ』、C940、タブーを破るという病気、もしくは弱さ。

『アイ・ラブ・ルーシー』としてのドリームハウス

ドラマ『アイ・ラブ・ルーシー』には、ルーシーが『ガス燈』で邪悪な夫を演じたシャルル・ボワイエと出会うエピソードがある。彼女がボワイエに熱を上げていることが、愚かな目論見や避けがたい大惨事を引き起こすと考えたリッキーは、別人のふりをするようにボワイエを説得する。彼はそれに応じて架空の人物を装うが、（当然）大混乱となり、ついにルーシーは自分が騙されていたことに気付く。

わざとらしさや、目を見開きながらルーシーがカメラに見せる大げさな表情や、ありえない筋書き、それにこの番組のでたらめな面白さの醍醐味でもあるどたばた劇を、私は面白いと思った。でもその裏でボワイエは、自分はみんなが彼だと思っている人物では、な、い、と言っていて、これは全部茶番だとルーシーは確信しているようで、し、て、い、な、い。私は実はその誰かでは、な、いというのは面白い冗談になるが、それは欺瞞を前提としている。

「汚い手を使うのね」真実を知ったルーシーが憤慨してそう言うと、リッキーはにやにや笑う。

今でも、アイデンティティが間違えられたり盗まれたりするドラマを観ると、不安になる。本当は間違っていないのに、あえて間違えるというコメディー装置が作動して現実のあやうさが露呈されるのは、観ていて気持ちが落ち着かない。このエピソードは『ガス燈』のドメスティック・アビューズ——嫉妬、大声、命令——を不気味に映し出しているようにしか思えなかった。「これはプライベートなことだ」「君は僕のものだ。僕のもの。君は全部僕のものなんだ」こうした台詞はみんな、どたばた喜劇や、ユーモアを交えて適度に笑えるようになっている。これって、面白くない？　面白いよね！　すっごく面白い！　面白いかも！　いつか面白くなるよ！　そうでしょ？

ミュージカルとしてのドリームハウス

あなたは自分がどれくらい歌っているのか、彼女に歌うのをやめるように言われるまで気づかない。[*26] どこでも歌っているようだ。シャワーを浴びたり、お皿を洗ったり、着替えたりする間も。ミュージカルの音楽や、聖歌や、子どもの頃に（教会や学校やガールスカウトで）聞いた古い歌を歌う。そのときに起きていることを何でも歌詞にして、自分で曲を作ったりもする。彼女は車の中で音楽に合わせて歌うけれど、音楽がかかっているときにしか歌わない。音楽なしであなたのために歌ってよとお願いしても、嫌がる。

めずらしく頭が冴えているとき、あなたが歌うのを彼女が受け入れられないのなら、それはあなたを受け入れられないという意味だよ、と生意気な口調で言ってみる。半ば冗談のつもりだったけれど、空回りする。「そうかもね」と言う彼女の声は、髄まで冷ややか。

＊26　『昔話のモチーフ』、C481、歌うというタブー。

訓戒のような話としてのドリームハウス

平日のある日、ドリームハウスから車で戻る途中に、あなたはイリノイとアイオワの州境付近でガソリンが減っていることに気づく。GPSによると、風にさらされた寂しい出口を過ぎた辺りにガソリンスタンドがあるというが、降りた途端、すぐに間違いに気づく。目の前に続くのは長い田舎道。周りにはところどころに納屋や家が建っているとうもろこし畑しかない。あなたは車で走り続ける。地平線を越えたら、ガソリンスタンドが見えてくるんだよね？

でも丘を越えるたびに見えるのは、ひたすら続く田舎道だけ。戻ったほうがいい？　スタンドは次の角にあるかもしれない？　たそがれが終わると、突然景色が単調になって暗闇に飲み込まれる。

あなたは車を停めて、携帯電話で道を調べようとするけれど、電波がない。座ったまま、深呼吸をする。パパはなんて言うだろう？　携帯電話ができる前は、こんな状況に陥ったらみんなどうしていたの？　歩いたほうがいいかな？　誰かの家のドアを叩いてみる？　ただ、家に帰りたいだけなのに。

あなたは叫び続け、ふと我に返ると丸々一分叫んでいたと知る。拳をハンドルに叩きつけて——かわいそうな車！　彼女はあなたに指示されたこと以外何一つやっていないというのに——わめき続ける。「ファック、ファック、ファック！」あなたはなぜ自分が泣いているのかわからない。人はみな道に迷うものだ。

携挙としてのドリームハウス

子どもの頃、「レフト・ビハインド」シリーズを読んでいて、カーク・キャメロン主演の支離滅裂な映画版まで観た。黙示録的なテーマと聖書的な正しさを併せ持つ、陳腐なスリラーだったけれど、十代のあなたにとって、あそこまで完璧だと思えた作品は他にあった?

家族はその類の教会に通っていなかったというのに、あなたは「rapture（携挙）」という概念に取り憑かれていた。興奮を覚え、規律を感じた。主はいつやってくるかわからない。やってきたら信者を一緒に連れていくから、身構えていなければならなかった。緊張で震えながら、その瞬間に備えていないといけない。心は休まらず、常に警戒していた。黙示録のごとく世界が引き裂かれるとき、ジーザスがやってきて彼の試練を乗り越えられなかったら——しかも彼はあなたの心の一番奥の部屋を知っているので、嘘はつけない——あなたは取り残されて、信者ではない人たち（連れ去られた愛する人たちの、きれいに折りたたまれた洋服を握りしめている人たち）と一緒に残ることになる。

ある日、あなたは「rapture」には「最高の幸せ」という意味もあることを知り、完全に理解する。揺るぎない恐怖のなかを、顔に微笑みを浮かべながら生きることが大事なのだと。

仮定法の練習としてのドリームハウス

そう、地下室にはクモがいて、そう、床が凸凹していて、部屋から部屋へ急いで移動すると、右足が胴に押しつけられるような感じがする。そして、そう、彼女は荷解きもしないで、がらくたが詰まった背の高いダンボール箱を家具代わりに使っていて、そう、ソファは古すぎて座ると背中にスプリングが当たって、そう、彼女は地下室でマリワナを育てたがっていて、そう、部屋にはそれぞれ嫌な思い出がある、でもきっと、ふたりはここで子どもを育てられたはずだ。

幻想としてのドリームハウス

「幻想」は、女性のクィア性を表すお決まりの言葉だと思う。二度目のデートでUホールしよう（U-Haul は引越し業者の名前。レズビアンやバイセクシャルの女性がすぐに関係を深めて、同棲をはじめるという意味）なんて冗談を言うのも無理はない。男にごたごた言われずに、欲望や、愛や、日々の喜びを求められるのは、「楽園」のかなりまっとうな定義だ。

クィアのドメスティック・アビューズに関する文献では、目のまわりの青あざや、手首の捻挫のように暴力的な穴の開いた夢*[27,28,29]が掃いて捨てるほど言及されている。クィアの不朽のシンボル「レインボー」ですら、気まぐれで怒りっぽい神が、崇高な暴力を繰り返さないという約束の証だ。「もう二度と世界を洪水にしたりなんてしないよ。あれは一度きりのことだから。誓うって。私のことを信じるかい？」（その後、脅迫に発展し「ふざけんじゃねえ、この次は火事にしてやる」となる）。理想主義の不完全さを認めるのは、私たちもこの点においては、ストレートと変わらないと認めるのと同じくらい辛い。こうした幻想はすべて、崇高な楽観主義によるものだ。慈善心が薄い人にとっては、傲慢とも言える。

きっといつかは変わるのかもしれない。クィアが普通に受け入れられ、クィアであると知るのは、楽園に入るというよりもむしろ、不完全でも、自分の体は自分のものだと主張することだと感じられるようになるときに。

＊27　「私は夜、恋人の腕のなかでレズビアンの楽園を夢見ながら眠りにつく。それから目を覚まして、レズビアン同士の暴力という現実を見るのは、なんたる悪夢か。それについて話そうとするのは悪夢のようで、胸を締め付け気管を塞ぐ霧のよう（中略）私たちは自分たちの愛を称賛するのがすごく上手い。レズビアンのなかには、楽園ではなく、恐怖や暴力がはびこる地獄に生きている人もいると聞くのは、とても辛い」（リサ・シャピロ、「オフ・アワ・バックス」誌でのコメント、一九九一年）

＊28　「こうした暴力の存在を認めることは、私たちのユートピア的なダイクの夢に何をもたらすのでしょう？」（エイミー・エジントン、アーカンソー州リトルロックで一九八八年に開かれた初のレズビアンの虐待についての学会での発言）

＊29　一九八七年に書かれたレズビアンの虐待についての劇『カーテンの裏側』の書評から。「この劇を書き、（また）私たちの生活における喜びと痛みの両方を描くことで、（マーガレット・ナッシュは）レズビアンは私たちが生まれた社会を超越し、カミングアウトすることで、ある種の神秘的なユートピアに存在している、というほぼ反射的に生まれる推測をはねつけている」（トレイシー・マクドナルド、「オフ・アワ・バックス」、一九八七年）

リストとしてのドリームハウス

彼女はあなたのよくないところを、言わせようとする。それは大好きな遊びで、どこがいけないのか彼女に言われるよりずっと良い。何年も経つと、なかなかやめられない癖になる。

まず、救いようのない気取り屋になることがある。他のもっと称賛されるべき気質よりも、知性やウィットに価値があると思っている。他の人がバカなことを言うのがすごく嫌いだ。うぬぼれている。自分の仕事に長けていると信じている。ひどく神経質で心配性で自己中心的。人が自分と同じくらい早くものごとを理解しないと苛立つ。ムラムラしたせいで、これまでバカなことをやってきた――恥ずかしいことをしたり、間違った選択をしてきた。何人かの前で自分を卑下してみせた。密かに男性になりたいと思っていて、でもそれは自分のジェンダーアイデンティティを疑っているからではなく、人々にもっと真剣に扱ってもらいたいと思っているからだ。ニキビを潰すのが好き。大半のことよりもオーガズムを優先する。時々、警告なしに、ファックする能力が完全にゼロまで落ちて、あなたを必要とする人々にとって役たたずとなる。大半の友達とのセックスを妄想したことがある。誰かに天才だと言ってもらいたい。ボードゲームでズルをしたことがある。ヘルペスにかかったと思って、クリスマスに緊急診療を受けたけれど、ただのニキビだったことがある。子どもの頃は告げ口屋で、今でもルールに従順。ドラッグについては潔癖を装っている。自分の健康状態を気にしすぎている。長い瞑想の間で、集中できるのは、乱交パーティーについて考えているときだけ。果敢に戦うのが好き。

コモンズの悲劇としてのドリームハウス

彼女はいつも勝とうとしている。

あなたは彼女にこう言ってやりたい。そんな感じだと、一緒にやってはいけないよ。愛は勝ち負けではないし、恋愛に採点システムはないの。私たちはパートナーで、世界を相手にしている。ここで衝突し合っていたら、うまくはいかないよ。

でもその代わりに、こう言う。どうしてわからないの？　どうしてわからないの？　本当にわかってる？　じゃあ、何を私がわかってないって言うのよ？

啓示《エピファニー》としてのドリームハウス

大半のドメスティック・アビューズは、完全に合法。

レガシーとしてのドリームハウス

彼女は両親と一緒にコロラドにスキーに出かけ、あなたは誘われていない。家で執筆していると、ロッジから彼女が電話をかけてくる。「今、熱いお風呂に入ってるの」と彼女は言う。「ジントニックを飲みながらね。あなたのことを考えてるよ。オナニーしようかな。会いたい」

「私も会いたい」とあなたは言う。

「一緒にする?」と彼女は尋ねる。魅力的な誘いだ——反射的に、あそこ《カント》がきゅっとうずいて、緩む——でもすぐ先のキッチンにはルームメイトがいるし、声を出さずにいられるか自信がない。

「今はどうかな」

「ねえ」と彼女は言う。その声はガスみたいに受話器から漏れてくる。「私に興奮しないんだったら、そう言いなよ」

「そんなことないよ、なんで?」

「私のことをいいと思わないんだったら、一緒にいるべきじゃないんじゃないの」あなたは背を正して座り直す。「別れるってこと?」

「私はただ、好きじゃない人と一緒にいるのは本当に辛いって言ってるだけ。そんなことはするべきじゃないって思ってる」

「別れるってことだね」あなたはパニックと興奮の間で、突然胸が風船みたいに膨れ上がるのを感じる。電話を切ると彼女はすぐにかけ直してくるが、あなたは出ない。何度も、何度も。泣いていると、ルームメイトのジョンがやってくる。そして、どうしたの？　と尋ねる。

「今彼女に振られたんだと思う」とあなたは言う。

電話が甲高い音で鳴り続ける。ジョンはあなたの手から優しく電話を引き剝がす。「もうこれ、切っちゃわない？」と彼は言う。あなたは電源を切ろうとするけれど、どうすればいいのかわからず、後ろの蓋を開けてバッテリーを取り出す。すると、画面が真っ黒になって、憐れむように静かになる。あなたは信じがたい思いで泣いていて、会話の展開にムチで打たれたみたいに体がずきずきと痛む。ジョンはあなたをしっかりと抱きしめ、ふたりはその場で一緒に座っている。

一時間後、携帯電話にバッテリーを戻すと、すぐにまた鳴りはじめる。出ると、彼女は泣いている。

「なんで電話に出なかったのよ？」彼女は泣きじゃくっている。

「あなたから別れたんじゃない」とあなたは言う。

「別れてなんてないよ！」と彼女は泣きわめき、後ろでは彼女の父親の怒鳴り声が聞こえる。

「あのファ、ファ、ファッキン・ビ、ビ、ビッチと話してるのか？　そんな電話とっとと切っちまえ……」

彼女が父親にあっちへ行ってと叫びはじめたところで、電話は切れる。ジョンはあなたを見つめるだけで、何も言わない。

こんなふうにして彼女に何回振られて別れたのか、いずれわからなくなるのだろう。

文章問題としてのドリームハウス

じゃあはじめるけど、アイオワシティにある女性が住んでいて、彼女はそこから約六百五十キロ離れたインディアナ州ブルーミントンに引っ越します。ガールフレンドは彼女をすごく愛していて、遠距離恋愛に同意するの。ためらうことすらなく、考えるまでもない《ノープレイナー》ことなのだそう（それには頭が悪いという意味もあるけれど、彼女は気づいていない）。彼女は大学院二年生の一年間を、ブルーミントンとの往復に費やします。好きでそうしているのね。車の中でオーディオブックの七十五％を聞いたこともある。では、時速百キロで運転して、オーディオブックの平均的な長さが十時間なら、ＭＦＡプログラムの半分をガールフレンドの家に行って、五日間ずっと怒鳴られ続けて時間を無駄にしたと気付くのには、何ヶ月かかるでしょうか？自ら進んでそうしていたという事実を受け入れるのには、何ヶ月かかるでしょうか？

3.

同族なので、家はあなたをわかっている。
あなたが叫ぶと、
照明がちかちかして、幽霊みたいに青くなって、不規則になる。
自分だけの世界に引きこもっ《シャットオフ》ているとあなたが彼女に言われると、
照明のスイッチは小さな白い頭で頷く。
彼女の命令を聞くと、その下でタイルはきしみながら「はい」と答
える——あなたが彼女を求めなくなるのは、何か悪いことが起きた
からに違いない。でも窓は
ガタガタ音を立てて、反対する。何の妨げもない
はちみつ色の光のなかで、窓は見ている——何か悪いことが
実際に起きているのを。

——リア・ホーリック
『幽霊の家』

人間VS自己としてのドリームハウス

かつてあなたのお母さんは、いつも小さい体を震わせているグレタという名前のシュヌードルを飼っていた。あなたが大学生の頃に彼女が救った犬だ。グレタは丸々していて、灰色で、これまで見た犬のなかで一番神経質で、しょっちゅうアンニュイになったり、不安になったりしていた。家で飼っていたコッカプーのギビーがビニール袋を喉に詰まらせて死んだとき、グレタは精巧に積み上げられたぬいぐるみの山を――なかには彼女よりも大きなものもあった――家じゅう動かして悲しんだ。あれは何をしているのかとあなたが尋ねると、お母さんは「ずっとああしてるのよ」と優しく言った。

お母さんが外出している間にグレタの面倒を見たことがあって、そのときは彼女の倦怠感に心底イライラさせられた。グレタは一日の大半を、ソファの特定の場所で寝て過ごした。顔はソファの布地に押し付けられていたが、眠っているわけではなかった。見開かれた黒い目は、何を見ているわけでもない。グレタは死んでいるみたいだった。あなたが彼女の体を動かすたびに、力なく手脚をぶらぶらさせて、床に下ろしても脚を伸ばそうとしなかった。トイレをさせるために外に出しても、一番近いところに行くだけで、その間もあなたからずっと目を離さず、あなたが十代の頃に経験したどんなことよりも気だるそうにおしっこをした。リードにつないで散歩にでかけたときも、グレタは地面に横たわって動きたがらず、抱きかかえて家まで連れて帰るのは、一度や二度のことではなかった。

ある日、あなたはグレタを抱き上げるとドアの傍に下ろしてから扉を開けた。「グレタ」とあなたは言った。「行きなよ！　自由になりな！　さあ、走って！」でも彼女は、すごく惨めで悲しそうな顔であなたを見つめるだけだった。

グレタは逃げようと思えば逃げられた。ドアは開いていたのだから。でも彼女は自分が何を見ているのかすら、わかっていないようだった。

現代アートとしてのドリームハウス

その冬、ブルックリン美術館へ「ハイド／シーク」という展覧会を見に行く。あなたは自分の意志に反して、この街に監禁されている。数日間だとしても、ニューヨークには来たくなかったのに、彼女がどうしてもと言い張ったのだ。あなたは彼女と一緒に美術館に行くことにする。アートはいつも心のバランスを取り戻してくれるし、自分が体とそれに伴う悲しみ以上の存在であると思い出させてくれる。

美術館の中で、あなたは彼女の先を歩く。かなり離れたところまで来たから、顔に押し付けられた枕みたいに彼女の存在が重くのしかかってくるのを感じないで済む。フェリックス・ゴンザレス＝トレスというキューバ生まれのアメリカ人アーティストの作品「無題（ＬＡにいるロスの肖像画）」を見つける。いろいろな色のセロファンでくるまれたキャンディの山が角に積まれているインスタレーションを見ると、思わず笑ってしまいそうになる。おかしなほど場違いな作品だ。でも近づいて解説を読むと、作家の恋人がエイズで亡くなる前の体重を表しているとわかる。解説には、鑑賞者は自由にキャンディを取って良く、キャンディはまた補充されると書かれている。一九九一年からずっと、失われたものを誰かが補充し続けているのだ。

一九九一年、あなたは五歳で、自分がクィアだとわかっていなかった。ペンシルベニア郊外に住んでいて、エイズが何なのかも知らなかった。あなたは物語を自分に話して聞かせていた。

弟に憤慨していて、産まれたばかりの妹にも憤慨していた。風船が怖いと言って、ペットボトルとストローを使って、肺にゴムが吸い込まれないようにする装置を発明した。考えごとばかりしていて、不安は生きるために不可欠な血液で、燃料だった。あなたは若かった。自分の心や頭が、たまものにも監獄にもなることを知らなかった。誰かがその力を奪って、あなたに向けてくるなんて知らなかった。

二〇一二年のはじめ、山積みのキャンディを前に、あなたはそこから発せられる絶望や怒りや嘆きとまっすぐつながっているように感じる。解説には「親交の行為」とある。一つキャンディを取って、ねじるように包み紙を外すと、口に放りこむ。

その瞬間、彼女が隣に現れる。

「何してるのよ?」彼女は怒りをこめた声でささやく。

あなたは身振りで解説文を指す。彼女は見ない。すごく近づいてくるので、耳元にキスをするかのようだけど、彼女は小声であなたを非難する。近くにいる人たちには、愛のささやきと見分けがつかないだろうが、一定のリズムで次々に怒りの言葉と罵り言葉を吐き出している。あなたは彼女を見られない。「無題」で、死んでいるのに、でもいつまでも生き続ける不死身のロスから目を逸らせない。あなたはキャンディをなめて、なめて、なめるけれど、砂糖の味以外なんの味もしなくて、彼女はまだどれだけあなたが最低で、最悪の最悪かを話し続けていて、なんであなたをここに連れてきたんだろう、信じられないと言う(展覧会のこと? 美術館? ニューヨーク? 彼女のベッド? あなたにはわからない)。キャンディは小石くらいの大きさから氷の破片みたいになって、消える——ロスの風化に一歩近づき、復活に一歩近づく。

二度目のチャンスとしてのドリームハウス

ある日、ふたりとも二日酔いのままドリームハウスで昼寝をしていると、彼女があなたの方を向く。その目はすっかり覚めている——あなたが思っていたよりもずっと。

「アイオワ大学をもう一度受験したいって言ったら何て言う?」と彼女は尋ねる。「そうすれば、また戻ってきてあなたと暮らせるでしょ」

そのときに胸に感じたものが何だったのかを言い当てるのは難しい。飛び上がるような興奮する気持ちが、同時にパニックという鎖でぐいっと引き戻されるような感覚。あなたはすぐに微笑むけれど、その顔に何かを感じとった彼女は不愉快そうに表情を崩す。

「何よ、私なんかじゃ受からないって思ってるの? それとも私には来てもらいたくないってこと?」

「違うよ、ただ……あなたは時間もお金もかけてブルーミントンに来たんでしょ。ここを気に入っているし、友達もいるし……なんで離れるの? 素晴らしいプログラムじゃない。遠距離恋愛もうまくやれていると思うんだけど、違う?」

彼女は両手で体を起こしてベッドから出ると、行ってしまう。その日はずっと、口を利かない。あなたが自分のなかのあらゆる優しさをかき集めて、彼女のやりたいことを支持すると言い出すまでずっと。「早く来てほしいな」とあなたは言う。あなたはもう二度と彼女の理屈《ロジック》に疑問を持ったりしない。

でもわかっている。心のどこか奥の方で、それはあなたとは全然関係ないということを。

あなたは彼女が願書と一緒に送る短編に手を入れる。そのうちの一編は、独占欲と嫉妬心が強いがゆえ、あらゆる恋愛関係を台無しにしてきた男の話だ。なかなかうまく書けている。

チェーホフの銃としてのドリームハウス

クリスマス休暇の間、あなたはドリームハウスに何週間か滞在する。車はなく、注意力もない。あまりにもバカだった。悪いことが起きる前兆はすでにあったのに、ラベンダーの香りのするベッドで何時間もファックしたり、自堕落に食べ続けたり、彼女と一緒に過ごしたりする終わりのない日々にそそられてしまった。これまでずっと快楽主義者だったあなたに、彼女が加わって一緒に快楽にふける。動物みたいに何かに飢えているところが、あなたとよく合う。

最後の週、あなたは彼女と彼女の作家仲間と一緒に地元のボウリング場へ行く。あなたは彼女の車――流線型が美しい高級車で、両親からの贈り物――を運転して行く。今回に限っては、彼女はお酒を飲まず帰り道を運転することになっていた。そこであなたは自由に、いつもは飲まないペールエールをピッチャーで飲んでいた。彼女と一緒にいて酔っ払うことはもうなかったけれど、手足が緩んでくるあの感覚をしきりに求めていた。彼女はビールを片手にゆっくり飲みながら、あなたに微笑みかける。あなたはいつものようにボウリングをする。大体一本もピンが倒れずに終わる。興奮しすぎてしまって、ガターにボウルが飲み込まれてしまうのだ。それでも時おり、ストライクを出す。あまりにも美しく破壊的にピンが倒れるので、何かに上達したような気分になって、一筋の自信を感じる。真珠みたいな光沢がある桃色のボールを、手のひらで回転させてから放り投げると、ごろごろという素敵な音を立てながら勢いよく転がっていく。

彼女はブッチらしく座っていて、膝を軽く叩く。あなたは座る。今までそれほど多くのボーイフレンドやガールフレンドがいたわけではないけれど、そのうちの誰も――まちがいなく過去に出会った軽薄な人たちは誰も――そんな仕草をしなかった。あなたは穏やかに満たされていて、少しハイな気分になる。まさに、ガールフレンドの膝に座っている普通の女の子。

彼女の手が胸元へ上がってくると、あなたはどうすることもできなくなる。その手を握りしめながら、優しく押し戻す。彼女はまた手を伸ばしてくる。もう一度手をどかすと、彼女の怒りを感じる。顔は見えないけれど、匂いが変わる――電源が入った電気コンロの上に置き忘れた安物のふきんのよう。彼女はハエトリグサみたいにプチッとキレて、あなたの腕をあなたの胴に巻きつける。

そして体を傾けて耳元でこう言う。何なのよ。それは言葉にも、質問にも聞こえない。猫がゴロゴロと喉を鳴らすような音。

「やめて」とあなたは言う。

彼女はあなたの腕をつかんでいる手を強める。「ファック、あんたなんて大嫌い」その声は突然酔っ払っているみたいになる。あなたはずっと見ていたので、彼女が一杯しかビールを飲んでいないと知っている。でも自分もビールを飲んでいるので、どうしたらいいかわからない。

「あんたなんて大嫌い」と彼女はもう一度言う。ボウリング場の音がはるか遠くから聞こえてくる。心臓が止まりそうだ。誰かの親になったことはないから、これまで誰にも大嫌いになられたことはない。

あなたは立ち上がると、荒々しくあたりを見渡して他の人たちを見る。でも彼らはじっとどこか別の場所を見ている。「もう行こう」とあなたは言う。「ねえ……」

彼女が立ち上がると、確かに酔っ払っているように見える。どうやって家に帰ろう？お財布に手を伸ばすけれど、現金がない。その数分後、詩人の友人がやってくる。「本当にごめん」と彼は何回か言うものの、ろれつが回っていないし、何に対して謝っているのかよくわからない。彼はあなたの手にタクシー代として二十ドル札を押し付ける。必ず返すからと彼に言ったが、思い返してみると結局返さなかった。

タクシーでボウリング場から出るときに、駐車場で輝く彼女の車を見かけると、朝までレッカー移動されませんようにとあなたは祈る。タクシーの後部座席では、彼女が目を閉じていて、ボソボソ独白をつぶやきはじめ、家に帰るまでずっと続く。ファッキン・カント、あんたなんて大嫌い、カルメン、ファック・ユー、ふざけんな、まじで最低なファッキン・ビッチ……

ベッドシーツを引き剝がす感覚は最悪だ。あなたはソファで寝ることにする。誰かに怒っていて、そうしなければその人の隣で寝る羽目になるときは、みんなそうするのだ。実際に経験したことはないけれど、聞いたことはある。映画でも何度か観た。パジャマが見つからない。リビングまで行って、下着姿になると、スプリングが体に当たる壊れたソファで体を丸める。シーツを体に巻きつける。柔らかくて、すごくよく伸びるジャージー素材のもので、大学時代に使っていたのと同じだ。

彼女にシーツを剝がし取られると、あなたは身震いする。*30「何やってるのよ？」あなたを見下ろしながら彼女が尋ねてくる。あなたは何も言わない。彼女がどかないので、あなたは「怒っているんだよ。ひとりで寝たいの、お願い」と言う。

彼女は貢物を差し出しながら哀願するみたいに、ソファの傍にひざまずく。キスか、ファックするつもりなのかもしれないけれど、そうはさせない。そうはさせない、そうはさせない、そうはさせない――

彼女は身を乗り出して、あなたの耳元で怒鳴り出す。まるで口から吐いた酸をあなたの中に流し込むみたいに。慌てて体を逸らそうとするけれど、彼女はあなたの体を押さえつけて、負傷したクマや、古代の神様みたいに(古代のクマ、負傷した神様)吠えている。

何かが切り離されたような感じがする。あなたはソファから転がり落ちると、立ち上がって、部屋の反対側へ突進していく。寝室に消えた彼女は、あなたのスーツケースを持って出てくる。そして、すさまじい叫び声を上げながら、力いっぱい投げつけると、スーツケースは壁に当たって大きな音を立てる。彼女は下の方に手を伸ばして、何か――すごく素敵なあなたのモドクロスのブーツだ。大金をはたいて買った最初の一足――をつかむと、片方を投げつけてくる。靴は回転して、的を外す。もう一足も投げるけれど、それも外れ、代わりに壁にかけられた額入りの絵が外れる。あとであなたは、靴が当たらなかったのは、素速くかわしたからとか、彼女がちゃんと狙えなかったからだと納得しようとするけれど、どんな結論にもたどり着かない。

彼女がまた別のものを探して下に手を伸ばすと、あなたは自分が幼少時代の経験という深い井戸の中へ降りていっていると気づく。あなたの髪に何か気持ち悪いものをくっつけようとしている弟から、ふざけるようにして逃げたんだった。家は円を描くような構造なので、彼女から逃げてキッチンへ向かうと、七歳の弟がしたように、彼女はあとを追ってくる。書斎を抜けて廊下へ出ると、バスルームに突進する。バタンと大きな音を立ててドアを閉めて、鍵をかける。するとその直後に、彼女が体当たりしたかのようにドア全体が揺れ、あなたはドアノブから素速く身を離す。それから反対側の壁の方へ後退りし、床に崩れ落ちる。彼女がドアを壊そうとしているような音がする。

少しの間あなたはそこにいるが、携帯電話がないので、正確にどれくらい時間が経ったのかわからない。ついに音が止む。気味が悪いほど静まりかえっている。あなたは立ち上がって、鍵を外し、体を震わせて泣きながら出ていく。彼女はソファに座っていて、人形みたいに何を見るでもなくぼんやりしている。それから振り向いてあなたを見る。顔はゆるんでいる。

「どうしたの?」と彼女は言う。「なんでそんなに取り乱してるの?」

その夜、暖炉の上に銃が置かれる。もちろん比喩としての銃だ。もし本物の銃があったとしたら、あなたはきっと死んでいたはずだから。

＊30 『昔話のモチーフ』、E279.3、寝ている人から幽霊がシーツを引き剝がす。

女性のインクの匂いとしてのドリームハウス

作家ノーマン・メイラーはかつて他のことを交えながら、「女流作家のインクを嗅ぐといつも、ダイク的な精神異常を多分に感じる」と言った。つまり、女性が書いたものは狂気の沙汰で、女性のことが好きな女性の書いたものは、二乗分頭がおかしいということだ。利子のようにかけ合わされたヒステリーと性対象倒錯は、永遠に増え続ける負債に似ている。メイラーが、、、ダイク的という表現を使ったことは、自分のイチモツに関心がないのは精神異常の種に違いないと彼が思い込んでいたことを示している。

メンタルヘルスやレズビアンに関する物語はいつも、ホモフォビア（同性愛嫌悪）のきらいがある。大学時代に、『ガールフレンド』というボリウッドには珍しいクィア女性の映画を見た。レンチを巧みに扱うブッチのレズビアンが、美しいフェムを誘惑するという話だが、結局フェムは身を引いて、男に恋をする。するとブッチはカンカンに怒って独占欲を膨らませ、乱暴になって、終いには窓から落ちて死んでしまう。

私は同性婚が、冗談として笑い飛ばせるくらいありえないものから、当然の結果として国の法律になるという変貌を遂げた文化のなかで大人になった。自分のことを隠さずに暮らすようになって、約十年になる。それでもどういうわけか「気の触れたレズビアン」という亡霊に取り憑かれている。私は恋人に精神疾患やパーソナリティ障害、怒りの問題に悩んでほしいと思ってはいなかった。彼女には、理性のない振る舞いを続けてほしくなかったし、嫉妬したり、残酷になったりしてもほしくなかった。何年もあとになって、彼女に何かを言えるとしたら、きっとこう言うだろう。「マジでお願いだから、私たちを悪者にするのはやめてよね」

ホーンテッドマンションとしてのドリームハウス

呪われるというのはつまり、どういうことだろう？　直感的によくある表現を思いつく。悲劇に染まった場所。少なくても死が訪れるが、その前にいくつもひどい出来事が起きえて、当然そのうちのいくつかは死と同じような結果を招くこともある。あなたはドリームハウスの壁の間で長いこと体を震わせたまま過ごし、執拗なくらいに彼女の体の位置を気にしてまともに眠れず、彼女の足音や、声ににじみ出る侮蔑に耳を傾け、生きている間に見ることになるとは思いもしなかったものを、信じられない思いで死んだ目で見つめている。

他にどんな意味がある？　何かが呪われるというのは、メタファーで溢れていて、空間が四次元に存在して、頻繁に帰る場所はあなたの精魂で充満し、過去は離れていかず、常に案ずるべき気配があり、肉体を傷つけるのと同じくらい簡単に空気を傷つけられるということ。[*31]

こんなふうに、ドリームハウスは呪われた家だった。あなたは過去に悪いことが起きた場所に、突然うっかり住むことになったのだ。でもある日、リビングでふと、この家の亡霊は自分だと気づく。[*32]目的もなく部屋から部屋をさまよい、荷解きされることのない段ボール箱を呆然と見つめ、何をすればいいのかわからないでいるのはあなただ。結局のところ、精神的な苦痛を受けた印を残すために死ぬ必要はない。もし今、誰かがドリームハウスに住んでいるとしたら、その人はあなたの名残を見ているかもしれない。

＊31　ベネット・シムスが書いた「家守り」という素晴らしいホラー小説の一節を、あなたは忘れられずにいる。「迷信を抱いているのではなく、何も考えていないだけ、というのは理にかなっている。というのも、家族が皆殺しにされた家で寝ているようなものだからだ。亡霊の存在を信じていようがいまいが、そこには案ずるべき気配がある」この文章は、不可知論者が密閉空間の空気にはまだどこかおかしいところがあると感じるみたいに、あなたの心に響く。

＊32　『昔話のモチーフ』、E402.1.1.1、幽霊に呼ばれる、E402.1.1.2、幽霊がうめき声を上げる、E402.1.1.3、幽霊が泣き叫ぶ、E402.1.1.4、幽霊が歌う、E402.1.1.5、幽霊がいびきをかく、E402.1.1.6、幽霊がすすり泣く。

チェーホフの引き金としてのドリームハウス

ボウリング場での出来事から数日後、あなたがアイオワに戻る前日、彼女は地元のバーでのライブにあなたを誘う。あなたは行きたくない——何年も前から、ライブで音楽を聞いて体や寝るときの負担になるのがすごく嫌なのだ。でもそれを認めるのが怖いので、一緒に行くことにする。それがこの日に犯した最初の間違い。あなたはそこで友人たちに会う。ビールを買うも、たまにしか飲まない。すぐに彼女の車に乗って帰れるようにしておきたいからだ。バンドはシカゴ出身のＪＣブルックス＆ザ・アップタウン・サウンドで、演奏は申し分なかった。ライブが終わるまでずっと座っていると、だんだん疲れてくる。それが、二つ目の間違い。

「家に帰りたい」あなたは彼女の方に体を傾けながら、そっと耳元で言う。「すごく疲れてるし、明日の飛行機も早いから」

彼女は心地よくリラックスしているようだ。「私も一緒に帰ろうか?」彼女は言う。

あなたはほっとする——彼女の反応はすごく普通に思える。それが三つ目の間違い。

「何でもいいよ」とあなたは言う。「もしあなたが楽しんでいるんだったら、タクシー代を置いて私は車で帰るよ。それか一緒に帰ってもいいし。あなたに任せるよ、ダーリン」

「何でもいい?」と彼女は言う。

「うん」とあなたは言う。「どっちでも」

「つまり私のことなんて、どうでもいいって思ってるんだね。私が一緒に行っても行かなくてもどうでもいいって」

「そういう意味じゃないよ。ただ……」

「私が生きようが死のうが、どうでもいいんでしょ」と彼女は言う。

あなたのなかで、何かが断崖絶壁までよろよろやってきて、落ちる。


車まで来ると、彼女は運転させてと言う。

「だめ」とあなたは言う。「だめだよ、酔っ払ってるでしょ。運転なんてさせられない」

「鍵をちょうだい、さもなければ殺してやる」と彼女は言う。多分、ふざけていたのだと思う。でももうあなたに冗談は通じない。

「もし鍵を渡したら、ふたりとも死ぬことになるよ」

彼女は助手席に乗り込む。それから家までずっと、彼女がふたりの間にある仕切りを飛び越えてハンドルをつかんでくるのではないかと、あなたは待ち構えている。そうする代わりに、彼女は目を閉じる。


家の中へ入っていくとき、彼女は後ろから叫んでいる。あなたはもう落ち着いている。前回から学んだのだ。もうすでに強くなっている。

寝室で洋服を脱いでから、バスルームに行ってドアに鍵をかける。シャワーのお湯は耐えられないくらい熱い。すぐに体は温まり、シャワーの音は嵐を思い出させる。

すると彼女がいる。ひょっとするとちゃんと鍵をかけなかったのかもしれないし、そもそも鍵をかけなかったのかもしれない——彼女はまだ叫んでいる。そしてカーテンレールからシャワーカーテンを引きちぎる。あなたは後ずさりする。眼鏡をかけていないので、彼女の姿はただのぼやけた青白い塊で、口は赤い穴にしか見えない。ふたりの間をお湯が流れていく。

「あんたなんて大嫌い」と彼女は言う。「ずっと大嫌いだった」

「知ってるよ」とあなたは言う。

「今すぐにこの家から出ていって」

「無理だよ。車がないから。明日には飛行機に乗るよ」

「出ていかないなら、追い出してやる」

「私は床に寝るよ。明日の朝一番に出ていくことにする。あなたが気付かないうちにいなくなるから」

あなたは泣きながらバスタブの底に滑り落ち、彼女は出ていく。あなたは体に当たるお湯が氷のように冷たくなるまで、そこに座っている。そして数分経ってから、手を伸ばして蛇口をひねる。震えている。

彼女はまたバスルームにやってくる。近づいてきて、あなたの方に手を伸ばす。裸だ。

「なんで泣いているの？」その声はあまりにも優しくて、あなたの心は桃のように真っ二つに割れる。

メロドラマとしてのドリームハウス

覚えていないと、寝る前に彼女は言う。バーにいて、それから裸であなたの上に覆いかぶさったことは覚えているよ。でもその間に起きたことは真っ暗なの。

間違いの喜劇としてのドリームハウス

翌日、あなたは彼女の隣で目覚める。荷造りをして、彼女を急がせようとする。彼女しか車がなくて、飛行機に乗り遅れるわけにいかないから。彼女は不機嫌で怒っていて、空港まで一時間以上かかるとあなたが言うと、キレる。そして時間をかけてのろのろと支度をして、メイクをする。それから人生ではじめて、ゆっくり運転する。

空港に到着すると、セキュリティチェックの長い列ができていて、運輸保安局（ＴＳＡ）の職員にステンレス製の水筒を没収される。空にするのを忘れていたのだ。重たいスーツケースを引きずりながら、あなたは泣き出してしまう。水筒のせいだ。でも本当は水筒のせいではない。ワッフルヘアをした（二〇一二年なのに！）親切な従業員が立ち止まって、大丈夫ですか？　と心配してくれる。あなたは彼女の髪型についてあんなふうに思ってしまったのをひどく後悔し、彼女を抱きしめて泣きたくなって、こう説明する。ＴＳＡの職員にお気に入りの水筒を取られてしまったんだけど、それは中身を飲ませてもらえなかったからで、もしかすると彼は中の液体が爆弾の材料かもしれず、飲んだら私が爆弾に姿を変えてしまうと思い込んでいたかもしれなくて、あるいはもしかすると単に自分の権力をひけらかしていただけかもしれず、あというのも私が持ち物を没収しないでとお願いしても、彼の表情が変わらなかったからで、あと私は飛行機に乗り遅れてしまうのを恐れていて、それというのも、ガールフレンドが今朝時間をかけて顔を付けていたせいで、その顔は私がいつも面白いけど、なんとなく性差別的だと思っていた表情で、でも今は恐ろしいくらい不吉に思える、というのも、彼女には顔があるけれど、もう一つの顔を付けなければならないことが仄めかされているからで、私は昨日の夜、怯えきってうずくまっていたときに、彼女の表情の下にもう一つの顔を見ていて、私は叫ぶ彼女——かつては私のことを愛していると言い、私と一緒に子どもを持ちたいと言い、これまで会ったなかで一番美しくてセクシーで素晴らしい女性だと言ってくれた女性——から逃れて、バスルームのドアに鍵をかけて身を隠さなければならなくて、家族にそのことを知られたら、これまで彼らがレズビアンに抱いてきた考えをそれが全部証明していると思われるだろうし、私は彼女が男であればよかったと思っているのは、そうすれば少なくてもみんなが男に抱いている考えを強化することになるからで、今話をしているあなたにはきっと理解できないだろうけれど、クィアの女性が最も必要としないのはどうしようもない悪評判で……。でもそこであなたは申し訳なくなる。もしかすると空港従業員の彼女もクィアかもしれず、理解できるのかもしれないと思ったのだ。

ぎりぎりのところで、飛行機の座席に崩れ落ちるように座る。あなたは最後の搭乗者だ。走ってきたので汗だくで、泣いていて、鼻水をすすり上げている。隣の席に座っているチャコールグレイのスーツを着たビジネスマンは、追加料金を払ってファーストクラスに代えなかったことを確実に後悔していて、何度もあなたの顔を見てくる。地面から遠ざかるにつれて、あなたはどれだけひどい体験をしたか、誰かに話そうと心に決める。何も起きなかったようなふりはもうやめようと。また地面が近づいてくる頃には、もうすでに物語を完成させている。

悪魔憑きとしてのドリームハウス

これまでずっと、悪魔や憑依の物語に興味があった。どんなにうさん臭かったりバカバカしかったりしても関係なく。病的なまでのあなたの好奇心と、幼少期に受けた宗教教育の名残が完璧に交わっていて、そんなものを信じていた時代を思い出させてくれるのだ。

あんなふうになったのは、記憶喪失みたいになっていたせいだと彼女が言ったあと、うじうじしている彼女を横目にあなたは調べ物をする。本当にすごく悪いと思っていると彼女は言う。そこには自責の念が見えるけれど、時々わざと悲しそうな顔をつくるのをあなたは見逃さない。記憶喪失や、突発的な怒りや、暴力についてグーグル検索する。インターネットから得られるものは何もないが、遺伝的に統合失調症の傾向が見られる場合、マリワナを吸いすぎると、そうした症状を引き起こすことも理論的にはありうると書かれた記事を見つける。そんなの恐ろしすぎる。あなたは彼女に深く同情する。そしていろいろな持論を伝えようとするけれど、一蹴される。最近はそれほどマリワナを吸っていないし、統合失調症ではないと、彼女があまりにも蔑むように言うので、もしかすると自分が大げさに捉えてしまっただけなのではないかと、あなたは考えはじめる。記憶違いだったのかもしれないと。

別に、あなたが悪魔憑依を本気にしていると言いたいのではない。現代女性のあなたは、神も、他のどんな神学も信じていない。でも取り憑かれた人がひどいことをしたり言ったりしたのに、次の日には許しを受けて、なかったことにするっていうのは、憑依の物語の醍醐味でしょ？「私、何をやったの？　十字架でオナニーしたの？　神父につばを吐いた？」

あなたはそうであればいいのにと思っている。彼女の責任なんて考えずに、ふたりの関係の継続を容認するような説明を求めている。話し相手の顔に恐怖を見ることなく、彼女がしたことを説明できるようになりたいと思っている。「でもほら、彼女って憑依されていたから」「ああそうだよね、誰にでも起こりうることだし……えっと、そ、そうだよね？」

夜、隣で横になりながら、眠っている彼女を見る。このなかにはいったい、何が潜んでいるんだろう？

動物への名付けとしてのドリームハウス

実は、アダムにはやるべきことがあった。神は言った。「このふわふわしたものが見えるか？　あの水の中にいるうろこ状のものは？　空中を飛び回っているこの羽みたいなものは？　名付けてやってくれないか。私は一週間かけて世界を創ってきて、クタクタなんだ。名前を決めたら教えてくれ」

そこでアダムは座って考えた。なんて難しい問題だと思わない？　今の私たちには、それがリスで、魚で、鳥であるのは明らかだけど、どうしてアダムにわかる？　彼はこの世に生まれたばかりなだけでなく、新しく創造されたばかり。こんなクリエイティブなことをやれるほど人生経験が豊富なわけでもないし、どうしたらいいのか教えてくれる人もいなかった。できたての拳を、できたての顎の下に置いてただそこに座り、漠然とした戸惑いと不安を抱えて困惑するアダムのことを考えると、すごく気の毒に思えてくる。言い表す言葉がないものに名前を付けるのは、至難の業だ。

曖昧さとしてのドリームハウス

『暴力を名付ける』という、クィアの女性たちがコミュニティ内のドメスティック・アビューズについて書いた、初のアンソロジーがある。そこに収録されているエッセイで、アクティビストのリンダ・ジラーチは、同僚のレズビアンがストレートの知人に、黒人でレズビアンの詩人パット・パーカーの言葉をこう言い換えて伝えたと書いている。「もし私と友達になりたいのなら、この二つを守ってほしい。まず、私がレズビアンであることを忘れること。そして、私がレズビアンであることを忘れないこと」[*33] これはクィアの女性にかけられた呪いで、永遠にどっちつかず《リミナリティ》の状態が続く。あなたはその両方で、それだけではないかもしれない。でも同時に、どちらでもない。

異性愛者はクィアをどう扱えばいいのかわかっていない。だがそれは前提として、彼らがクィアの存在を認識していればの話だ。これは特に女性にとって問題になることが多い——理屈の上では罪人みたいに思えるし、ペニスがないのに、どうやってほら、あれをやるの？ 混乱はいろいろな形で表れる。女性同士のセックスなんて絶対にありえないという考えもそうだ。一八一一年、スコットランドの女性教師二名が恋人同士であることを非難されたとき、メドウバンク卿という裁判官が、彼女たちの性器は「お互いに貫通するような形になっておらず、貫通なしに性的なオーガズムが起きることはない」と主張した。一九二一年、英国議会は「女性同士の著しいわいせつ行為」を敢えて違法とする法案に票を投じている。いったいどうして二十世紀初頭の政府が、そこまで進歩的になれたのだろうか？　研究者ジャニス・L・リストックは「現代史はこの結果を、女性の同性愛は口にできないだけでなく、『法的に想像不可能なもの』だったと解釈している」と記している。

レズビアンを想像できないというのは、より陰鬱な事件を繰り返し引き起こしもする。一八九二年、アリス・ミッチェルが埃立つメンフィスの街を走る馬車の中で恋人フリーダ・ワードの喉を切り裂いたとき——アリスはフリーダが家族の勧めもあって恋愛関係を解消したいと言い出したことに激怒した——新聞はどう報道したらいいかよくわかっていなかった。著作『レズビアンのならず者たち』で、リサ・ダガンはこう書いている。「記者たちは明確な筋書きを描き、矛盾のない倫理観を示すのは難しいと考えていた。アリスは精神疾患に冒された、かわいそうで救いようのない犠牲者だったのか、それとも男性的な欲情と攻撃的な動機に突き動かされたモンスターのような女性だったのか？（中略）二人の女性を巻き込んだ、愛するがゆえの殺人は、加害者と被害者というジェンダー化された役割を複雑にする予期せぬ展開を見せ、人々の間に驚くべき混乱を招いた」[*34]この話はみだらであると同時に、完全に不可解だった。ふたりは……婚約していたの？　アリスはフリーダに、愛と、献身と、物質的な援助を約束し、そのうえ指輪も贈っていた。彼女は殺人罪で処刑されるべきだったの？　それとも異常な情熱を抱いているとして病院に送られれば良かった？　彼女は蔑まれた恋人だったのか？　それとも気が狂った女性？　でも蔑まれた恋人になるには、彼女は……ふたりは……〇〇〇でなければならなかったんじゃない？

「私はフリーダを殺そうと決意しました。すごく愛していたので、彼女に私を愛したまま死んでもらいたかったのです」弁護士が記者たちに配った陳述書に、アリスはそう記していた。まるでライフタイム局のオリジナル映画に登場する、独占欲の強いボーイフレンドの台詞だ。「彼女が本当に死んでしまえば、この地球上で彼女が誰よりも私のことを愛していたのがわかるはずだと思いました。私は父のカミソリを手に、フリーダを殺すことを決意し、今、彼女は幸せだと確信しています」

陪審員たちは「気が狂った女性」を選び、アリスは残りの人生をテネシー州ボリヴァーにあるウェスタン・ステート精神科病院で過ごした。

女性同士のセックスは、それなりに認知されるようになっても、ジェンダーから外れたもののように考えられていた。男性のように振る舞っても、レズビアンは女性であり、それだけでなく、本質的な女性性を喪失している女性だと。

レズビアン間でのドメスティック・アビューズについては、一九八〇年代初頭からクィアのコミュニティでは活発に議論されてきた。でも、一九八九年にアネット・グリーンが彼女に暴力をふるっていた女性のパートナーを、ハロウィーン・パーティーのあとにウェスト・パームビーチで射殺するまでは、そんなことが本当にありえるのかという疑問が陪審員の前に持ち出され、裁判の議題になることはなかった。

グリーンは自分が犯した犯罪を正当化するために「被虐待女性《バタードウーマン》症候群」という言葉をはじめて使ったクィアの一人だ。七〇年代に作られた、被虐待女性という言葉[*35]は斬新だったが、虐待と被虐待者はどちらも、身体的な暴力と、ストレートの白人女性（グリーンはラティーナだった）しか意味していなかった。困惑した裁判官は、最終的にグリーンの答弁を認めたが、その前に「被虐待人症候群」と言い換えるように強く要求した。虐待したのもされたのも、女性だったのに。結局答弁はうまくいかず、グリーンは第二級殺人で有罪となった（グリーンの弁護士と一緒に働いていたパラリーガルは、記者に「これが異性愛者同士であれば、彼女は精神障害を理由に無罪となっていたでしょう」と話している）。

こうしたことは全部、虐待を受けたストレート（大半が白人）の女性が展開する物語とは、まったく対照的だ。一九九二年にフラミンガム・エイト――虐待者であるパートナーを殺害して収監された女性たちの団体――が、世間の注目を浴びたときも同様に、人々はデブラ・リードという黒人女性で、団体で唯一のレズビアンをどう扱っていいかわからなかった。減刑を検討するためにデブラの話を聞こうと陪審員会が招集されると、弁護士たちは、彼女は恋愛関係における「女性」であると示すために手を尽くした。料理をし、掃除をし、子どもたちの面倒を見ていたと主張することで、陪審員たちの思い込みと偏見を利用しようとしたのだ。言うまでもなく弁護士たちは、人々の理解を得るためには、デブラをこれまでのドメスティック・アビューズの物語に当てはめる必要があると思い込んでいた。被虐待者は「女性的な」人物――おとなしくて、ストレートで白人――であり、虐待者は男性的であると。[*36] デブラが黒人であることは役に立たず、既成概念には不利に働いた（初期に行われた、女性がガールフレンドの目の周りにギラギラするようなあざを作った、というレズビアン間の虐待の訴訟で、虐待者の有罪判決を聞いた検察官はその結果に感謝して驚いた一方で、被告人がブッチで黒人であるという事実が、ほぼ間違いなく彼女を有罪にしたいと思っている陪審員に都合よく働いたと考えているると認めている)。

クィア女性のジェンダー・アイデンティティは脆弱で、ストレートや他の人々の都合に合わせ、いつでも彼女から剝奪できる。となると、結果は苛立たしいほど予想通りになる。フラミンガム・エイトのメンバーの多くは、減刑されたり釈放されたりしたが、デブラだけは違った(陪審員らは彼女とガールフレンドは「相互に虐待し合う関係にあった」と述べた——これはクィアのドメスティック・バイオレンスについてよくある誤解の一つだ——が、そんな話は審理の間に一度も出てこなかった)。彼女は一九九四年に仮釈放されたが、グループのなかで、ある程度の自由を手に入れたのは最後から二番目だった。この事件を報道したテレビ番組「ABCプライムタイム」は、他の女性たちと比べて、デブラの話はほとんど聞いても伝えてもいなかった。アカデミー賞を受賞した、フラミンガム・エイトについての短編ドキュメンタリー「私たちの生き方を弁護する」には、デブラは一切登場しない。

アネットとデブラが経験した残虐な身体的暴力、あるいはフリーダが経験した殺人という暴力は、私の身に起きた出来事と比較しても、はるかに度を越えている。私の経験という文脈で彼女たちのことを記すのは、奇妙に映るかもしれないし、不誠実にさえ思えるかもしれない。それにこの本に出てくるドメスティック・アビューズの被害者の多くが、虐待者を殺した女性であるというのもおかしなことに思えるかもしれない。この本を読んでいる人は、虐待は受けても恋人を刺したり撃ったりしなかったクィアの女性はどこにいるんだろう、と疑問を持つかもしれない（安心してね、私たちの周りにたくさんいるから）。でも特定の人々の物語と、それぞれの物語の微妙な違いが、歴史に飲み込まれてしまっているというのは、「アーカイブの沈黙」の特徴の一つでもある。実際に私たちに見えているのは、大半の人々の関心を引くのに十分にわいせつだからという理由で、突出されたものだけだ。

また、法制度がほとんどの暴力——言語的・感情的・心理的暴力——に対して保護策を講じていないという、純然たるひどい事実もある。さらに悪いことに、法制度は文脈を与えず、ある種の被害者を認めない。二〇〇四年、法学部教授リー・グッドマークはこう書いている。「被虐待女性の経験が示すその他の側面よりも、身体的暴力の地位を高めることで、法制度は被虐待女性の物語を判断する基準を打ち立てている。暴力が法的に指定されなければ、その経験によってどれだけ彼女が衰弱し、完全に孤立し、苦しめられた心理的虐待がどれだけ恐ろしいものだったとしても関係なく、彼女は被害者にならない。ドメスティック・バイオレンスの特徴について、このように視野の狭い見方をしてしまうと、法制度は被虐待女性たちを多分に不当に扱うことになる」

結局、『ガス燈』でグレゴリーが実際に犯した犯罪は、ポーラのおばを殺害し、彼女の所持品を盗もうとしたことだけだ。この映画の恐怖の中核にあるのは、過酷なドメスティック・アビューズなのに、その暴力は感情的で心理的なものであるがゆえ、まったく法に触れない。

クィア間の虐待についての話も——激しい暴力があってもなくても——同じくらいやっかいだ。特に極端な暴力にまでは至らない話を説明しようとするのは、信じられないほど難しい。私たちの文化は、自分たちの経験が何を意味するのかクィアが理解するのに役立つような積み上げがない。

高校二年生のとき、英文学の授業にある女の子がいた。彼女は灰色がかった緑の輝く目をしていて、鼻にはうっすらそばかすがあった。ちょっと威張っていて、ブッチっぽかったが、私と同じ映画——例えば『ムーラン・ルージュ』や『フライド・グリーン・トマト』——が大好きだった。私たちは毎日、斜め向かいの席に座って、席を離しますよと先生に怒られるまで話し続けた。

私は授業に出るのが楽しみになるほど彼女が大好きだったけれど、それがなぜなのかはわかっていなかった。席から立ち上がって彼女の手をつかみ「ヘミングウェイなんてクソ喰らえ!」と叫びながら、教室から連れ出してしまいたいくらい、彼女は最高の友達で、一緒にいて楽しくて、すごく頭が良かった。妄想は、私がはっきりと思い描けないところへ向かっていた。目の端から彼女のそばかすを見つめて、唇にキスするところを想像した。彼女のことを考えると、身悶えたし、ひどく苦しかった。いったい、あれは何だったんだろう?

私は彼女に恋をしていたのだ。ただそれだけで、複雑なことは何もない。でも私は自分が彼女に恋をしていることに気づいていなかった。二〇〇〇年代初頭だったし、安定したインターネットがない郊外に住んでいて、何も知らないお子ちゃまだったからだ。クィアの知り合いは一人もいなかったし、自分のことが理解できていなかった。女性にキスしたいと思うのはどういうことなのか、よくわかっていなかった。

何年もあとになって、当時わからなかったことは、わかるようになった。でもその一方で、女性を怖いと思うのはどういうことなのかは、わからなかった。
今のあなたならわかる？　理解できる？

*33　法学者ルーサン・ロブソンは、これを「二重の理論的要求」と呼び、こう付け加えている。「いわずもがな、要求は多くの場合二つ以上ある。黒人でレズビアンの詩人パット・パーカーは『私の友達になりたい白人へ』という詩にこう書いている。『まずは私が黒人であることを忘れること／次に、私が黒人であることを決して忘れないこと』」

*34　アリス・ミッチェルは、彼女のジェンダーが、激情と驚くべき暴力行為の両方に関連しているという理由で、世間に混乱をきたした最初の女性ではないということは明記しておくべきだろう。一八七九年、リリー・デュアーが愛を拒まれたことを理由に友人のエラ・ハーンを撃ったとき、「ナショナル・ポリス・ガゼット」誌は「女性版ロミオ～同性と思われる、選ばれし友人へ向けられた極端な愛情は、彼女の情熱的な性格の表れか!?」という見出しと共に報じた。事件の前に、ふたりのやりとりを見聞きしたという目撃者の報告によると、リリーの、「エラ、どうしてあなたは私と外を歩こうとしないの？　私のことを愛していないの？」という問いかけに、エラは「もちろん、愛してるわ。でも、あなたが怖いのよ」と答えたという。

*35　「被虐待《バタード》」という言葉は（被虐待妻、被虐待女性、被虐待レズビアンというように）、ひどく不正確で、虐待経験の一部しか表していないが、当時は好んで使用されていた用語だったことを明記しておきたい。もちろんこれは、特定の法的意味を持つ特定の法律用語で、私はこれまで自分のことを「被虐待」の誰かだと思ったことはない。その表現がかなり長いこと使われていたという事実は、身体的な暴力に限らないさまざまな暴力に焦点を当てた会話――特にレズビアンに関連する会話――が、いかに不十分で、役に立つ微妙なニュアンスを妨げてきたかを、申し分なく示している（会話が十分になされていないその他の例としては、非白人被害者の話を軽視したり、ノンモノセクシュアリティ［訳注：複数のジェンダーに惹かれる人々］を尊重しなかったり、シスジェンダー以外の人々をほとんど考慮しなかったりすることも挙げられる）。

＊36　アイダホ州ボイシの白人レズビアン——彼女は「被虐待妻症候群」という言葉を、虐待者のガールフレンドを殺害したことを説明する答弁でうまく利用した——に関する一九九一年の記事で、記者は、被告が「約百五十センチしかない小柄」な人物であることを強調している。この事件の検察官は、被告が無罪放免となった理由を、虐待された妻は「より異性愛者らしく見えた」し、虐待者は「より〝レズビアン〟らしく見えた」からと推測した。

死にぞこないとしてのドリームハウス

デブラ・リードのことばかり考えている。彼女は収監されて、赦免されなかった。どれだけ自分を無力に感じたことだろう。死んでもなお、ジャッキーは彼女のそばにいた。デブラが殺人容疑で裁判にかけられると、きょうだいが法廷に着ていくためのワンピースを届けてくれた。まずデブラの頭をよぎった思いはこう。「ああ、神様。これを着ているところを見られたら、ジャッキーに殺される」

聖域としてのドリームハウス

ドリームハウスで彼女に追い回され、バスルームに鍵をかけて閉じこもった夜、私は壁にもたれて座りながら、彼女がドアノブを外すための道具を見つけたり、外し方を知っていたりしませんようにと、宇宙にお願いしていた。彼女にそうした技術がまったく備わっていなかったのは幸運で、その場に座りこんだまま、一撃が加えられるたびに蝶番が衝撃に耐えうるかドアが試すのを見ていられたのも幸運だった。私は床に座りながら、泣いて、好きなことを口にできた。あとになったらもう自分のものではなくなるけれど、あの瞬間あの場所は、私だけの小さな空間だったから。ドリームハウスで過ごした残りの時間は、寝室に入るたびに体が警戒した。でも、あの瞬間、私はかつてないほど「安全」の近くにいた。

デブラ・リードは仮釈放されても、必要以上に長く刑務所にいなければならなかった。住む場所を確保する、という仮釈放の条件に適うのがなかなか難しかったからだ。インタビュアーで彼女はこう答えている。「私はただ住むアパートを見つけたいんです。自分だけの部屋の小さなドアノブを回して、自分だけのバスルームを使って、自分だけの食事を味わいたいだけです」

デブラや彼女のドアノブのことが、頭から離れない。必要なものを彼女が手に入れられていればいいと心から思う。

裏切りとしてのドリームハウス

もしかすると、これが最大の悩みだったのかもしれない。全世界があなたたちふたりを殺そうとしていた。ふたりの体はいつも卑しかった。世界という名の船から落とされても、ふたりで一緒に一片の流木に這い上がり、でも、快楽と安心で満たされた通り一遍の時期が過ぎてしまうと、彼女はあなたを溺れさせようとした。だからあなたはただ怒っているのでも、心を痛めているのでもなく、裏切られたことを悲しんでいる。

信用ならない語り手としてのドリームハウス

子どもの頃、両親は——彼らを手本に学んだ私のきょうだいも——私のことを「メロドラマみたいな人」とか、もっとひどいと「ドラマ・クイーン」なんて呼んで喜んでいた。両方の表現に、私は戸惑い、憤慨した。感受性が豊かで、世界の深刻なまでの不平等さに対する怒りへの反動で、詩的表現が生まれることもよくあった。よちよち歩きの頃、それはかわいらしいことだったけれど、感情も感情に対する反応も、どちらも上手には年を取らず、どう猛な激しさは、私の一部にならなかった。その後、こうした原動力の話を改めてフィアンセやセラピストや折々の友人たちにすると、烈火のような怒りに襲われた。「なんで私たちは女の子に、彼女たちの視点は本質的に信用ならないものだって教えるの?」と私は叫んだ。当時の言葉を取り戻せたらいいのに——だって、メロドラマは「メロス」という「音楽」や「はちみつ《ハニー》」を意味する言葉が語源だし、ドラマ・クイーンは、言うまでもなく、女王なのだから。触れるとまだ熱かったけど。

どうしてもこの問いに戻ってきてしまう。どうやって人は、誰が信用ならない語り手で、誰がそうでないかを決めるのだろう。そしてそれを決めたあとは、自分たちの正義を築き上げようとしている人々をどう扱えばいい?

ポップ・ソングとしてのドリームハウス

私が生まれる一年前、エイミー・マン率いるバンド、ティル・チューズデーが「愛のVoices」というシングル曲を発表した。息づかいまで聞こえるような、一度聞いたら忘れられないこの曲は、恋人から受ける虐待についての歌で、アメリカではトップ10入りするヒットとなった。ミュージックビデオ――ミュージック・テレビジョン（MTV）がはじまった当初、この動画は何度も繰り返し流されていた――に登場するボーイフレンドは、言葉は悪いがバカみたいだ。金のチェーンネックレスをつけてピタピタのTシャツを着た彼は、放課後の時間帯に放送されていたテレビ番組を彷彿とさせる、強烈に陳腐な台詞を口にする。

ビデオを通して彼は、エイミーを少しずつ粉砕していく。最初は、彼女の音楽や新しい髪型――パンキッシュでプラチナ色の襟足にはラットテイルがついている――を褒める。でもあとになると、シットコムのセットを借りてきたようなレストランで、彼女の凝ったデザインのイヤーカフを外して、古風なイヤリングに取り替え、ふざけているみたいに彼女のあごを撫でる。そうすると、透けたカーテンの裏にいるマンが映し出され、絶望したような表情がカーテンに押し付けられる。そこで画面が、バンドの練習に向かう彼女に切り替わる。彼は、ふたりが住むブラウンストーン張りの建物の階段で彼女を追い詰める。ギターケースをつかまれると、彼女はその手を振り払う。

彼女が戻ってくると、彼は遅いと責めたてる。「いいか、おまえは趣味に時間をかけすぎだ。何か一つでもいいから俺のためにやれないのか?」彼女はそこではじめて口を開く——挑戦するように顎を上に傾けながら。「例えば?」それを聞いた彼は襲いかかり、彼女を階段に押し付けて、無理やりキスしようとする。

ビデオの終盤、ふたりはカーネギー・ホールの観客席で座っている。ボーイフレンドはすっかりおしとやかになったマン——静かに座って、控えめな真珠を身につけている——の肩に腕をまわしている。でも襟足にブロンドのラットテイルを見つけると、うんざりしたように口を曲げる。マンは歌いはじめる——最初は静かに、それから大声で。頭から流行のカクテルハットを剝ぎ取りながら。そして立ち上がり、叫ぶように「彼は『黙れ』って言う/彼は『黙れ』って言う」と歌う。観客はみんな振り向いて彼女を見る。何年も経ってから、マンはインタビューでこう話していた。最後の場面はヒッチコックの『知りすぎていた男』で、ドリス・デイ演じる人物が暗殺を失敗させようと、交響楽団の演奏の間にゾッとするような叫び声を上げる場面に着想を得たと。

ビデオが公開されてから随分経った一九九九年には、もともとこの曲はデモの段階では女性の代名詞が使われていたと、プロデューサーが明かしている——つまり、オリジナル版では、マンは女性について歌っていたのだと。「予想通り、レコード会社はそういう歌詞に納得しなかった」と彼は書いている。「すごくパワフルで商業的な歌なので、時流に受け入れられる要素は多いに越したことがないと考えたのだ。この曲で描かれている愛の対象となるジェンダーを変える、という抑圧をどう考えればいいのか、当時はよくわからなかった。しかし結局、この曲自体のインパクトには大して影響しないと考えるようになった。今と同様に、当時もゲイがより広い社会に受け入れられるには難しいところがあったわけだが、果たしてうわべだけのレズビアンの曲が、同性愛者の解放に影響を与えられただろうか？　とてもそうは思えないが、当時は判断が難しかった」

さらに彼は、「社会的に得られるものがなければ、人々が曲の大筋を見失ったり、彼らにとっては些細な要素に困惑するリスクを取る意味はさほどない。最高のポップミュージックがそうであるように、体制破壊を狙うなら、主流層を引き寄せた方がいいのかもしれない。ゲイのアーティストが主張を掲げるのではなく、万人に訴えかけるような普遍的な感情を表したから、こんなに多くの人がゲイの問題に共感するようになったのではないだろうか？　人はまず、曲の持つ人間らしさに反応する。それこそが重要なのだ」とも述べている。

それから二十七年後——マンがソロ活動をはじめてから何十年も経って——ついに本音がさらけ出された。彼女がリリースしたアルバム『チャーマー』には「ラブラドール」という曲が入っている。その曲のミュージックビデオは「愛のVoices」を場面ごとにリメイクしたものだが、おかしなくらいに陳腐さが誇張されている。イントロ部分——マンの意思に反してリメイクをするように言葉巧みに騙したことを認める、脂ぎった無骨な監督が登場する——は、とにかく面白い。でも曲そのものは「愛のVoices」と同じくらい、いや、もしかするともっと悲しいかもしれない。語り手は虐待者の恋人のもとへ、犬のように何度も、何度も戻って行ってしまう。

「わかっているのに私は戻ってきた」とマンは歌う。「あなたは私の顔を見て笑い、わざと何度も言う／私はラブラドールだからって／私は走る／また銃が／鳩を撃ち落とすと」この曲は、マンが「デイジー」と呼ぶ人に歌いかけるところからはじまる。

抑圧された表象が目に付き、陳腐な八〇年代特有の気味悪さが滲み出てはいるが、「愛のVoices」は、言葉の暴力と心理的虐待をわかりやすく描いている。この曲の真髄にあるのは、まさに虐待の狂気――激しい感情の変化とその連鎖（作品タイトルの由来となってもいる。原題は「Voices Carry」）――だ。はっきりしたキーを持たないマイナーな音節が、ゆらめく光のようなメインコーラスに溶けていき、再び閉じ込められていく。この曲にはクリスタルズの「彼に殴られた（キスみたいだった）」（一九六二年にフィル・スペクターが作った曲で、後に彼は口説きに応じなかったことを理由に女優ラナ・クラークソンを殺害した）のように、皮肉なほどアップビートな可愛らしさはない――その代わりに、曲自体が音楽的なメタファーになっている。二曲とも、テーマは暗いがキャッチーで、ずっと歌っていられる。

私はこの二曲を、延々と歌い続ける。この本を書いている間、この章を読み返すたびに、頭のなかで「愛のVoices」が――それから私の声も――その後何日もの間ずっと流れていた。最終稿に取り掛かるとき、私は休みを取って、リオデジャネイロのビーチに行き、青緑色の波が渦巻くように岸に押し寄せるのを見ていた。周りでは人々がサッカーをしていて、犬が棒切れを追って打ち寄せる波の中へ走っていき、光は優しい琥珀色をしていた。気づくと私は、誰に歌うのでもないのに、この曲を歌っていた。「しーっ、静かに、声を抑えて」

0・5点としてのドリームハウス

子どもの頃、テストでどう答えたらいいかわからなくなったら、解答の代わりに、そのテーマについて知っていることを何でも書けばいいと父は言っていた。私はアドバイスを真に受けて、答えに迷いがあると、覚えていることや、真実だとわかっていること、言葉にできることで空欄を埋めた。小説の場面を思い出そうと躍起になる代わりに、頭にはっきりと思い描ける場面に詩心を膨らませた。テストで方程式を正しく計算できなかったときは、何かの実験について知っていることを全部書いた。ある歴史的瞬間が、世界の大きな流れをどう変えたのか説明できないときは、覚えていた短い物語をいくつか書いた。

頑張らなかったなんて、言わせない。

形式の練習としてのドリームハウス

ドリームハウスにいた頃、仕事がうまくいかなかったとしても当然だ。うまくいくわけがないよね？　あなたはひどい状態だった。人生の何週間、あるいは何ヶ月分にもなる時間を、泣いたり、鼻水を垂らしたり、泣きわめいたりして過ごした。

その代わりに、創造力は爆発する。あなたはアイデアで満ち溢れ、あんまりたくさん出てくるので、最終学期には六つのワークショップに申し込んだほどだ。断片を使って実験をはじめる。もしかすると「実験」と言うのは寛容すぎるかもしれない。ただ、まともな筋書きに組み立てられるほど十分に集中できずにいただけだ。物語を書いてもすぐにどれもバラバラになって、窮屈なウリポの性夢のなか――リスト、テレビ番組の要約、場面を分断して後ろ向きに並べた物語――へ押しやられる。統合された意味らしきものを求めて、アイデアからアイデアへ次々に飛んで行ける気がする。アイデアを解体して、再配置して、ほどいて、歯車を外せれば、これまではできなかったやり方で、真理に近づけるようになるとわかっている。ゲシュタルト《形態》の反転からは、得られるものが多い。後ろに下がって、寄り目で見てみて。何かが見えてくるから。

作家としてのこれからのキャリアの数年間、あなたはそのときに書いていた物語の構造は正しかったと思える理由を考え続ける――教えているクラスの若い読者や、書店での朗読会に来た客に読み聞かせながら。あるときは、終身雇用で採用する教員を決める大学の選考委員たちの前で朗読したりもする。あなたは「単に一つの方法だけで物語を伝えては、物語の核心はつかめません」と言う。心の声を伝える勇気はない。物語をバラバラにしたのは、私の精神がバラバラだったからで、他にどうすることもできなかったからなんです。

リポグラムとしての夢の家

物語に決定的な部分がないのは厳しい。あなたは言いたいことを言いたい風に言えても、なぜか制約が。特定の表記の機能の損失——一種の状況、なのかな？　決定的な喪失。ひどい塗装の車や、ヒビ入りランプや、酸化した牛乳で終わらない。止まれない車。火が出たランプ。糞入りの牛乳。一人の女性がこれ——私のもの——を隠してしまい、私はそれを探せない。それだけ。紛失したものを探せない。逃げたものを探せない。一生懸命に探しても、探せない。失敗して縮小し、泥や、木や、虫と化したり。

あの行方不明の文字たちは、恐ろしいものだと人々は確信していて、岩の言葉を理解していて、あなたのことを、あなたの傷や、失われた皮膚で知り、「なんで出ていかないでいたの？　なんで逃げないでいたの？　なんで何も言わないでいたの？」しか言わない。

(同様に、「なんでそのままでいたの？」)

私は何かを言いたいが、何度も何度も失敗し、やっと、制約の痕跡を発見。これは毒。逃亡まで昼も夜も、私は毒を飲んでいたのだ。

心気症としてのドリームハウス

あなたは彼女に、セラピーを受けなければ別れると言う。不機嫌になりながらも、彼女は同意する。

実際彼女は、少しの間セラピーに通う。初日の朝、あなたはコーヒーを淹れて朝食を作り、彼女が世界に出ていく準備を整える。まるで初登校する子どもを見守る母親みたいな気持ちだ。下着とローブ姿のまま座っていて、彼女の家のキッチンの窓から、冬の朝を見つめている。戻ってきた彼女は明るい様子で、二杯目のコーヒーを手にしている。鼻と耳のてっぺんが、冬の寒さで赤い。

「セラピストは何だって?」とあなたは尋ねる。「聞くべきじゃないのはわかってるけど、ただ……」

「まだお互いについてよく知ろうとしている段階なの」と彼女は言う。「だから何とも言えない」

ものごとは少しだけうまくいくようになる。本当にそうで、彼女は思いやり深くなり、親切で、辛抱強くなる。それに、いろいろと持ってきてくれるようにもなる。ちょっとした食べ物やディップなど、あなたが目覚めたらすぐ好きなものを見つけられるように、傍に置いてくれる。数週間後、彼女は電話で、セラピーをやめるつもりだと言いだす。「すごく時間が取られるんだよ」と彼女は言う。「私、めちゃくちゃ忙しいからさ」

「一週間に一時間のことじゃない」とあなたは打ちのめされた気分になって言う。

「それに、セラピストは『全然大丈夫』って言っていたし」と彼女は言う。「私にセラピーは必要ないって[*37]」

「あなたは私にものを投げつけたんだよ」とあなたは言う。「部屋を追いかけ回したし、周りにあるものを壊しまくってた。それでその記憶がないんだよ？　自分で聞いて心配にならない？[*38]」

彼女は黙っている。それから「私にはやることがたくさんあるの。どれだけ私が頑張っているか、あなたはわかってない」と言う。

あなたは約束を思い出す。彼女が誰かの助けを借りないのであれば、別れるという約束を。でも無理に突き詰めない。もう二度とその話はしないだろう。

＊37　『昔話のモチーフ』、X905.4、「私には今日嘘をつく時間がない」というのもまた嘘。
＊38　『昔話のモチーフ』、C411.1、不自然な行動の理由を聞くというタブー。

汚れた洗濯物としてのドリームハウス

ある日、彼女は、誰が私たちのことを知ってる？　と尋ねてきて、それは何度も繰り返される質問になる。不思議だが、ある過去の世代の人々にとって、その問いはいろいろなことを意味したはずだ。誰が私たちが付き合っていると知ってる？　誰が私たちが恋人同士だと知ってる？　誰が私たちはクィアだと知ってる？　でも彼女がその質問をするときに、口には出さないけれど本当に聞きたいと思っていることは最悪で、尊さや恋愛感情をしぼませる。私がこんなふうに怒鳴ってるって誰が知ってる？　クリスマスに何があったか誰が知ってる？

もちろん、彼女ははっきりそうとは訊かない。ただ、あなたが誰にふたりの話をしているのか、彼女は誰を避けたらいいのか、媚を売る必要がないのは誰なのかを知りたいだけだ。どんな答えにも彼女は激怒する。「誰もいないよ」と言えば、嘘つきと呼ばれる。「ルームメイトたちだけだよ」と言えば、彼女の目から力が抜けて、火打ち石くらい硬くなる。

五つの光としてのドリームハウス

『新スター・トレック　シーズン6』で、ジャン＝リュック・ピカード艦長がセルトリス三号星へ向かう秘密任務の合間に、カーデシア人に捕まる場面がある。二話構成のエピソードで、後編の序盤、カーデシア人は自白薬を使ってピカードを尋問し、任務の詳細を暴かせようとする。

表向きには、ガル・マドレッドは協力を求めているように見える。惑星ミノス・コーバへの防衛戦略に関する情報がほしいのだ。自白薬を使っても期待した結果が得られないと、マドレッドはピカードの体に、発動すると耐え難い痛みを生じさせる装置を埋め込む。「これから、おまえのことはただ『人間』と呼ぶことにする」とマドレッドは言う。「おまえにその他のアイデンティティはない」カーデシア人たちはピカードを丸裸にして、手首から吊し上げ、一晩放置する。

朝になると、マドレッドは愛想がよく、落ち着いていて、たゆまず礼儀正しい。タンブラーに入ったコーヒーのようなものを、疲れた官僚みたいに飲む。それから頭上のひもから下がった電球を付けて、ピカードに光を浴びせる。彼は顔をしかめ、負傷したヴェロキラプトルのように腕を持ちあげる。マドレッドは、いくつ光が見えるか尋ねる。

「四つ」とピカードは答える。

「違う」とマドレッドは言う。「五つだ」

「本当か？」とピカードが尋ねる。

マドレッドが手に持った装置のスイッチを押すと、ピカードは体を曲げて、痛みに激しく体を揺らしながら床に崩れ落ちる。この場面は『１９８４』を模倣したものだが、少しだけ『プリンセス・ブライド・ストーリー』を彷彿とさせる。マドレッドは異常なほどその装置を気に入っている。「今のは一番低い設定だ」

「ミノス・コーバについては何も知らない」とピカードは言う。

「おまえを信じると言っただろう。ミノス・コーバについて尋ねたんじゃない。いくつ光が見えるかと聞いたんだ」

ピカードは目を細めて上を向く。「光は四つだ」

ガル・マドレッドは落胆した親のようなため息をつく。「どうしてそんなに間違えられるんだ。理解できないね」

ピカードは光に目を細めながら言う。「どの光のことを言っている？」体が激しくけいれんして、椅子から跳ね上がり、床に叩きつけられる。

床に転がったまま、ピカードは子どもの頃に聞いたフランス語の民謡をつぶやくように歌う。

「アヴィニョンの橋の上で踊るよ、踊る……」

「おまえはどこにいたんだ？」マドレッドは尋ねる。

「家だ。日曜日のごちそうを食べている。そのあとでみんなで歌うんだ」

マドレッドはドアを開け、ピカードに出ていくよう命じる。でも実際にピカードが出ていこうとすると、彼の代わりにクラッシャー博士を拷問すると言い出し、それを聞いたピカードは椅子に戻る。

「おまえは私とここに残ると言うのか？」とマドレッドは尋ねる。

ピカードは黙っている。

「上等だ」マドレッドは言う。「これほど嬉しいことはない」

その後、マドレッドはピカードに食事を与える。「美食」と彼が呼ぶ、茹でたタスパーの卵。割ると、うねるようなゼリー状の塊の真ん中に目玉が一つついている。ピカードは殻から中身を吸い上げる。マドレッドは自分の食事をとりながら、故郷カーデシアのラカットで浮浪児として育った幼少期の話をする。

「私にしたことはさておき、おまえは哀れな男だ」とピカードは言い放つ。

マドレッドから穏やかさが消える。「連邦政府のミノス・コーバ防衛策を教えろ！」と彼は叫ぶ。

「光は四つだ！」とピカードは言う。

マドレッドは装置のスイッチを入れ、ピカードはもだえる。「さあ、いくつ見える?」

ピカードは叫び声をあげ、泣いて、歌う。「アヴィニョンの橋の上で、踊るよ、踊る……」

エンタープライズでは、クルーたちがピカードの釈放を交渉していた。ピカードとマドレッドの最後の場面では、ピカードが痛みを支配する装置をつかみ、テーブルに叩きつける。マドレッドは平然とした様子で、そんなことをしても意味はない、装置ならたくさんあると言い放つ。

「それでも」とピカードは言う。「気が晴れた」

「味わえるうちにその気分を味わっておくんだな。それほど長くは続かないはずだ」マドレッドは戦いがはじまり、エンタープライズが「宇宙で燃えている」と説明する。そして、みんなはおまえも一緒に死んだと思うだろう、だからおまえは永久的にここにいるんだ、と言う。「でも、おまえには選択肢がある。惨めな人生を過ごし、ここに留まって私の気まぐれの標的となるか、あるいはうまい食事や温かい服があって、望み通りに女が抱けて、哲学と歴史の勉強を続けられる環境で何不自由なく生きるか。おまえは頭が切れるから、議論するのは楽しいだろうな。おまえ次第なんだよ。何かについて深く考え、知的な難題に取り組む快適な人生。あるいは今のままだ」

「俺はどうすればいい?」ピカードは言う。

「特に何もしなくていい」マドレッドは言う。そして軒先の日よけの下から出ていく前に雨の様子を確認するみたいに、ちらりと上を見る。「教えてくれ……光はいくつ見える?」

ピカードは見上げる。髭は生えっぱなしで、髪はぼさぼさ、顔は汗で光っている。その表情は、困惑から否定、錯乱から苦悩へと矢継ぎ早に変わっていく。

「いくつだ？　光はいくつ見える？」マドレッドは繰り返す。スクリーンの隅でドアが開くと、マドレッドは少し取り乱す。「これが最後のチャンスだ。護衛がやってくる。頑固な愚か者でいるのはやめろ。光はいくつ見える？」はじめてマドレッドの弱さが垣間見える場面だ――真に何かを求めている。

ピカードの表情が砕け散り、彼は叫ぶ。「光は、四つ、だ！」

このクライマックスを見るたびに、心のなかで何かが少し削られる。壊れたマグカップを無理やりくっ付け直したあとみたいに。あれは勝利の叫びではない。壊れた、屈辱の叫びだ。少年の叫びみたいに声がうわずっている。オートミールを頬張っているみたいに聞こえる。

その後、無事にエンタープライズに戻ったピカードは、カウンセラーのトロイに経験したことを話して聞かせる。「報告書には書かなかったが、最後に奴は、楽な人生か、さらなる拷問かという選択肢を与えた。私はただ、実際には四つしかないのに、五つ光が見えるとさえ言えばよかった」

「言わなかったの？」トロイは尋ねる。

「まさか」と彼は言う。「でも言ってしまうところだった。何とでも言えたと思う。本当に何とでもね。でも何よりも、五つの光が見えるはずと私は信じていたんだよ」彼は上の空で、その目は何かを見失ったように一点を見つめている。

コズミックホラーとしてのドリームハウス

悪というのは力を感じる言葉だ。一度使ってみるが、嫌な味がする——金属みたいで。でもあれほど無力だと思わせてくる人に対して、他にどんな言葉を使えばいい？

あなたは世の中の大勢の人々に、無力だと思わされてきた。どこにでもいるいじめっ子や、両親、子どもの頃に出会った大半の大人たちに。運転免許更新所や郵便局のひるまない役人。嘔吐物を壁に発射させる約二分前まで、あなたが病気であると信じてくれなかった医者。あなたにがんがあると思い込んで、体から腕を引き離すかのごとく採血しようとした看護師（結局、がんはなかった。でも、あなたが幼少期にもがき苦しみながらしょっちゅう痙攣を起こしていた原因は、彼らにわからなかった）。

でもそのなかに、楽しんでいるような人はいた？　あなたの苦しみにはあなた自身が加担していると、思わせてくる人はいなかった？　大人になったあなたは、両親やいじめっ子たちから逃れた。そして、日々の生活で出会うひどい人たちについて友人に毒づき、酸っぱい唾液を床に垂れ流しながら激しく医者を非難し、殺されそうな勢いで看護師に抵抗してきた。

病んでいる、と言った方がより適切なのかもしれないけれど、それも後味の悪い言葉だ。病気という言葉に近くなる。それはあなたが、一番古い大切な友人にカミングアウトしたときに、彼女が使った言葉でもある。彼女は幼少期を過ぎた頃から信心深くなっていった。その言葉はメールに書かれていただけだけど、あなたはひるんでしまい、次の段落――あなたが彼女に恋をしていたなんて言い出さなくて良かった、というようなことが書かれていた――を読み終える前に、すでに泣いていた。

ニューヨーク北部にある納屋としてのドリームハウス

何年もあとになって、私はこの本の一部を故エドナ・セント・ヴィンセント・ミレーの所有地にある納屋で書いた。そのときはまだ、まとまった本になるのかどうかわからなかった。家ではない家、ちっとも夢とは呼べない夢についての本になると確信するのは、それから夏を二度迎えてからだ。でもたくさんの場面を書き出して、メモを取り、納屋の壁をじっと見つめながら、心の奥深くを掘り下げていった。

数週間後、森を散策していると、ゴミ山のようなものに遭遇した。近づいてみると、捨てられたジンやモルヒネの割れた瓶だった。かつてのエドナの家政婦が空瓶をそこに捨てていったのだ。

ガラスの山は、どこか恐ろしかった。私はちょうどエドナの伝記を読み終えたばかりで、そこには、夫が亡くなって数週間後に、彼女も自宅の階段から、おそらく酩酊状態で落ちて亡くなったと書かれていた。悲惨な事故？　自死？　いろいろな説がある。伝記を読んで、私は憤りを覚えた。エドナは男性でも女性でも、恋人たちを同じように残酷に扱った。才能があったが、傲慢で、頭脳明晰だったが、ひどくわがままだった。

それでも、そこで木々に囲まれながら、エドナの痛みの大きさ、抱えていた問題の大きさを目の当たりにすると、つい気の毒に感じた。彼女の配偶者でいるのは簡単ではなかっただろうが、彼女として生きるのも、簡単ではなかったはずだ。

ある日、一羽の鳥がアトリエの窓にぶつかってきた。ヨガボールに座っていた私は、恐怖のあまり後ろにひっくり返ってしまった。それ以来、アーティスト・イン・レジデンスで滞在したほとんどの場所で、少なくとも一羽は地面で伸びた鳥を見つけた。学んだのは、鳥たちは迫りくるガラスを見ていないということ。彼らは、そこに映る空だけを見ている。

難破船としてのドリームハウス

その冬、ニューヨークで、あなたが彼女よりものんびり歩いていると、ブルックリンで開かれている収納容器のクラフト・フェアで置き去りにされる。あなたはスーツケースとかさばるダウンコートを持ったままで、去り際に、この街に馴染めないなら、アレンタウンの実家に戻れば？　と彼女に言われる。

（その後わかったことだが、これは習癖《パターン》だった。彼女はあなたに知り合いがいず、無力に感じる場所、すぐどこかへ移動できない場所にあなたを置き去りにするのが好きなのだ。恋人同士だった間、ニューヨークで合計七回、置いてきぼりにされた）

あなたはベンチに座って、寒さでかじかみながら携帯電話でバスのチケットを買おうとするけれど、容量が足りないせいで、画面がうまく指に反応しない。顔を上げると、彼女は本当にいなくなっていて、あなたは慌てる。ニューヨークはよく知らないだけでなく大嫌いで、たくさんの荷物を抱えていて、タクシーに乗るお金もなく、アップタウンとダウンタウンの違いすらわからないからだ。どこを見渡しても、ニューヨーカーが歩いている。自信満々で、都会の人っぽい。洒落たクラフト・フェアでガールフレンドに置き去りにされるような人とは違う。

あなたがあまりに激しく泣いているので、ドレッドヘアの背の高い女性が、収納容器から腰を上げてやってくる。ベンチの隣に座って肩に腕を回して、何かできることはない？　と尋ねることがあったとき、あなたはしゃくりあげながら、手で鼻を拭いて、大丈夫、大丈夫、ただちょっと嫌なことがあっただけなので、と言う。すると彼女は容器をまたいで、何かを取りにいく。

戻ってきた彼女に、円錐形のお香が入った小さな箱と、木彫りのお香立てを渡される。「新たなはじまりに」そのとおりになりますように、とあなたは思う。この苦しみは永遠に続き、弱まることがないように思えるけれど、希望に満ち溢れる新たな一年が、すぐにやってきますように。

超自然的な妊娠としてのドリームハウス

二十代の頃に観ていたテレビ番組にはどれも、超自然的な妊娠が描かれていた。面白い女性の登場人物には必須の出来事だったが、番組プロデューサーがそう考えていたからかもしれない。吸血鬼は魔力を持つ人間を妊娠し、昏睡状態の女性は神を産み、共感力の強いスター・トレックの船員たちは神秘的なエネルギーを産む。タイムトラベルの仲間が、何ヶ月も前から自分たちは肉体を持つアバターだったと気づくとき、どこか遠くでは、実際の体が出産しようとしている。ある女性は、結婚式の日に目を覚ますと妊娠していることを知る——それもエイリアンのおかげで。

そうしたエピソードについて考えていると、あなたはドリームハウスで妊娠の兆候を感じるようになる。トイレで嘔吐し、体がむくみ、元気がなくなる。ガールフレンドとはずっと子どもの話をしてきた——クレメンタインという名の小さな女の子で、ガールフレンドと同じ、綿棒の先みたいにふわふわした髪をしている——だから、あらゆる理屈を捨て去って、本当に妊娠しているのかもしれないと思いはじめる。何度もセックスしたし、ふたりの間の強度は他のどんなものと比べてもリアルだ。彼女にこう言ってみようかな。「はは！　なんだか妊娠したみたいに気持ちが悪いんだよね。変だと思わない？」って。でもあなたは、恐れている——妊娠して体が根本的に変わってしまうこと、出産に伴う危険、容赦のない母性。それから何よりも、彼女に何を責められるのか。そしてそのあとに、彼女が何をするのかを。

あなたはジンジャーエールを飲んで、長い間横になり、間食したふりをして夕飯を抜かす。妊娠しているはずはない。妊娠しているわけがない。どんな状況であっても、妊娠しているなんて絶対にありえない。[*39] とにかく、ばかみたいに思いながらも妊娠検査をしてみる。当たり前のように結果が陰性なのは、何年も自分の体にペニスを近づけていないから。検査キットが見つかってしまうのを恐れて、彼女が授業に出かけたあと、ジップロックの袋に入れて、通りに置かれたよその家のゴミ箱に放り入れる。

＊39 『昔話のモチーフ』、T511.1.3、マンゴーを食べて受胎する、T511.1.5、レモンを食べて受胎する、T511.2.1、マンドレークを食べて受胎する、T511.2.2、クレソンを食べて受胎する、T511.3.1、コショウの実を食べて受胎する、T511.3.2、ほうれん草を食べて受胎する、T511.4.1、バラを食べて受胎する、T511.5.2、（水の中の）虫を飲み込んで受胎する、T511.5.3、シラミを食べて受胎する、T511.6.1、女性の心臓を食べて受胎する、T511.6.2、指の骨を食べて受胎する、T511.7.1、恋人からもらったはちみつを食べて受胎する、T511.8.6、真珠を飲み込んで受胎する、T512.4、聖人の涙を飲んで受胎する、T512.7、露を飲んで受胎する、T513.1、他の人の願いで受胎する、T514、お互いを求めた後で受胎する、T515.1、好色な視線で受胎する、T516、夢を見て受胎する、T517、驚くべき性交で受胎する、T521、太陽の光で受胎する、T521.1、月の光で受胎する、T521.2、虹で受胎する、T522、雨が降って受胎する、T523、お風呂に入って受胎する、T524、風で受胎する、T525、流れ星で受胎する、T525.2、彗星で受胎する、T528、雷（稲妻）で受胎する、T532.1.3、レタスの葉で受胎する、T532.1.4、調理した龍の心臓で受胎する、T532.1.4.1、すりつぶした骨の粉の匂いで受胎する、T532.2、動物を踏んで受胎する、T532.3、胸に果物を投げつけられて受胎する、T532.5、他の人のガードルを着けて受胎する、T532.10、コブラのシューシュー言う音で受胎する、T533、唾で受胎する、T534、血で受胎する、T535、火で受胎する、T536、女性の上に羽が落ちて受胎する、T539.2、叫び声を聞いて受胎する。

きみならどうする?® としてのドリームハウス

目を覚ますと、空気は乳白色で明るい。箱や服や皿が出しっぱなしなのに、部屋は興奮するような充足感で輝いている。こんな朝なら慣れていけそうだと、あなたは心で思う。

体の向きを変えると、彼女があなたを見つめている。光のまばゆい無邪気さが、胃のなかでぎゅっと固くなる。目覚めてからそんなにすぐ恐怖を感じたことは、これまでもなかったはずだ。

「一晩中動きっぱなしだったよ」と彼女は言う。「あなたの腕や肘が当たって、全然眠れなかった」

しきりに謝るのなら、227ページへ
次にまた肘が当たったら起こして欲しいと伝えるのなら、228ページへ
落ち着いてと言うのなら、230ページへ

「本当にごめんね」とあなたは言う。「そんなつもりはなかったの。寝ている間に腕がすごく動いちゃうんだね」そしてこの話題を軽く流そうとする。「パパが同じことをするんだよね。眠れる乙女みたいな感じ？　すごく変だよね。きっと私は……」

「本当に悪いと思ってるの？」と彼女は言う。「そうは見えないけど」

「思ってるよ」とあなたは言う。あなたはその日の朝に最初に受けた印象を取り戻したい。鮮やかさや、光を。「本当に悪いと思ってる」

「証明してよ」

「どうやって？」

「やめてよ」

「言ったでしょ、証明なんてできない」

「ファック・ユー」と彼女は言い、ベッドから出ていく。あなたは彼女を追ってキッチンまでついていく。

232ページへ

「ベイビー、もし同じことになったら、いつでも起こして。そうしたら私はソファに移るから。約束する。本当に悪気はなかったの。全然覚えてないんだよ。寝ている時に自分がどう動くかなんてコントロールできない」

「ファッキン・ビッチ」と彼女は言う。「あんたは何に対しても責任を取ろうとしないよね」

「ただ起こして欲しいって言ってるだけでしょ」とあなたは言う。つじつまの合わない絶望が頭蓋骨の間を勢いよく通りぬけていく。「それだけ。私を起こして、どいてとか、ソファで寝てとか言ってくれればそのとおりにする。必ずそうするから」

「ファック・ユー」と彼女は言い、ベッドから出ていく。あなたは彼女をキッチンまで追いかけて行く。

232ページへ

あなたはいるべきではないページにいる。自然にここにたどり着くのは不可能で、ずるをしなければできなかったはずだ。そこまでしてここに来るのは、いい気分？　あなたはいったい何者？　モンスター？　モンスターなのかもね。

おしまい　２４１ページへ

冗談でしょ？　あなたがこんなことをするはずがない。一瞬でもひとりの力でやっていけるなんて言って、この人たちを説得しようとしないで。出ていってよ。

おしまい　241ページへ

あなたはこのページにいるべきではない。与えられた選択肢から、ここに来るのを選ぶなんてありえない。このページをめくったのは、同じことの繰り返しにうんざりしていたからだ。あなたはその連鎖から抜け出したかった。あなたは私よりも賢い。

235ページへ

朝食。あなたはスクランブルエッグを作り、トーストを焼く。彼女は機械のようにそれを食べて、テーブルにお皿を残す。そして「片付けておいて」と言うと、着替えるために寝室に行く。

言われたとおりにするなら、233ページへ

自分でやりなよと言うなら、230ページへ

汚れたお皿を黙って見つめながら、クララ・バートン――青春時代のフェミニスト・アイコンで、独学で看護師になり、事あるごとにああしろこうしろと指図してくる男の悪態に耐えた人物――のことばかり考えていて、また、子どものときにすごく怒ったあなたが、両親のもとへ走っていって、女性はまだ何が正しくて適切かを教えてもらわないといけないのかと尋ねると、お母さんは「そうよ」と言い、お父さんは「そんなことないよ」と言い、そこではじめて、世界がどれだけ複雑で最悪なのかを何となく感じたのを思い出すのなら、235ページへ

お皿を洗いながら、あなたは心で思う。どこか下の方で腕を縛っておけないかな？　おでこに画鋲を挿してみる？　もっと良い人間になればいいってこと？

235ページへ

あなたはこのページにいるべきではない。与えられた選択肢から、ここに来るのを選ぶなんてありえない。この章を順にぱらぱらとめくれば、安堵できるとでも思った？　わからないの？　こうしたひどい出来事は全部、すでに起きたことで、何をどうしたって起きなかったことにはできないんだよ。

子鹿の写真が欲しい？　それが役に立つの？　いいよ。ほら、子鹿だよ。彼女は小さくて、まだらで、すぐに脚を開いてしまう。何かの音を聞くと凍りつき、駆け出していく。彼女はどうすればいいか、わかっている。もっと安全な場所があると、わかっている。

235ページへ

その夜、彼女はあなたをファックする。あなたは黙って横になったまま、ことが終わりますように、あなたがそこにいないと気づかれませんように祈っている。これまでも何度か自分の体から抜け出しているので、今では習慣になっていて、ため息みたいに反射的にそうなる。ポルノを見ながらあなたをファックしたはじめてのボーイフレンドを思い出す——彼が何度も何度も発情して、時々リモコンを持ち上げてはあなたからは見えないものを巻き戻していたことを（ベッドの縁で頭を傾けると、上下逆さまになった手足が絡み合っているのが見えたけれど、あなたの脳みそはそれを理解できず、それ以上見ようとはしなかった）。あなたはただ何も言わずに横たわって、自分の上で彼の顔が動くのを見ていた。子どもの頃、大きな口を開いたようなプラネタリウムの下で物語を聞かされたときに似ていた。速度を上げて回転する地球、頭上で動き続ける星、溶けるように消えていく星座。その間、遠くの方では実体のない声が、その全てを理解する助けとなるような古い物語を語っていた。

あなたは正確に体を震わせ、うめき声を上げる。彼女が灯りを消すと、あなたは暗闇が離れていくまで暗闇を見つめる——あるいはあなたが暗闇から離れるまで。

寝るなら、239ページへ
過去についての夢を見るなら、236ページへ
現在についての夢を見るなら、238ページへ
未来についての夢を見るなら、237ページへ

はじめてそうなったとき——はじめてものすごい勢いで彼女に怒鳴られたので、あなたは目覚めてから三十秒経たないうちに泣きはじめるという新記録を出したとき——彼女は、「一日の最初の十分間は、何を言ったとしても私に責任はないから」と言った。その言葉は、詩のようにあなたを感動させ、どこか、例えば本の執筆に使えるかもしれないと、書き出しすらした。

239ページへ

きっと大丈夫。夜にあなたの腕が妻の顔に当たったとしても、彼女はキスをしながら、優しく腕を真っ直ぐに戻してくれる。時々あなたは目を覚ましてそれに気づくこともある。他のときは、朝になってから彼女が教えてくれる。こんな朝なら、慣れていけそうだ。

239ページへ

あなたはここにいるべきではない。でもいい、これは夢だ。彼女には見つけられない。もうすぐあなたは目を覚まし、全ては同じように思えるけれど、実際は違う。出口がある。私の話をちゃんと聞いてる？　目が覚めても忘れちゃだめだよ。目が覚めても……

２３９ページへ

目を覚ますと、空気は乳白色で明るい。箱や服や皿が出しっぱなしなのに、部屋は興奮するような充足感で輝いている。こんな朝なら慣れていけそうだと、あなたは心で思う。

体の向きを変えると、彼女があなたを見つめている。光のまばゆい無邪気さが、胃のなかでぎゅっと固くなる。目覚めてからそんなにすぐ恐怖を感じたことは、これまでもなかったはずだ。

「一晩中動きっぱなしだったよ」と彼女は言う。「あなたの腕や肘が当たって、全然眠れなかった」

しきりに謝るのなら、２２７ページへ

次にまた肘が当たったら起こして欲しいと伝えるのなら、２２８ページへ

毛布を投げ返して、両足で床を踏みつけて、スペインのパンプローナにいるみたいに部屋を駆け抜け、私道に出るときには車の鍵はすでに手の中にあって、タイヤを大げさにキーキー鳴らしながら車で走り去って、二度と戻らないなら、２４０ページへ

その通りにはならなかったけど、まあいい。そうなったふりをしよう。今回だけは、あなたを責める。

241ページへ進む

虚無の呼び声としてのドリームハウス

穴の中で、あなたは死ぬところを妄想する。歩道でつまずいて、対向車が見える道路に転がりこむ。寝ている間に、漏れたガスに静かに殺されていく。バスや鉄道にマチェーテを振りかざした頭のおかしい男が乗ってくる。階段を転げ落ちるが、酔っ払っているせいで、操り人形みたいに手足が折り重なっても、痛みを感じない。なんとかしてやめさせたい。あなたは立ち去るという選択肢を忘れている。

リブレットとしてのドリームハウス

　中学生の頃、音楽の先生が授業で『カルメン』を見せてくれた。ハバネラを歌う間スカートをずっと持ち上げているジュリア・ミゲネスが出演しているすごく有名な映画だ。恐らく先生はちょっとした文化体験をさせようと思っていたのだと思う。でもクラスメイトたちが、上映会とその後の議論から得たのは、カルメンは脇の毛を剃らない娼婦ということだった。十三歳の理屈によると、それはつまり、私もまた脇の毛を剃らない娼婦に違いないとなり、何度も、何度も、そうじゃないのかと訊かれた。すでに十年間もカルメン・サンディエゴの冗談を聞かされるという精神的苦痛を受けていた私は、自分の名前を一切合切捨ててしまおうと思った。

　カルメンは歌うと、取り巻きの男たちに、愛は気まぐれなものだから気をつけなさいと言う。ドン・ホセは彼女に身を委ねて、夢中になり、彼女が去ろうとすると、行かないでくれと切々と訴える。それに対してカルメンは、私は生まれながらにして自由なのだから、死ぬときも自由だと言う。

　するとドン・ホセはカルメンを刺し、彼女は死ぬ。

　自分が犯した罪を群衆に告白しながら、ドン・ホセはカルメンの死体に覆いかぶさって泣きわめく。「ああ、カルメン！　私の愛するカルメン！」まるで彼女を殺したのは、彼の手ではないとでも言わんばかりに。

SFスリラーとしてのドリームハウス

ある夜、ジョンとローラから一緒に映画を観ようと誘われる。『フラットライナーズ』という、ジュリア・ロバーツ、キーファー・サザーランド、オリバー・プラット、ケビン・ベーコンが出ている映画で、彼らは全員、臨死体験と戯れる医学生を演じている。あなたはすごく楽しみにしている。十代の頃にテレビで観た記憶があって、ノスタルジーに浸る準備はばっちりだ。みんなでお酒を作って、一緒に座る。

映画がはじまるとすぐ、あなたはソファのアームに脚をかけたまま、眠ってしまう。あなたは疲れている。くたくたなうえに、部屋は温かくて暗く、ジョンとローラがそばにいて、隣で静かに息をしている。冒頭の場面は覚えている――夕焼けの薄明かりのなかに見える銅像の輪郭と、すさまじく劇的なコーラスアレンジ。そしてキーファー・サザーランドが、今日は死ぬには良い日だ、と言うところは。それから、すっかり寝入ってしまう。夢は見ない。目が覚めたときには、映画は終わっている。全部見逃してしまったのに、その場で目覚めた瞬間は、すごく満たされている。そこで携帯電話を思い出す。

転がり込むようにして寝室へ行くと、電話は充電器に繋がれている。裏切り者のように、じっと動かない。手に取ると、不在着信とメッセージが何度も入っている。あなたは震える手で彼女に電話をかける。胸筋がねじれて、不安の拳になる。

「もしもし」彼女の声に怒りがくすぶっているのがわかる。

「本当にごめんね」とあなたは息を切らしながら説明しようとする。「ただちょっと……」

「誰とファックしてたの？」

胸が内側に引っ張られるのを感じる。

「してないよ」とあなたは言う。

「待って」とあなたは言う。「待って、待って、今……」

あなたはリビングまで走って行く。そこではジョンとローラが満たされた様子で猫みたいに手足を伸ばして寝そべっている。ジョンはあなたの顔を見ると、すぐに起き上がる。

「証明するよ」とあなたは言う。「ジョンとローラがここにいるから、電話を渡すね。ふたりに聞いてみて。私が誰とも一緒にいなかったって証明してくれるから。私たちはただ、映画を……」

もし永遠に生きられたとしても、太陽が地球に衝突するまで生きられたとしても、あなたはそのときジョンの顔に浮かんだ表情を忘れないだろう。前かがみの姿勢や、悲しみで無表情になった顔を。ジョンはわずかに首を振る。頼みを聞くのが嫌なのか、そんな頼み事をされるような現実が嫌なのかはよくわからない。

「いい」と彼女は言う。声にかかっていた煙はすぐに晴れていく。「いいよ、そんなことしなくて」

その後は、間違いなく彼女と話をしたはずなのに、記憶がない。ソファで目覚めたとき――携帯電話や人生を思い出すまで――は、その一年でもとびきりの瞬間だった。安心感と忘却のあの小さなくぼみ。ウィスキー、息遣い、人の体。暗闇のなかで、クレジットが下から上へと流れていく。

デジャヴとしてのドリームハウス

彼女は時々、あなたを愛していると言う。あなたの本質を見抜いていて、あなたはそれを恥じた方がいい。あなたが彼女にとって、唯一の存在であればいいのに。信頼してもらえれば、彼女はあなたを守り、一緒に年を重ねてくれる。あなたはセクシーではないけれど、彼女はセックスしてくれるだろう。時々、携帯電話を見ると、彼女が驚くほど残酷な何かを送ってきていて、肩甲骨の間に恐怖を覚える。時おり、彼女に見られているのがわかると、あなたをバラバラにするとっておきの方法を考えているのではないかという気持ちになる。

殺人ミステリーとしてのドリームハウス

雷が光り、電力が落ちて、また電気が点くと、ディナーに参加していたゲストの一人が、背中に短剣が刺さった状態でデザート皿の上でぐったりしている。短剣の柄には、貴重な宝石が埋め込まれているというのに、彼女のティアラが見当たらない。覆面捜査官が偽の正体を明らかにすると（こういうときは決まって、勇敢な記者！）謎はますます深まる。短剣の柄に埋め込まれた宝石は、盗まれたティアラよりもはるかに価値がある。ティアラのダイヤモンドはただのガラスだったのだ。いったいこのなかの誰が、そんな価値のないものを盗むために、計り知れないほど高価な道具を諦めるんだろう？　しかもあれほど大胆に、大勢の前で……！

容疑者たちを前に、勇敢な女性記者はペルシャ絨毯の上を行ったり来たりする。やったのは、マフィアの親分になった筋骨たくましい港湾労働者ヒースクリフ？　火星の遠い輝きのような目をした、立身出世を狙うおしゃれなイーサン？　うさんくさくて謎めいた過去を持つ、エクスペリメンタル・アーティストのサムソン？　記者は隅に座っているブロンドの細身の女性の前を何十回も通り過ぎるが、彼女のことは容疑者リストに加えない。ブロンドの女性は無情な冷たさをにじませながら、座席にもたれかかって、記者の行動を追っている。頷きながら話を聞き、時々勇敢な記者の方に顎を傾けては、まばゆい笑顔を見せる。

勇敢な記者は、手袋をはめた指を震わせながらサムソンの方を向く。サムソンは我が身を守ろうと立ち上がる。イーサンは怒鳴りだし、ヒースクリフは睨みつける。誰もブロンドの女性のことは気にしていない。すると彼女は立ち上がり、ディナーのゲストの死体へ歩み寄る。そして両手で短剣の柄を握ると、石の処女を奪うアーサー王みたいに引き抜く。

裏切りに涙を浮かべた目を見開いたまま、死体は剣が引き抜かれた拍子に持ち上がり、並べられた食器の上に叩きつけられるように落ちる。彼女の胸の下でレモンケーキが潰れる。ブロンドの女性は死体のドレスで短剣の血を拭うと、自分のバッグの中に入れる。彼女が入口から夜のなかへ消えていく間も、みんなは言い争っている。

4

最悪な状態のあなたを人に見られて困るのは、彼らがそれを覚えているということではなく、あなたが覚えているということだ。

――サラ・マングソ

暫定処置としてのドリームハウス

あなたが通うＭＦＡプログラムに合格した彼女は、ドリームハウスを出てアイオワシティに来ると言い出す。あなたの部屋に引っ越してきて一緒に住もうと。電話口であなたは興奮して、驚きの声をあげるけれど、電話を切ると、子どもの頃、弟に野球のボールを鼻に投げつけられたときのような気持ちになる。喉の奥に流れる生温かい血。牛乳と鉄の味。

黙示録としてのドリームハウス

終末論を学ぶ学生のなかには、二〇一二年に世界は終わると言う人もいたが、実際、ある意味でそのとおりになった。

でも火事や洪水では終わらなかった。光り輝く彗星が地球に衝突することもなかったし、大陸から大陸へとウイルスが蔓延して、死体が街中に散乱することもなかった。地球のフローラが伸びて、建物に襲いかかってくることもなかった。酸素が足りなくなることもなかった。私たちは消滅したり、爆発して粉々になったりもしなかった。目覚めると枕が血まみれになっていることもなかった。エイリアンの乗った宇宙船からレーザービームが発射されて、地球の地殻まで深い溝を刻みつけるのを見ることもなかった。動物に変身することもなかった。飢えたり、飲み水を使い切ったりすることもなかったし、新氷河期がはじまり、凍死することもなかった。自ら誘発した煙で窒息死もしなかった。ワームホール（ブラックホールとホワイトホールを繋ぐ時空トンネル）に吸い込まれもしなければ、太陽に襲われもしなかった。

世界の終わり、公園は美しくて暑かった。芝は少し伸びていた。木々の間には鳥たちがいた。

驚きの終末としてのドリームハウス

「他に好きな人ができたの」と彼女は言う。友人のベビーシャワーに参加したあと、ふたりはアイオワシティの公園で野球場の傍に座っているが、あなたはどうしてそんな話になったのかわからない。芝生にはたんぽぽが咲き乱れていて、ふいに子どもの頃に夢中になった遊びを思い出す。顎が黄色くなると、恋をしているんだった。

「え？」とあなたは言う。

「相手はアンバーなの」と彼女は言う。あなたはアンバーを思い出す――インディアナ大学で彼女のクラスメイトだった人で、柳のように細くて、赤毛で、小声で話す内気な人。「一度酔っ払ってキスしたことがあるんだけど、そこで彼女を愛しているって気づいたんだよ」

あなたは彼女を見つめる。頭のなかでは、他の人のことを変なふうに見ていたというだけで何度も責められた映像が、早送りで再生されている。彼女はあなたの視線を一瞬捉えてから、目をそらし、ベンチの背もたれに腕を回す。あなたを近くに引き寄せようとするみたいだけど、そうしない。

あなたは車に乗りこんで遠く離れた通りまで行き、車を停める。頭のなかには泣くための空間が残っていない。携帯電話を手にとって、フリーサイクル（無償で不用品を交換する相手を見つけるサービス）で閉館になった図書館の目録カードを譲りたいという人を見つける。そこで地元のパン屋まで車を走らせて、感じの良い女性からカードの束を受け取る。きっと彼女は、なんであなたが銃を突きつけられながら犬の糞を無理やり食べさせられようとしているみたいな顔をしているんだろうと思ったはずだ。家に戻ると、スクラップのコレクションに、受け取ったばかりのカードを冷静に加えていく。いつかコラージュを作りたいと思っているのだ。

だいぶ遅くなってから、ガールフレンド――本当にそうなの？――が家に現れて、ブルーミントンに戻ることになったと言う。今までずっとどこにいたの？　その質問に彼女は答えずに、あなたにキスをする。「私たちなら乗り越えられると思う」と彼女は言う。「心配しないで。心配しないって約束して」

自然災害としてのドリームハウス

ひどい胸焼けがする。抗うつ剤のゾロフトのせいだ。不安は和らげてくれるけれど、いろいろなひどい副作用がある。最低な恋人を捨てられない友人みたいだ。時々、夜用の薬を飲むとすぐに、焼けた火かき棒を無理やり飲み込ませられたような気分になる。胃の酸を抑える薬を嚙んで飲み込みながら、バスルームまで歩いていく。たいてい、無理やり中和させようとする力が痛みになり、吐いてしまう。そして私はみんなが大好きなサイエンス・フェアのプロジェクトになる。

トイレに屈み込む間、私の心は、ハリール・ジブラーンの有名な言葉みたいに火山のようだと思う。どうしようもない表現だけど、感動してしまったので（私の動き続ける構造プレートに訴えかけてきたのだ）ポスト・イットに書き留めて机に貼った。「あなたの心が火山なら、どうして手の中で花が咲くと思えよう？」この言葉は、本書を執筆している間、ずっとそこに貼ってあった。ある日突然、全身全霊でその言葉を嫌いになって、くしゃくしゃに丸めて捨ててしまうまでずっと。

読者のみなさんは、『ボルケーノ』というふざけた映画を覚えているだろうか？　トミー・リー・ジョーンズ主演の映画。ロサンゼルスのダウンタウンの中心で、どうやって溶岩を止めたか覚えてる？　セメントのバリケードで方向転換させて、放水ホースを使って溶岩が海に流れていくようにしたりして、何もかもがうまくいったんだったよね？　いいですか、みなさん、溶岩はそんなものではありません。誰にでもわかることだよ。実際はこう。私は自分の怒りがおとなしくなるのを待ち続けるけれど、そううまくはいかない。誰かが怒りを海に向かうようにしてくれるのを待っているけれど、そんなことをできる人はいない。『ダンテズ・ピーク』のダンテの峰の方が、私の心により近い。私の怒りはおばあちゃんたちを酸の湖に溶かして、太平洋岸北西の古風な町を灰で壊滅させ、その粒子でジェット機のエンジンを詰まらせる。溶岩は私の斜面を流れ続ける。あなたは科学者の言うことを聞くべきだった。もっと早く逃げるべきだった。

で、ハリール・ジブラーンに話を戻すと、言いたいことはわかるけど、修辞学的観点からしても、彼は完全に間違っている。実際、人々が火山付近に住居を構えるのは、結果的に、灰からの養分をたっぷり吸って周辺の土壌が並外れて豊かになるからだ。こうした危険な場所で穫れる果物はより甘く、穀物はより背が高く、花はより美しく、収穫量はより増える。実のところ、美しい、怒り狂った山の陰ほど暮らすのに良い場所はないのだ。

涙のプールとしてのドリームハウス

あなたはガールフレンドと電話で話をするが、すぐに彼女は出なくなり、メッセージにも返信しなくなる。ようやく電話に出た彼女にあなたは言う。「私を心配させたくなくて、安心してもらいたいなら、今のやり方じゃうまくいかないよ」自分の体が巨大に膨れ上がり、部屋の四隅に押し付けられて、窓から手足が伸びていくみたいに感じる。

「どうでもいい」と彼女は言う。すごく静かに言うので、それは本心だ。

「まだ彼女と付き合ってるの？」とあなたは尋ねる。

あなたは泣いて、泣いて、泣き続ける[*40]。携帯電話に向かって泣いて、塩水で溢れさせると、電話は動かなくなる[*41]。だから彼女は、代わりにスカイプであなたに別れを告げる。彼女の顔はやつれていて、悲しそう。

「でもあなたとは友達でいたいの」と彼女は言う。

話が終わると、あなたは動かなくなった暗い電話を見つめる。黒いガラスの長方形が手の中で徐々に大きくなっていく。でも実は縮んでいっているのは自分だった。はっとしたときには、背丈が九十センチになっている。そして三十センチ、終いには十五センチに。塩水が顎のあたりまで上がってくる。海にでも落ちてしまったのではないかと思う。「そうだとしても、誰も助けに来てくれない」でもすぐに理解する。身長が二・七メートルだったときに流した涙のプールの中にいることを。[*42]

「あんなに泣かなきゃよかった！」そう言って泳ぎながら、あなたは出口を探す。「お仕置きとして、自分の涙に溺れよう！　奇妙《クィア》なこと、間違いなし！　今の時代、なんでもクィアだけどね」


*40『昔話のモチーフ』、C482、すすり泣くというタブー。

*41『昔話のモチーフ』、C967、タブーを犯したせいで、価値あるものががらくたになる。

*42『昔話のモチーフ』、A1012.1、洪水になる涙。

ダロウェイ夫人としてのドリームハウス

彼女に別れを告げられた日の夜、あなたはお世話になっている教授が行う朗読会の打ち上げパーティーを仕切ることになっている。

ダイニングルームにクリスマスの照明を飾り付けようと、中古品店で買った本棚を壁際まで引きずってきて、その上に乗る。背をうんと伸ばすと、板がめりめりいう音が聞こえる。転がり落ちずに、本棚の間に落ちたところを、ジョンとローラに見つかる。あなたは本棚の残骸にまみれて立っていて、両脚からは血が滴り、涙がほとばしっている[*43]（足元に広がる海では一匹のドードーがペタペタ歩きながら、あなたに手を振っている）。あなたは、ガラクタみたいな板でできた安物の棚が、自分の体重に耐えられると思ったことが恥ずかしい。自分の血液、その赤さ、誰の気持ちも考えずに自分から流れ出ていくのが恥ずかしい。こんな状態でパーティーを開こうとしているのが恥ずかしい。生きていることが恥ずかしい。

「どうしたんだよ?」あなたが答えずにいると、ジョンはもう一度質問を繰り返してから、あなたをソファまで連れていって、ローラにバンドエイドを持ってくるように言う。ローラはあなたのレギンスをまくりあげて、過酸化水素で傷口を消毒する。ジョンは隣に座って、大きな手を肩甲骨の間に置いて、震える骨格を支えてくれる。

ジョンは友人に電話をかけ、その人がまた別の友人に連絡したので、すぐにあなたがこの一年半、秘密を打ち明けられずにいた人たち全員が玄関先に現れる。ソファにあなたが横になっているのを見つけると、みんなは『シンデレラ』に登場するネズミたちみたいに一斉に仕事にとりかかり、箒をかけ、掃除をし、買い物リストを作る。

誰かがあなたに食事は済ませたのかと尋ねると、誰かが代わりに答えてくれる(「まだだよ」)、すると誰か別の人がピザを注文する。あなたはそこに座っていて、手には水の入ったコップを持っている。みんなは目の前をバタバタと往来しながら、もったいないほど優しくしてくれる。

玄関のチャイムが鳴る。ピザが来て、誰かが受け取りのサインをすると、色と光がぼやけて、突然何か小さくてぬくぬくしたものが膝の上に乗ってくる。子犬だ。小さくて僅かに震えているハウンドの子犬。手脚は大きくて、尻尾はむちのようにしなっている。近所の人が飼っている犬で、飼い主は偶然にもあなたのセラピストだ(それがアイオワシティ!)。子犬を持ち上げる。彼女は言葉にならない喜びに身を捩りながら、びちゃびちゃした舌であなたの顔にキスをたっぷり浴びせる。子犬を外につれていく間、あなたは泣いている。セラピストと妻が彼女の名前を呼ぶ声が聞こえる。フェンスのところまで行くと、セラピストは、車に荷物を積んでいたら逃げ出してしまったんだと言って謝る。彼はあなたのてかった赤い鼻と涙の跡については何も言わない。小刻みに震えているその子をフェンス越しに渡すとき、あなたは「またね」とささやく。やっと家に戻れた子犬は、あなたに最後のキスをして、秘密の恋人みたいに柵の向こうへ突進していく。

あなたは着替えてティーキャンドルを灯せるくらい回復している。パーティーはあなたをまったく必要としない装置。ガヤガヤと盛り上がっている。大成功だ。

＊43　『昔話のモチーフ』、C949.4、タブーを犯したせいで血を流す。

シカゴのアパートメントとしてのドリームハウス

あなたは友人たちと一緒に街を離れ、シカゴへ行くことにする。壊れた携帯電話は置いてきたが、彼女が電話をかけてきたのではないかと反射的にポケットを触ってしまう。

悲しみに浸りながらも、こんなふうに旅ができるのはありがたい、とあなたは思う。友人たちと一緒に借りた部屋のソファで寝ていると、毛布から飛び出したあなたの脚を、トニーがやさしくカニバサミみたいにした指でつまんできて、目を覚ます。部屋を見回すと、友人たちがみんなでくっつき合いながら寝ている。子猫みたい。あなたはみんなと一緒に丸まって重なり合っていたいと思う。

でもまだ、食事中に泣いてしまうし、街を歩いていても泣いてしまう。小さなグループに分かれて行動するとき、あなたはベンとベネットと一緒に行くことにする。ふたりが大好きで、特に大げさに感情を表したり、気分はどう？　と訊いてこないところがいい。シカゴ美術館に行って、相当の時間を二つの作品を見て過ごす。「ソーン・ミニチュア・ルーム」とイヴァン・オルブライトの「為すべきことを為さず（扉）」。どちらも見ていると、クィアな喜びに満たされ、涙が出てくる。一つは不死身や、神になったように感じる。時間を旅する魂になって、十九世紀イギリスの客間や、十六世紀フランスの寝室や、十八世紀アメリカのダイニングルームの隅で前かがみで座りながら、ミニチュアのジオラマの中で、死ぬ運命にある人たちの生活が繰り広げられるのを見ているような気持ちになる。もう一つの作品を見ていると、自分が小さく思え、ひるがえる死のベールの前にひれ伏しているような気持ちになる。小さくなって、さらに小さくなって、やがて気づくと、あなたは自分の涙の中で再び手足をばたつかせている。少し先のプールで何かが水しぶきをあげる音がするので、もっと近くまで泳いでいく。はじめは、セイウチかカバに違いないと思っているが、自分の小ささを思い出すと、すぐに同じようにどこかから入り込んできた、ただのネズミだとわかる。

「このネズミに話しかければ、役に立つかな？　ひょっとすると彼はキューバのネズミで、十年戦争の間にやってきたのかもしれない」とあなたは思う（あなたの歴史知識では、何がどれだけ前に起きたのかまったくわからない）。そこであなたはこう切り出す。「¿Dónde está el gato malo?（悪いネコはどこですか？）」まっ先に思いついたスペイン語の文章だ。ネズミは急に水から飛び出ると、恐怖で身を震わせている。「ああ、失礼！」あなたは叫んで、その哀れな動物の気持ちを傷付けてしまったのではないかと心配する。「良くも悪くも、あなたがネコを嫌いなことを、すっかり忘れていました」

「ネコは嫌いです！」とネズミは叫ぶ。「もしあなたが私なら、ネコを好きになりますか？」

「いいえ、それはないでしょう」とあなたは落ち着いた声で言う。「お怒りにならないでください。私のネコに会っていただけたらいいのに。彼女に会えば、あなたも好きになると思いますよ。本当に優しい子なんです」プールの中でのんびりと泳ぎながら、あなたは続ける。半分は自分に言い聞かせるように。「彼女は暖炉のそばでゴロゴロいいながら良い子で座って、手を舐めたり、顔を洗ったりするんです――それから、すごく長けてるんですよ、ネズミ捕……ああ、失礼！」あなたはまた叫ぶ。ネズミは力の限りに泳いであなたから遠くへ逃げていき、大騒ぎしている。その後から、あなたは優しく叫ぶ。「ねえ、ネズミさん！　戻ってきてくださいな。もうネコの話はしませんから！」

それを聞くと、ネズミは向きを変えて、あなたの方へ泳いで戻ってくる。顔はかなり青ざめていて（情熱がそうさせたのだと、あなたは思う）、声は低く震えている。「岸まで行きましょう。そうしたら私の過去をお話しします。それを聞けばなぜ私がネコを怖がっているのか、わかっていただけるでしょう」

どちらにしてももう潮時だ。落ちてきた鳥や動物でプールが混み合いはじめた。アヒルやドードー（エイミー・パーカーの「信じやすくて、絶滅した鳥」だ）、インコやワシの子もいる。彼らに混じって、人前であなたが泣くのを見たことがある人が全員、平泳ぎをしている。あなたは彼らの憐れみから目をそらして、全員が岸辺に辿りつくまで、先頭に立って泳ぐ。水際では、生き物や知らない人たちが、シカゴの街へと散っていく。

家に到着すると、受信箱にメッセージが届いている。「私がいけなかった」

ソドムとしてのドリームハウス

ロトの妻のように、あなたは振り返り、ロトの妻のように、塩の柱に姿を変えられる。[*44] でもロトの妻とは違って、神様はあなたにもう一度チャンスを与え、人間に戻してくれる。するとあなたはまた振り返って、塩になって、不憫に思った神様が三度目のチャンスを与えると、あなたはまた同じことを繰り返して、何度も何度も、一時的救済と間違いを行ったり来たりする。一瞬動きを止めたかと思うと、次はひょろひょろと動きだし、柔らかくなった手脚は回転し、体はよろめきながら泥の中に入っていく。それからまた、塵のオーラをまといながら、木の幹くらい硬くなって、背後に火の粉が降り落ちるなか、風車のように回転しながら通りを下る。こんな漫画みたいな女性はこれまでいなかった――動物から鉱物になってまた戻った人は誰もいない。

＊44 『昔話のモチーフ』、C961.1、タブーを犯して、塩の柱に姿を変えられる。

アイオワシティのホテルの部屋としてのドリームハウス

彼女からのメールには、アイオワシティのホテルに滞在しているとある。会いにこない？　あなたは「ない、絶対にない、ありえない」と言いながらも、結局会いに行く。

彼女はあなたに会うためにアイオワまでやって来て、あなたと一緒にいたいと言う。あなたは彼女の持ち物を詰めた箱を渡したら帰ろうと思っていたけれど、結局残る。そして彼女に怒鳴りちらしながら、泣く。途中で、ドアがノックされる。開けると、ドアの向こうには、ゆっくりとした話し方の、まさにアイオワシティらしい角刈りの男が立っていて、気味の悪い笑顔を浮かべている。彼は、友達とパーティーをしているから、ふたりで一緒に来ない？　と誘う。お酒の他にもいろいろあるらしい。それが何なのかは訊かず、あなたはただドアを閉め、少し間を置いてから、かんぬきをかける。

背後に彼女がやって来て、あなたを抱きしめようとする。勢いよく身を引いたので、あなたはドアに強くぶつかってしまう。体の向きを変えてドアから滑り落ちるように床に座り込むと、彼女は「しーっ、しーっ」と言って、触らないでと言うあなたをよそに、触ってくる。そしてあなたの頭の方に身を寄せて、「シャンプー、変えた？」と訊く。実際そうなので、あなたはうなずく。他にどうしたらいいかわからず、セックスをする。あなたは感情に身を委ねるようなことしか言わない。「うまくいくよ」と彼女はあなたに触れながら言う。「アンバーはもうどうでもいい。彼女のことを考えると、気分が悪くなる。今回はうまくいくって、約束するよ。あなたをすごく愛しているの」

翌日の朝、あなたは隣のレストランに行く。すごく可愛い赤ちゃんの声が隣のブースから聞こえてくると、激しくあなたは泣きはじめる。するとウェイトレスが発泡スチロール製の容器に残った食事を詰め、青いペンで「良い一日をね！　マリア」と書いてくれる。彼女があなたのミドルネームを書いたことにびっくりして、それが彼女の名前だと気づくまで、メッセージを送ってくれたのだと思い続ける。それからガールフレンドの持ち物が詰まった箱を車に持ち帰って、家まで運転する。

一週間後、偶然出くわした女性に、ガールフレンドはもうアパートを見つけたの？　と尋ねられる。この町にいて、住むところを探しているんでしょう？　と。あなたは混乱するけれど、その日の夜、友人から、大学院の仲間の口伝えで、ガールフレンドがインディアナでアンバーと付き合っているという噂を聞いたと知らされる。一気にたくさんのことが見えてくる。彼女はここに越してきてあなたと一緒に住むつもりがないこと。あなたがよくない選択をしてしまったこと。

あなたは彼女に電話をかけて、聞いた話を伝える。こんなふうに、疑う余地なく難しい立場に追い込まれても、彼女は巧みに言葉を濁し、きまり悪さはほとんど感じられない。話がややこしくなっているだけだよ、と彼女は言う。自分の人生に、あまりにも素晴らしいことがたくさん起きているというだけで、彼女自身、それを理解するのに苦労していると。「別の人を愛している間は、思いやりのあるガールフレンドにはなれないのよね」これを最後に、本当に、終わる。

曖昧な言葉としてのドリームハウス

ドロシー・アリソンの短編「女性への暴力は家庭からはじまる」には、レズビアンの友人同士がお酒を飲みに集まって、コミュニティ内の噂話をする場面がある。最近二人の女性が別の女性の家に押し入って、ガラスや皿を粉々にし、二人がポルノだと見なしたアート作品を壊して、中をめちゃくちゃにしたらしい。さらに家の壁には、物語のタイトルにもなっている言葉をスプレーで書きなぐったと。友人たちは警察の介入やグループ内の衝突仲裁について話し合うが、物語の終盤、別れ際に、この問題はわかりやすい会話へと発展する。

「ねえ、ジャッキーのためにパーティーを開くのはどう？　彼女の家を修復するためのお金を集めるの」

ポーラはイライラしたように、自分の荷物をまとめだす。「ああ、そういうことはしない方がいいよ。まだ仲裁しているうちはね。それにどっちにしろ、この春はお金を集めなくちゃいけない重要なことがたくさんあるんだよ。コミュニティ内のことでさ」

「ジャッキーもコミュニティの一員じゃない」私はそう言う自分の声が聞こえる。

「もちろん、そうだよ」ポーラは立ち上がる。「私たちはみんなそう」その表情を見ると、本当に彼女がそう信じているのか疑問に思ったけれど、私がそれ以上何かを言う前に彼女は行ってしまう。

クィアも、お互いをがっかりさせることがある。そんなことは当たり前のように聞こえるかもしれない。例えば、非白人のクィアやトランスのクィアにとって、コミュニティ内の忠誠心がある程度までにしか至らないのは、驚くことではない。国家のヘゲモニーに対峙しなければならないときは、なおさらだ。でもうわべだけは並列しているように見える力関係ですら、面子を保ちたいという欲、統一された倫理観を提示したいという欲は、その他のどんな利害にも勝る。

クィアのコミュニティは、長い間、ドメスティック・アビューズの責任からクィアの女性を免除する方法の一つとして、ジェンダーの役割に関するレトリックを使ってきた。だからといって、アクティビストや研究者が何もやらなかったわけではない。一九八〇年代初頭に、クィアのドメスティック・アビューズについての会話が根を下ろすようになると、アクティビストはクィアの虐待についての神話を払拭するために、会議やフェスティバルで概要報告書を配り、研究者は問題の範囲を把握するためにアンケートを配布した。[*45,46] そして、クィアの定期刊行物では、激しい議論が繰り広げられもした。

でも、一部のレズビアンには虐待の定義を、男性の行為に限定しようとする人もいた。ブッチはフェムに暴力をふるうかもしれないが、それは彼女たちが身に付けた男性性のせいで、虐待者は「男性の特権」を利用していると言うのだ（レズビアンの批評家アンドレア・ロング・チューの言葉を借りれば、彼女たちは「レズビアンのユートピアに父権制をこっそり持ち込む」という罪を犯している）。なかには、同意のもとで行われるＳＭが問題の一部を担っていると論じた人もいた。女性だった女性はガールフレンドを虐待したりしないし、まともなレズビアンならそんなことは絶対にしないと。[*47] また、単純に理解し難い話もされていた。ストレートの社会からの抑圧のせいだ！　レズビアンたちはお互いに虐待し合っている！　というように。

多くの人々は、こうした問題は彼女たちのコミュニティ内で処理されるべきだと論じた。被害者を周辺に追いやるために記事が書かれ、虐待者たちは何のお咎めも受けないことも多々あった。ある初期のレズビアン間のドメスティック・アビューズの裁判で、一人の弁護士が不穏で異様な顛末を述べている。陪審員たちは、閉じられた扉の後ろで過ごした大半の時間を――彼女の懸念に反して――ストレートの陪審員たちが陪審員で唯一のレズビアンに、被告の有罪を説得することに費やしていたと言うのだ。後に質問を受けた際、そのレズビアンの陪審員は弁護士に、「クィアの姉妹《シスター》を有罪にはしたくなかった」と述べている。まるで虐待されていたガールフレンドは、クィアの女性ではないとでも言うように。

誰も直視したくない紛れもない事実の周りで、彼らは太陽みたいに堂々巡りを繰り返した。女性が女性を虐待することもあるし、これまでも女性は女性を虐待してきた。クィアがこの問題を真剣に取り上げる必要があったのは、誰もそうしようとしなかったからだ。

＊45　サンタクルズ・ウィメンズ・セルフ・ディフェンス・ティーチング・コープラティブが取り組む神話のいくつかを紹介しよう。「単に感情的／心理的なことだから、重要ではないという神話」「彼女の

過去三人の恋人とは違って、私には対処できるという神話」「そばにいて、何とかするのが一番重要という神話」「私たちはセラピーを受けているんだから、解決してもらえるはずという神話」

＊46　実際に配布された、研究者アリス・J・マッキンジーが作ったアンケートに使用された言葉。「あなたを虐待する人は、このフェスティバルに来ていますか？　来ているのであれば、あなたがこのアンケートに記入する間、彼女はその場にいますか？　いないのであれば、彼女はあなたがこのアンケートに答えることを知っていますか？　もし上記の質問にノーと答えた場合……あとでこのことを彼女に伝えようと思っていますか？」

＊47　「真のスコットランド人論法の誤謬」は、こうした話を考えうるあらゆる方向に歪曲し、勝手に規則や条件を変えて、永遠に説明責任の歪みを生み続ける。一九八八年の「ゲイ・コミュニティ・ニュース」で、ある生存者の女性は、自らが受けた虐待についてこう書いている。「十代の頃から、レズビアンに囲まれてきましたし、なかにはこじれた恋愛関係に悩んでいた人もいましたが、暴力には一切気づきませんでした。私自身、レズビアンは暴力をふるわないという神話を信じ込んでいたのです。もっとあとになって、ゲイバーを許容するくらいリベラルな町のゲイバーに通うほど「カミングアウト」できるようになると、一部のレズビアンが実際に暴力をふるっているのを目撃しました。でも私は、彼女たちは特殊だと思っていたのです――酔っぱらいや、性差別的なブッチや、政治に無関心なレズビアンだと。だから、フェミニストのレズビアンはきっと暴力はふるわないと思い込んでいました」アクティビストのアン・ルッソは著書『私たちの生き方を取り戻す』でこう簡潔にまとめている。「レズビアン間における虐待を、構造的な政治問題として挙げるのは難しかった」

女王とイカとしてのドリームハウス

イカから教えてもらった物語がある。

ある所に女王がいて、彼女はまた孤独になった。そこで彼女は参事官を全員集め、彼らは女王が連れ合いを見つけられるようにと、その土地の有力者を全員呼んだ。

参事官たちは審議に多くの時間を費やして、閉じられた扉の後ろで三日間過ごしたあと、女王に一杯のイカを連れてきた。壮麗さや華美さの欠片もないイカを。彼女は本当に喜んだ。イカは彼女がまさに望んでいたものだった――真珠のような光沢があって、湿っていて、筋張っていて、知的。一方のイカも、新しい境遇に喜んだ。彼女はずっと遠くから女王をあがめていたので、女王が「自分のもの」として選んでくれたのが信じられなかった。

最初、彼女たちの友情は素晴らしかった。王国の隅から隅まで一緒に旅をして、イカは海岸の小さな洞窟から美しくてキラキラしたものを女王のために持ってきた。遠方の要人を訪問する際にも女王はイカを同行させ、夜になるとふたりは暗い広間で夜食を探した。ふたりの交流は優しさそのもので、ふたりは言葉にならないほど幸せだった。

でもしばらくすると、女王は連れ合いに飽きはじめた。つらい時期だった。時々女王に書斎の外に締め出されると、イカは乾いた冷たい石の上に座って、皮膚が紙きれみたいになる前にいつものボウルの中に戻れますようにと祈った。女王とイカが一緒にいるときですら、女王の態度はよそよそしく、たびたび残酷になり、イカをひっくり返しては、剝き出しのくちばしに小さなゴミを落としたりした。女王はイカが触れたあらゆる場所を拭きながら、うかつに汚さないでと叱った（ご存知の通り、イカには三つの心があって、女王と一緒にいる間に、その全部が何度も、何度も、何度も傷ついた）。

ある夜、女王が寝静まると、イカは城の中を跳ね回ることにした。モップの入ったバケツまで行くと、その車輪を使って廊下を進んで、静寂を楽しんだ。しばらく行くと、廊下の先に一風変わった重たいドアがあった。背を向けてその場を去ろうとしたとき、何か物音が聞こえた。彼女はドアを開け、仄暗い部屋の中へ身をすべり込ませた。

ひどい臭いだった。死が醸し出す有機的な悪臭ではなく、ワインのように暗くて深い悲しみの、濃厚で苦い悪臭だった。それから音がした――イカはこれまでそんな音は聞いたことがなかった。バスタブの水が抜けるような、低く唸る音。派手な鳥みたいな、鋭い鳴き声が部屋を突きぬけていった。

イカの大きな目が光に慣れてきて、自分を見ているものが何かわかると、彼女はバケツをできるだけ速く動かして廊下に出て、女王の部屋へ戻った。

しばらくして、イカが窓の外を見ると、女王とクマがじゃれ合っているのを見かけた。クマは美しかった。巨大で、毛むくじゃらで、まばゆかった。傷ついたイカは、クマと自分は比べ物にならないとわかっていた。女王がクマとピクニックに出かけると、イカは侍女に町まで連れて行ってほしいと頼んだ。

　イカがいなくなったと知ると、女王は怒り狂った。でも怒りが収まると、何をすればいいかわかっていた女王は、イカに手紙を書いた。

「親愛なる生き物のあなたへ　書きはじめる前に、どうかお願いですから、偏見のない心を持ってこの手紙を読んでください。

「私はあなたを愛していますし、これからもずっと愛しています。恋人としてではなく、ただの友人としても、私の部屋に来るのを拒むようになったことに、私の心は動けずにいます。私たちの愛が終わったということは、お互いに近づかずにいることだとあなたは信じているようですが、もう一度考え直してはもらえないでしょうか。私はこれまで、多くの生き物を愛してきました――ヤギ、ミツバチ、フクロウ――愛は続きませんでしたが、今でも定期的に会っています。私たちはまだ友達です。クマと一緒にいることを私が幸せに感じているからと言って、私たちの過ごした時間が無意味だったということにはなりません。

「ふたりがうまくいかなかったのは残念です。あなたが賛同してくれるといいのですが、私は誉れ高く、非の打ち所のない振る舞いをしました。友好的な別れをあなたが信じていないことに、深い悲しみを覚えます。私はあなたが――あなたほど知性ある生き物であれば――もっとよくわかってくれると思っていたのです。

「実際にあなたは、私の人生のとてもつらい時期を一緒に過ごしてくれました。お行儀よく振る舞えなくてごめんなさい。でもそれが愛じゃありませんか！　私たちの関係は、こうした面倒を乗り越えられるし、私たちは永遠にお互いの人生の一部になるのです。それを聞いて嬉しくなりませんか？　嫉妬や裏切りではありません。お互いへの信頼の上に成り立っている友情です。いつの日か、お互いに良い場所で再会し、お互いの傷を理解した上で、こうした一切合切を水に流せることを願っています。返信を心よりお待ちしています」

イカが返信しないでいると、女王はもう一通手紙を書いた。

「愛しいイカよ！　私が犯した過ちは、きっと何千回にも及ぶことでしょう。何日もの間、瞑想し、断食し、お酒を控えて、どれほど深くあなたを失望させてしまったのかを痛感しています。本当のことを言えば、あなたは私の過去であり、未来なんです。会いたいです。あなたの触手を吸ったり、冷たい外套膜にキスしたり、前みたいに一緒に旅行ができたらいいのに。クマのことは本当にごめんなさい。彼女は美しくて、生まれながらにして特別な存在だけど、あなたとは全然違うんです。クマはまだこの城にいますが、彼女の近くを通るときは、衝動的に背を向けて違う方向へ走り出したくなります。私が求めているのはあなただけなのよ、私の小さなキャベツさん。でもだからと言って、あなたを食べてしまいたいという意味ではないからね、ははは！

ただ私のお腹の中で永遠に気持ちよく横たわっていてもらいたいだけ。私のもとへ戻ってきて。戻ってきたら、誓います。何ヶ月も前にそうするべきでしたね。私は愚かだったけれど、どうか、もうこれ以上そうならないように手を差し伸べてください。結婚してください。私たちが死んだら、ふたりの体は女王とイカという双子の星座になって天国に散っていくことでsしょう。そして私たちほどの幸せを知るものはいないでしょう。愛しています、愛しています。私の愛しいイカ、愛しているわ。心を込めて、忠実なあなたの女王より」

この最後の手紙を受け取ると、イカは返信を書きはじめた。何時間も下書きを書いては、捨てた。中には他よりも時間がかかったものもあった。彼女は自分の墨をそうやってうんざりするような無意味な目的のために使うことを嘆いた。ようやく納得できる言葉を紡ぐと、使者に手紙を託して、近くの農家へ向かった。そこでイカは硬貨を交換して、一頭の馬と、鞍に吊るす防水加工が施された浮袋を手に入れた。そして皮の中に滑り込むと、苦しんだ町に別れを告げた。

手紙が届くと、女王は震える手で開いた。
「女王さま　あなたの言葉はとてもステキです。でも、私があなたの動物園を見たという純然たる事実を覆い隠すことはできません」

クマから教えてもらった物語がある。
ある所に女王がいて、彼女はまた孤独になった。

ありがとう、オバマとしてのドリームハウス

彼女と別れる直前、バラク・オバマがアイオワシティを訪問する。学生ローンによる負債の話をしにやってきたのだ。多くの負債を抱えた学生のあなたは、聞きに行くことにする。あなたの心はかさぶたが剝がされて、感染症で熱を帯びたみたいだ。あなたは遅れて到着し、人で溢れかえった部屋の中へ押し込められるように入っていく。演説の様子はスクリーンに映し出されることになっている。あなたは遅刻した自分に腹を立てていて、別の部屋に追いやられて惨めになる。当時それは、他の多くのことと同じように、何かの兆候みたいに思える。

演説がはじまる少し前、あなたが暑さに参っている部屋にオバマがやってくる。階段式の観覧席は混み合っているが、最上段は空いている。後ろには空気以外何もないので、本来は、絶対に立ってはいけない場所だ。あなたの最強な友人たちはそこに上がり、手を貸してくれる。群衆を見渡して、大統領――あなたの大統領――を見つける。彼は群衆の前を歩いている。こんなに近くで姿を見るのははじめてだ。彼は手を振り、笑顔を見せ、話しはじめる。あなたの目の前の空気は、スマートフォンの画面できらきらと光りだす。

あなたは目を閉じる。観覧席の階段の金属が音叉《おんさ》のように足元で僅かにたわむのを感じながら、地面から二メートルくらい離れているんだと実感する。簡単に死ねる。一瞬気を失えばいい。そうすれば体に感じる苦しみを一時的に手放せる。前にいる男が着ているシャツにはこう

書いてある。「二〇〇八年　オバマ　準備は万端！」イエス、とあなたは思う。私もね《イエス・シー・イズ》。私にはわかる。

本当に彼女と別れた日は、オバマが結婚の平等を支持すると公に発表した日だった。二〇一二年五月の水曜日で、あなたの弟の二十三歳の誕生日だ。その数日前、ジョー・バイデンは、台本なしの公式声明をしどろもどろで発表していた。「ある時点で私は、同性のカップルが結婚できるようにすべきだという考えを認めることは、自分にとって、個人的に重要であるという結論に達しました」オバマはいつもの優しく、思いやりのある、政治家らしい話し方をしていて、それにはマジでイライラさせられるけれど、同時にぎゅっと抱きしめたくもなる。

はじめて彼に投票した二〇〇八年、目が覚めると、オバマが勝利したというニュースと、あなたが女性と結婚できる可能性をカリフォルニア州が拒否したというニュースを同時に知らされた。甘酸っぱい朝だった。二日酔いの霧に包まれながら、あなたはルームメイトと一緒にオバマの勝利演説を見た。「提案八号は残念だったね」と静かに言う彼女に、あなたは肩をすくめた。当時オバマは同性婚に反対する立場を取っていたが、あなたは彼の勝利を祝った。その時点では、彼が最善の選択肢で、あなたへの影響を考えると完璧ではなかったけれど、世界にとっては概して良い人間だったからだ。生きているうちに勝ち取れる戦いだとは思っていなかったので、ケーブルテレビで自分の人間性や権利が公然と議論され、それを擁護することが大統領になる条件ではない不安定な空間で生きると心を決めた。すでに女性だったあなたには、わかっていた。忌々しいくらい、その空間を占拠するのは、自分が得意とすることだと。

数年後、悲しみに打ちひしがれてボロボロになったあなたは、他にどうしたらいいかわからず彼の声明に笑ってしまう。「最高のタイミングじゃない」とパソコン画面に向かって言う。

「オバマ、ありがとね」

何日も向精神薬ザナックスを飲んで、寝て、考えると、ようやくどうしたらいいか見えてくる。

空虚としてのドリームハウス

彼女がいなくなったあとの人生にぽっかりと空いた空間は、言葉で言い表すのが難しい。あなたは家に携帯電話を置いていき、鳴っても無視する練習をしなければならない。誰に対しても説明する責任はないと、ずっと自分に言い聞かせる。他の人とのセックスを想像しようとしても、なかなか心に描けない。自慰行為はほぼほぼ無理だ。*48 誰かに触れられてもいいと思える日が来るのか心配になる。脳と体をもう一度結びつけることはできるのだろうか。それとも、新しくできたこの恐ろしい渓谷の向こう側に、座り続けたままなのだろうか。

*48 『昔話のモチーフ』、C947、タブーを犯して失われた、魔法の力。

予期せぬ優しさとしてのドリームハウス

あなたにはいかにも共和党支持者らしいおじのニックがいる。彼はなんというか、これでもかというくらい、いわゆる共和党支持者なのだ。テーブルにはアン・コールターの本が置かれ、リビングではフォックス・ニュースが色鮮やかな妄想を吐き出していて、膨大な銃のコレクションをいつも見せたがっている。そうするとあなたが落ち着かない気持ちになるとわかっているからだ（あなたは一度だけ銃を撃ったときに感じた異常なまでの恐怖を、彼にうまく説明できずにいる。恋をしていた年上の男に連れて行かれた射撃場でグロック銃を撃つと、古いハードディスクが回転しながら泥の中に落ちた。撃ってみることにしたのは、彼が「大半の女性は小さくて華奢だから、反動にやられちゃうんだよ。でも君は強いしがっしりしてるから、やってみようよ」と言ったからだった。あなたは銃を手に取った――そんなふうに言われて嬉しかったし、彼と寝たかったし、フェミニストだったから――けれど、すぐに後悔した。すごく恐ろしかった。手の中で銃が爆発して、ふたりとも死んでしまうんじゃないかと思った。その後は、もう二度と手にしないと誓った。長い間、その金属の塊はあなたの家の窓辺に置かれ、銃弾で開いた穴からは太陽の光が差し込んでいた。でも引っ越しのときに捨てた）。

ニックはウィスコンシンに住んでいるので、あなたが中西部にいるときはよく会うようになる。知らないうちに、彼のことが好きになる。政治的な観点で言えば、彼はあなたが大嫌いなものすべてを象徴しているかもしれないけれど、巨大なテディベアみたいだし、いつもあなたのことを「僕のお気にいりの民主党支持者」と呼ぶ――実際、大学以来、そんなふうに自分を考えたことはないけれど。

はじめてドリームハウスの女性があなたと別れた翌日、ニックが電話をかけてくる。電話口の彼はとても陽気で、仕事の関係でこちらにやって来るので、ちょっと寄ろうと思えば寄れるけど、どうかな？　と言う。あなたはもちろんと言って電話を切るけれど、すぐにそう言った自分を責めはじめる。ビル・オライリーを尊敬するような男に会う気になれないだけでなくて、何日もシャワーを浴びていなくて汚かった。バタバタと身支度を整えて、一時間後、ニックの巨大な環境破壊的な車が大きなエンジン音を立てながらやってくるのを見る。彼は車から降りるとあなたに手を振り、家に向かって歩いてくる。数フィート先まで来ると、あなたはこらえ切れずに鼻をすすりはじめる。彼の顔が心配そうに広がる。「どうした？」

「ニックおじさん」とあなたは言う。「私はレズビアンで、ガールフレンドに振られたばかりなの」すると大きな鉄球がダムを崩壊させてあなたは大声で泣きはじめる。

「おおおおお」とニックは言う。「おおおおお」あなたは彼の腕の中に包みこまれ、彼はきつくあなたを抱きしめる。「傷ついているんだね。わかるよ。みんな同じように傷つくんだから」

みんな同じようには傷つかないけれど、あなたはおじさんが言わんとした意味を理解する。ふたりは家に入って、ソファに座る。それから一時間、彼はあなたにさまざまな失恋体験を話してくれ――彼はこれまで三度結婚している――アドバイスをくれる。「何かのクラブに参加するといいよ」と彼は言う。「新しい趣味を持つんだ。ボートなんてどうかな?　好きじゃない?」

あなたは笑う。そして約一年ぶりに、笑顔になる。

記憶としてのドリームハウス

彼女と別れてからの一ヶ月、あなたは友人のクリスタと一緒に非公式のクロスフィットをやって過ごす。優秀で親切な彼女は、あなたを駆り立ててくれる。「天性のアスリートだね！」と何度も、何度も褒めてくれるけれど、あなたはすごく太っていて、天性のアスリートから限りなくかけ離れた存在なので、すごくおかしい。でもその年に起きたさまざまな出来事によって、不思議な集中力が身に付いて、だんだん良くなっているのは確かだ。今では休憩無しで軽く一・六キロ走れるし、九十キロのウェイトを持ち上げることもできる。

ある日、あなたが痛む体を引きずりながらロッカールームへ行くと、携帯電話に十六件の不在着信が入っている。全部彼女——ドリームハウスの女性——からで、留守番電話にもメッセージが入っている。急に電話がまた鳴り出して、気が狂った虫みたいに振動して、思わず床に落としてしまいそうになる。あなたは駐車場へ飛び出していく。家まで運転する間、電話は鳴りっぱなしだ。走って家に入ると、ジョンが読書をしているところで、あなたは電話を見せる。着信は二十件を超えている。

ジョンはすぐに、家に設置した精巧なスピーカーシステムとパソコンをつないで、混沌としたノイズメタルみたいな音楽をかける。そして「魔法使いの弟子」のミッキーみたいに駆け回りながら、彼のエネルギーを音に足していく。「抵抗しろ、カルメン、抵抗だ！」と叫んでは、両手でカウンターを叩いたり、木のスプーンでフライパンを叩いたりして、音量を思い切り上げる。

（『エンジェル通り』で、正気ではないと思い込まされて苦悩する妻にようやく会った際、巡査部長はきっぱりとこう言い放つ。「あなたは人生でもっとも恐ろしい瞬間に立ち向かおうとしていて、あなたの将来は、これからの一時間で何をするかにかかっているんです。本当にそのとおりですよ。ご自分の自由のために戦わなければならないんです、今すぐにね。こんな瞬間はもう二度と訪れないかもしれないんですから」）

あなたは突然、不協和音で満たされたような気分になって、電話に向かって「ファック・ユー」と叫び（電話はしかるべき機能を果たす以外何もしていないのに！）、彼女の番号をブロックする方法を見つけようとする。最終的にはグーグル検索をして、ブロックすると、電話は静かになる。でも留守番電話にメッセージが残っているので、あなたは音楽の音量を下げるようにジョンに言う。

メッセージはそれぞれ、微妙に違っている。「愛してる、会いたい」と悲しみに浸っているものもあれば、「今すぐ電話に出なさいよ、このファッキン・ビッチ」みたいに脅してくるものもある（まるであなたが固定電話ではなくて携帯電話を持っていることを忘れてしまったみたいに。彼女がメッセージを残す間、キッチンで聞き耳を立てているわけではない）。あなたはこの正気とは思えない――いくつものパーソナリティ障害を持った女性を描いた、不快なひどい映画みたいな――メッセージに怖気づき、彼女がメッセージを残している姿を想像しようとする。ドリームハウスのどこにいるんだろう。寝室であなたを脅迫し、リビングで涙を流し、書斎で永遠の愛を誓う彼女を想像する。そうすれば気持ちが晴れるはずなのに、逆に最悪な気分になる。

接近禁止令を求めるかもしれないことを考えて、メッセージを保存する。数ヶ月後に新しい携帯電話を買うと、メッセージは消えてしまう。

結末としてのドリームハウス

あなたは学期末に行われるバーベキューと、ホームパーティーの間にヴァルと話すことにする。予定よりも遅くまでバーベキューにいたので、ヴァルが電話をかけてくると、影になっている通りに車を寄せる。彼女の声を聞くのは不思議な感じだ。電話越しに聞こえる、静かで優しい声。ふたりは緊張しながらお互いに話しはじめ、数分後には、謝罪と涙でぐちゃぐちゃになる。

「オープン・リレーションシップにあなたが同意したなんて信じられない」とあなたは言う。

「彼女はあなたを大切に思っていたよ」とヴァルは言う。「私に勝ち目があるなんて思っていなかった」

「その前の話だよ」

「どういう意味?」

「私が出会ったとき、彼女はすでにオープン・リレーションシップをしているって言っていたから」電話の向こう側で沈黙がゆっくり長く続く。「何を言っているの?」とヴァルは尋ねる。

ホームパーティーに到着すると、友人たちはみんなあなたを見て、大丈夫? と尋ねてくる。「飲まなきゃやってられない」とあなたは言う。「それから話させて」

シュレーディンガーのネコとしてのドリームハウス

宇宙の弧のせい？　何世紀、何千年もの間、誤った政治がもたらした当然の結果？　彼女はあなたを見つけるように訓練されていたの？　それとも見つかるようにあなたが訓練されていた？　一度もまともに人を愛したことがないとか、太った女なんだから手に入れられるものには何でも感謝すべきだとか言われたり、恋愛は喧嘩やお互いに対立し合うことだとかいう変なメッセージをもらったりして、ポークチョップみたいに叩かれてぐにゃぐにゃになったせい？　あなたの心はあの一回で壊れたけれど、必死で壊れていないと思おうとしたせい？　誰かに愛されていると、満足感を覚えたせい？　どんなときも、ただひたすら誰かに求められ、誰かを求め、いくのが好きだったせい？　彼女の匂いや声や体に夢中になったせい？　これは自分が受けるにふさわしい報いだと思ったせい？　セックスを病的なものとみなすのに、恋愛関係についてては何も語らなかった宗教がもたらした、超予測可能な結果なの？　ひどい性教育のせい？　最悪なタイミングのせい？

中に答えが入っている箱があるように思えるけど、ふたが閉じられた状態では、ここに挙げたこと全部が一斉に答えになる。

ニュートンのりんごとしてのドリームハウス

夏のはじめ、ある男からメッセージが送られてくる。あなたが最初にアイオワに来たときに、飛行機でやってきて、ベッドで週末を一緒に過ごした男だ。数年間インターネット上で軽くいちゃいちゃしたあとに迎えた、良い感じの絶頂期だった。会議に出席するために仕事でアイオワシティに来ている彼は、ディナーでもどう？　とあなたを誘う。本当は特に会いたいわけでもないけれど、あなたは応じる。さらにはホテルに迎えに行くことも承諾する――彼の要求だ――でも、それも本当はやりたくない。

ホテルまで運転する間ですら、あなたは彼に頼まれた通りにしているだけで、ドリームハウスの女性に応じたのと同じだと感じている――彼はただのいきあたりばったりの男に過ぎないけれど。雨よけの下に車を停めるときも、レストランまで彼を車で連れていくときも、あなたはそのことを考えている。話しかけてくる彼に返事をするときや、何かを注文したりちょっとした話をしたりしているときですら、あなたは驚いている。彼の男性性――その一般的な事実――には、慎重に計算された、長期にわたる虐待関係と同じくらいの影響力があるということに。ある科学者が何十年もかけて、リンゴを地面に落とすための推進システムを開発した一方で、別の科学者はただ重力を利用しただけというのと同じで、結果は同じでも、努力の程度がまったく違う。

あなたはお酒を飲むのは断って、食事を頼む。彼は代金を支払おうとする。彼をホテルまで車で送り届け、入口に車を停めると、彼が微笑みかけてくる。

そして「サヨナラをするために、駐車する？」と尋ねる。

あなたは角を曲がったところの駐車スペースに車を停める。

「中まで送ってくれない？」と彼は言う。「ロビーに鯉のいる豪華な池があるんだ」

彼の言ったことは正しい。そびえ立つような吹き抜けの空間は、息を飲むほど美しい。これまで泊まったどのホテルよりも素敵だ。あなたは橋から身を乗り出して、鯉を見下ろす。引き締まった体、警告するような色。彼と寝てしまえばどれだけ楽だろうと思う。彼は世界一悪い男ではないし、抵抗するのは疲れる。

「もう行くね」とあなたは言う。「八時に予定があるの」

彼は喉を鳴らして、微笑む。

「一緒に上に行かない？」

「行かなくちゃ」とあなたは言う。

彼はあなたを車まで送り、あなたがバッグから鍵の束を取り出す間、キスをしてくる。彼はキスをやめない。あなたの腕をつかんで、口の中に舌を押し入れてくる。あなたの体は硬くなる。抵抗はしないけれど、反応もしない。ただ浮かび上がるように体の外に出てきて、自分の姿を――笑ってしまうくらい釣り合わないふたりの性欲《リビドー》を――見る。彼は体を離す。あなたが何も感じていないことには気づいていないみたいだ。そしてあなたにキーカードを渡して、部屋の番号を伝える。万が一、気が変わったら、と。

あなたは駐車場の近くに車を寄せて、よろめきながら外に出る。崩れるように芝生に膝をつくと、正座のまま前かがみになって、震えながら深呼吸する。その間、車のハザードランプが隣でカチカチと点滅している。芝生が銅色の光をとらえる。ついたり、消えたりを繰り返す。

セックスと死としてのドリームハウス

六月、あなたはアイオワからサンディエゴまでカリフォルニア大学サンディエゴ校へ車で向かう。ジャンル別創作のワークショップに参加するためだ。途中で、随分昔に住んでいたバークレーに立ち寄る。友人の家に荷物を置いて、元カレとディナーに出かける。

何杯かお酒を飲んだあと、あなたは彼に、彼女やドリームハウスについて話す。彼は真剣に聞いてくれて、その目は親切で優しい。彼に会えたことが本当に嬉しくて、あなたの心は痛む。彼をずっとすごく恋しがっていたことに気づく。カップルとしてふたりの何が良くなかったのかが、すごく明らかだったから。彼が去っていったときに感じた、宇宙みたいに果てしない苦しみですら、脚を骨折するとか、仕事をクビになるというような、人生に起きる普通の（ひどい）出来事だったように思えた。

食事が終わる頃、一杯飲みに行かない？　とあなたは誘う。でも店を出ると、この辺りでは店が早く閉まるのを思い出す。

「家に行けばたくさんお酒があるよ」と彼は言う。その言い方は丁寧で、彼は横目であなたを見ながら笑っている。心と性器《カント》が、同時にぴくっと反応する。あなたは今晩泊めてくれる予定の友人にメッセージを送る。「わかった」と彼女は返信をくれる。「楽しんできてね。明日、朝食は食べる？」

元カレが通りに停めてある車を指さす。笑ってしまうくらい小さなオープンカー。あなたは本当に嬉しくなって、笑う。「オープンカーなの？」その言葉はおかしなふうに口から出てくる。抑揚を変えながら、何度も、何度も繰り返して言ってしまう。「あなたが、オープンカー？本当にオープンカーなの？」もうすでにほろ酔いなのかもしれない。

「ルーフは下ろしたままでいい？」と彼は尋ねる。

「うん、そうだね」とあなたは言う。彼がエンジンをスタートさせると、バークレーからオークランドまで戻る間ずっと、あなたは座席を倒して、視界の周縁に映る建物の先端や、星や雲が間隔をとりながら筋状に連なっている空を見る。車はかなり速度を上げ、今すぐ死んでもいいようなワイルドな気持ちになる——そうなったらきっとゾクゾクするだろう。気づくとあなたは笑っている。彼はさらに速度を上げる。


彼のアパートメントで、あなたは爪で飼い猫の頭を強くひっかく。彼はお酒を作ってくれる。ふたりは向かい合わせで座る。

「会いたかったよ」と彼は言う。

私も自分に会いたかった、と言いたくなるけれど、言わずにいる。その代わり、「私もあなたに会いたかった」と言う。「えっとつまり、男は恋しくならないんだけど、あなたは違うって意味ね。今日こうやって会えて嬉しい」

あなたは彼にまたがってキスをする。その後、バスルームで、一生懸命髪についた精液を洗い流そうとしていると、ドアの向こうで彼が何かを言っている。「何？」あなたは、ドアを開ける。

「きっと大丈夫だよ」と彼は言う。「っていうか、君は大丈夫だ」

あなたは彼のことを変人呼ばわりしてから、洗面台に戻って蛇口の下に頭を半分沈める。鏡で自分の姿を見ると、少し笑っている。


泊めてくれるはずだった友人と一緒に朝食を食べながら、前の晩にあったことを話す。気分がすごくいいんだ、とあなたは言う。落ち着いているっていうのかな。翌日、彼女の家は全焼する。友人は無傷だったけれど、彼女のルームメイトが泊めてあげていたうちの一人が焼け死んだ。街を出て、セントラル・バレーを抜けて南へ車を走らせる間、燃え殻をかき分けながら消防隊員が焼けて熱くなったあなたの骨を検証するところを想像する。空気は乾燥していて、ひどい渋滞だけど、何キロにもわたって続く果樹園が見える。光は金色に輝いている。

思わぬ話の展開としてのドリームハウス

あなたはサンディエゴでの残りの時間を、執筆したり、スコッチを飲んだり、クラスメイトと一緒にビーチまで長い散歩をしたり、巨大な牛追いむちみたいな海藻を海から引っ張ってきたりして過ごす。ヴァルとは一日置きに話をしている。ある日、彼女は、あなたがワークショップを終えてアイオワまで戻るとき、同行してもいいかなと尋ねる。

あなたはロサンゼルスに彼女を迎えに行く。風にさらされた彼女は美しい。ふたりは足早に車に乗り込んで出発する。グランドキャニオンに向かう間、ビヨンセの「ベスト・シング・アイ・ネヴァー・ハド」を大音量でかける。日暮れ近くに到着すると、あなたは彼女を連れて崖の端っこまで行って、その深さや古さについて話す。そこで撮った写真はお気に入りの一枚だ。少しずつ水や風や時間に削られてできた、巨大な空間の広がりを見つめているヴァル。口があんぐりと開いていて、顔の周りには黒い巻毛がなびいている。

数日後、ニューメキシコの友人宅のソファベッドで、ふたりは暗闇の中、お互いに手を伸ばす。ヴァルはあなたにキスしていいか尋ね、あなたはうんと答える。

毎日、ふたりは車を走らせて、ドリームハウスの女性の話をする。そして夜になると、体を丸め合う。

ふたりはニューメキシコ州ロズウェルにある、観光客をカモにするような店を全部見て回る。

宿泊した南コロラドのあやし気なモーテルでは隣の部屋の年寄りカップルが吸っていたマリワナの煙が、薄っぺらい壁から漏れてきて、看板には「熊に注意」と書かれている。車でロッキー山脈国立公園内の山を登る。あなたの小さな車は細道や、険しいスイッチバックをくねくねと進みながら、頂上にたどり着く。ネブラスカでは、いとこと生まれたばかりの赤ちゃんを訪ねる。赤ちゃんの頭はゲンチアナバイオレット（感染症を予防するための薬）で紫に染まっている。

あなたはドリームハウスの女性について話す。でもそれだけでなく、彼女に出会う前の自分や、これからなりたいと思っている自分の話もする。

やがて、この文脈とは別のところで、あなたとヴァルは愛し合うようになる。一緒に暮らしはじめ、婚約し、結婚する。お互いに孤独ではないと知れたから、ふたりは結ばれたのだ。

5.

私が確信している二つ、三つのこと。そのうちの一つは、最初から最後まで物語を語るのは、愛の行為ということだ。

——ドロシー・アリソン

エルム街の悪夢としてのドリームハウス

七年経ってもまだ夢に見る。ドリームハウスのあと、四軒の家／三人の恋人／二つの州／一人の妻を経てもなお、夢は子どもの頃に見たものと大して違わない。姿の見えないモンスターが、遠くでどしんどしんと足を踏み鳴らす音を聞く夢。足音は速くも遅くもならず、恐ろしいほどに規則正しく、隠れようとすると（隠れることしかできなかった。ドアを開けて外の世界に出られる可能性はないように思えた）その先には、いくつも生き物がいる。ベッドの下には骸骨、シャワーカーテンの後ろには腹話術師の操り人形、クローゼットの中にはゾンビ。恐ろしいし、夢の中で、彼らと一緒には隠れられないとわかっているのだけど、一方で、彼らもまた怖いから隠れている小さなモンスターたちで、大きな見えない何かを恐れているということも理解していた。私が部屋から部屋へ逃げ回る間、一定のリズムを刻みながら近づいてくる足音は衰えなかった。だから七年経っても、私はまだ恐れている。もし（子どもの頃に習得したように）無理やり目を覚ましたら、彼女が夢から出てきて、私がいる遠く離れた安全な目覚めの世界までやってくるのではないかと。

お守りとしてのドリームハウス

ヴァルと付き合いはじめた頃、私はアイオワシティにあと一年いなければならなかった。ドリームハウスの女性のことはよく見かけた——街角でも、書店でも。彼女は町を我がものにしていた。私はまだ、そうした光景に遭遇すると起きる、吐き気を伴うようなパニックに耐えられるほど自分の体を訓練できていなかった。だからヴァルは、マサチューセッツ州セーラムの店で、アンジェリカルートが入った小瓶を買ってきてくれた。木片みたいで、一風変わったスパイシーな香りがした。私は光沢のある長いチェーンについたロケットを買って、ルートの破片をペンダント部分に入れた。

「こんなの信じてないけどね」と私は言った。

「いいから、つけてなよ」と彼女は言った。「そうしたら効くから」

だからつけていた。それが魔除けになったかどうかはわからないけれど、実際こんな効果があった——胸骨に当たると、ひどいお香みたいな臭いがした。時折、留め金がゆるくなって、臭いが前の方やブラの中に漏れてきた。夜に着替えると、中身が補充されるのを待っているみたいに、ロケットが開いていることもあった。ロケットを見ると、ヴァルが私を気にかけてくれていることを思い出し、自分を守ってくれるものは何もないことを思い知らされた。

神話としてのドリームハウス

その後ドリームハウスについてあなたが話そうとすると、耳を傾けてくれる人もいる。その他の人たちは、失礼にならないように頷きながら、ゆっくりと目の前のドアを閉じる。あなたはエホバの証人を布教する人や、百科事典を売る行商人と同じようなものだ。[*49] 実際に会うと親切でも、彼らが他の人に言うことはあなたに返ってくる。あの話って、彼女が言うほどひどいのかな。ドリームハウスの女性はまったく問題ないし、むしろ良い人に思えるけど。以前はひどかったのかもしれないけれど、今は変わったんじゃない？ 恋愛関係を持つってそういうことでしょ？ 愛は複雑なものだよね。[*50] 大変だったかもしれないけど、あれって本当に虐待って言える？ 結局の所、虐待ってどういう意味？ あんなこと、本当にあり得るの？

そういう話を耳にすると、あなたはこれまでにないくらいの絶望を感じて、めちゃめちゃで最悪な気持ちになる。一度、パーティーで酔った女性に肘を撫でられながら、耳元で「あなたを信じるよ」と言われたことがあったが、号泣してしまい、帰らなければならなくなる。暗闇のなか、歩道橋を渡って家に帰るまでの間、太ったアライグマが川辺をよちよち歩いているのを見かける。

この辺りでは、いたずら好きで知られるアライグマだ。彼は顔を上げず、あなたに話しかけもしない。ただ歩き続けている。でも歩き続けることは、話していることでもある。あなたは彼に耳を傾ける。残りの人生、君はこのために戦い続けることになるよ、と彼は言う。

＊49 『昔話のモチーフ』、C423.3、他の世界での経験を明かすというタブー。

＊50 「愛によくある残忍さを経験すると、人は被害者になるのではない。大人になるのだ」十八歳のときに、数十歳年上のJ・D・サリンジャーから誘惑され、虐待され、捨てられた経験を綴った回顧録を、ジョイス・メイナードが出版した際に、モーリーン・ダウドは彼女のことをそう記した。彼女が言う〝よくある〟とはいったいどんな意味なんだろう？ 残忍さって？ 愛って？

死の願望としてのドリームハウス

その後——彼女が話しかけてきたり、贖罪の日《ヨム・キプル》に大げさな謝罪メールを送ってきたりするのをやめず、彼女やドリームハウスについて話しても人に信じてもらえないでいると——あなたは彼女に殴られればよかったと思うようになる。グロテスクであからさまなあざができるくらい激しく。写真を撮るくらい激しく。警察に行くくらい激しく。望み通りに接近禁止令を取れるくらい激しく。ドリームハウスで過ごした時間にすり抜けていった常識が頭に叩き込まれるくらい激しく。こんな最低な妄想をする。ふいに携帯電話を取り出して、自分のひどい写真を見る。すると写真の中のあなたの顔は生気がなく、無表情で、顔の半分は脈動する星形で覆われているという妄想。本当に、最低だ。恐らく何百万もの人が、恋人の拳という鈍器の先にいて、毎日、あるいは毎時間、立場が反対であればいいのにと祈っている。そんな願いを宇宙に投げかけなければならないなんて、このうえなく異常だ。

あなたはそれでもそう願う。明晰さは依存してしまうドラッグだけど、あなたはそれなしで約二年間を過ごし、自分は気が狂っている、モンスターだと信じ込んできた。そして今、これまで望んだどんなものよりも強く、白黒つけたいと思っている。

証拠としてのドリームハウス

ドリームハウスを出て以来、私の体の中でたくさんの細胞が死に、生まれ変わった。血液と味蕾と皮膚も長いこと自ら再生している。脂肪はまだ当時を覚えているけれど、それも時間の問題だ——数年以内には、脂肪ごとすっかり変わるだろうし、それは骨も同じはずだ。でも神経系は覚えている。目のレンズ。大脳皮質と、その記憶と言語と意識。それらは一生持続する。少なくても私が持続する間はずっと。彼らはまだ証言台に上がれる。私の記憶は、古代のウイルスみたいに、トラウマが私の体のＤＮＡを変えてしまったことについて何か言いたいことがあるのだ。

測定されたものでも、記録されたものでも、保管されたものでも、どんな証拠が私の主張に役立つのか、いろいろと考える。必ずしも裁判所の中だけではない。私たちの身に起きる多くのことは、完璧に執行された法制度の権限ですら超えているからだ。例えば、他の人々という法廷や、体の法廷、クィアの歴史の法廷がある。

『クルージング・ユートピア』で、ホセ・エステバン・ムニョスはこう書いている。「証拠をクィア化する鍵は、つまり、クィア性を証明し、クィア性を読み取る方法は、エフェメラという概念とクィア性とを縫合することにある。エフェメラとは、痕跡や、遺跡や、残されたもの、噂のようにはっきりしないことだと考えてみよう」

ここで言うエフェメラとは、つまり、録音された彼女の声の音波のX軸と、私の体内のアドレナリンとコルチゾールの流れを正確に測定したY軸。公共の場で私たちを心配そうに横目で見ていた知らない人たちによる目撃証言。フロリダで彼女が私の腕をつかんだときの写真と、肉に食い込んだ指の深さを表す跡を測定したものと、圧力を示す方程式。彼女の怒声を記録するために、私の髪の間に隠した盗聴器。怒りの悪臭。喉の奥に感じる恐怖の金属みたいな強い味のこと。

こんなものはどれも存在しない。あなたには私を信じる理由がないのだ。

「はかない《エフェメラル》証拠はほとんど目立たない」とムニョスは言う。「それは、主流派が発する苛酷な光と、事実という潜在的な暴虐に立ち向かうためのものだからだ」

証拠の価値とはいったい何だろう？　何かが真実であるというのはどういうことなのか？　森のなかで木が倒れ、地面に串刺しになったツグミが、金切り声で悲鳴をあげても誰にも届かなかったとしたら、彼女は音を立てたことにならないの？　彼女は苦しんだのだろうか？　そんなこと、誰にわかるって言うんだろう？

広報としてのドリームハウス

それに男は、人類の歴史が存在する限り、精神に異常があると女に思い込ませ、恋人を虐待し、ガールフレンドに嫌がらせをし、妻を殺害してきたんじゃなかった？　それに、男がふるう暴力はいつも取るに足らないことで、納得できる原因があるんでしょ？　デビッド・フォスター・ウォレスはメアリー・カーにコーヒーテーブルを投げつけて、走行中の車から彼女を放り出したけど、誰もそのことについてはまともに話そうとしない。カール・アンドレはグリニッジ・ビレッジのアパートの三十四階の窓からアナ・メンディエタをほぼ間違いなく突き落としたのに、何の罰も受けずにいる。*51 メキシコでは、ウィリアム・バロウズがジョーン・ヴォルマーの頭を撃った。あとになって彼は、彼女の死があったから自分は作家になれたと語っている。こうした話は本当によく聞くので、もう有意義な衝撃を人の心に与えることもない。むしろ、才能ある男が誰かを傷つけていた証拠がまったく無い方がよっぽど驚きだ（告白するけど、私はそんなこと一度も信じたことがない。そういう男は、証拠隠滅が誰よりも上手いだけだ）。

私は何年もの間、自分が経験したことの前例を、クィアの女性の歴史のなかになかなか見つけられずにいた。過去に存在したクィアの女性の本を次から次に読み漁り、紙の上でペンを持ったまま、彼女たちと同じ程度の権力しか持たない誰かによってボロボロにされた、と世界に知らしめられたらどうなるのだろうと考えていた。スーザン・ブラウネル・アンソニーが女たらしだったことは、精神的な苦痛にまで及んでいたのだろうか？　エリザベス・ビショップは大酒を飲んでいたとき、ロタ・デ・マセド・ソアレスに本当は何と言ったのだろう？　彼女たちの声には嫉妬が渦巻いていた？　インク壺や小さな陶器の人形を投げつけ合っていた？　自分たちの体にできたあざを優しくさすりながら、説明してもただ面倒なことになるだけと思っていた人はいた？　自分たちの身に起きたことには、名前があるのか考えた人はいたのだろうか？

マサチューセッツ州で最初に結婚したレズビアンのカップルが、五年後に離婚したと聞いてお腹を殴られたような衝撃を覚えたことは、絶対に忘れない。きまりの悪いパニックを感じた。私は大学を卒業したばかりで、カミングアウトしたばかり。バークレーに住んでいて、女性をデートに誘おうとしているところだった。まるで離婚が、自分の周辺で頻繁に起きてもいないし、存在すらしていないかのように、恐怖を感じたのを覚えている。でも、それがマイノリティが感じる不安ってものでしょ？　注意していなかったら、誰かに——あるいは共通のアイデンティティを持っている人々に——人間らしいことをしているのを見られて、逆手に取られてしまうかもしれない。皮肉なのは、クィアには良いイメージが必要ということ。私たちが持っていない権利のために戦い、持っている権利を維持するために戦うために。でも、私たちはずっと、こう言おうとしてきたんじゃなかったっけ。私たちもあなたたちと同じなんですよ、って。

周縁にいる人々は、中心にいる人々よりも良い人間でなければならないし、二倍も証明しなければならない、と言っても過言ではない。人に自分の人間性を見てもらおうとすると、「人間性」が露呈されることになる。人は根本的に問題を持っていて、常に失敗する可能性があって、実際にユニークで不愉快なさまざまな失敗をする。でも人にはそれがわからない。それはまるで、『ファインディング・ニモ』を見たあとに、魚の面倒を見る準備ができていない人たちが、急いでクマノミを買いに行って、魚を死なせてしまうみたいなものだ。人は考え《アイデア》が好きだ——たとえそれにどう対処したらいいかわからなかったとしても。絶対に間違ったことしかできないとわかっていたとしても。

＊51　アンドレはメンディエタの死に関与しているとして裁かれたが、無罪になった。緊急電話をかけたとき、彼はオペレーターに「妻はアーティストで、私もアーティストで、私が彼女よりも……何と言うか……世間に知られているということで口論をしていたんだ。彼女は寝室に行って、私が後を追うと、彼女は窓から飛び降りた」アンドレが展覧会を行う度に、抗議者たちが現れ、かなり高いところから人が落ちたかのように、地面に人体のシルエットを描いて、動物の内臓で歩道を汚す。彼らは尋ねる。「アナ・メンディエタはどこへ行ったの？」

山小屋としてのドリームハウス

私は本書に本格的に取り掛かるために、ヤドーを訪れた。それに気づいたのは数週間後のことだった。ディナーの途中で笑っているときに、何年かぶりにようやく自分の声を聞いたのだ。十代の頃なら、こうした確信を得るためなら何でもやったはずだ。魔女や、社交的な人みたいに振る舞った。マーメイドカットのスカートや、シルクのジャンプスーツ、床につくくらい長いスパンコールの付いたドレスや、フェイクファーの襟巻きや、黒いフロックコートや、キラキラ光るラインストーンのイヤリングを身に着けた。自分の意見を遠慮して言わないなんてこともなかった。ディナーでワインを飲んで、おかわりをして、気取って歩いた。木々に囲まれた山小屋で、執筆場所から三十センチも離れていないところで寝た。長い散歩の途中、ポケモンGOをやり、敷地内に一つだけあるジムの支配権をかけて、「ムラムラ」という名前のアバターと戦った（ジムは、屋敷から降りてくる坂の下にある、壮大で優雅な噴水の中にぼんやりとあった）。季節は秋で、毎日葉っぱや松葉が落ちてきて、私はずっとその破片をブラから取り除いていた。寒くなって、暖かくなって、また寒くなった。雪が降っても、翌日には溶けていた。ハロウィーンの日に、他の大勢の作家と朗読会のために、バーモント州南部まで車で行き、帰り道に暗い田舎道でタイヤをパンクさせ、ＡＡＡが来るのを待っている間、みんなで車の中で、これまでやった最悪な仕事について話した。

敷地内にある屋敷は、部屋の中央に家具が集められて、シーツがかけられていた。黒い服を着た死んだ子どもたちの絵があった。囁くみたいに、自分の名前が呼ばれたような気がして振り返っても、誰もいなかった。「ここでは変なふうに音が移動するんだよ」とレジデントの一人が説明してくれた。宿泊する部屋はそれぞれ修道院みたいに大げさな感じだった。私は、劇作家とノンフィクション作家に恋心を抱き、彫刻家に呆れ、私が生まれる前にファインアートのボーイズクラブに押し入ったという超クールなヴィジュアルアーティストたちをすごく好きになった。画家とサプリの話をして、作曲家を慰めた。ドナルド・トランプが大統領になると、みんなはディナーの席で泣いていた。レジデンスが終わる頃、私はドリームハウスの話をした――しかも笑えるバージョンで。ヴァルとの関係という皮肉と、ひどい元恋人たちという普遍的な話を中心に。シカや幽霊がいるのではないかと、私はずっと目を開いたままでいた。

囚人のジレンマとしてのドリームハウス

何年も経ってから、一眼レフカメラにメモリーカードを差し込むと、ドリームハウスの女性の裸の写真が何十枚も出てくる。プレビュー画面に最初の一枚が映し出されると、無意識にカードを引き抜いてしまう。

その日の午後のことを、あなたははっきりと覚えている。やわらかな自然光が間接的に部屋に浸透していたこと。彼女は裸で、青白くて、くつろいでいたこと。彼女の性器《カント》が血で赤茶色になっていたこと（ファックする直前か、直後かのどちらかだった）。あなたは彼女の膝の間にひざまずいて、何十枚も写真を撮った。白からピンク、そして紫へと濃淡をつけていく彼女の姿を愛でながら。その記憶は性的なものではない。誰か別の人の映像を見ているみたいに、遠く離れたところの記憶だ。

あなたはしばらくそこに座って、写真について考える。持っていてもいいけれど、良くも悪くもそうする理由がない。彼女を脅迫しようとは思っていないし、写真を使ってリベンジみたいなこともしたくない。それに、写真を見ていても興奮しない（彼女の本性を見抜いた途端、欲望が固まる速さといったら！『シャイニング』でジャック・ニコルソンが体を離すと、セクシーな女性が腐敗した生き物になってしまう場面みたいだ）。写真は単なる記憶の断片に過ぎない。データカードを上書きして、永久的に消去してしまうと、あなたはわけのわからない喪失感を覚える。

パラレルユニバースとしてのドリームハウス

時々あなたは、気づくと、どうすればうまくいったのかをぼんやりと考えている。う、ま、く、い、っ、た、というのは適切な表現ではないのかもしれない。誰かが誰かにコントロールされていたとは思わないし、結果は単なる運命、あるいはカオス理論がもたらしたに過ぎないからだ。でも、もし彼女がずっとまともだったら、あなたの弱点を突いてこなかったら、黒いくすんだ毒が体中に根を張りめぐらせていなかったら、どうなっていたんだろう？　いろいろ考えられる。もしかするとあなたと彼女とヴァルは、三人の関係を続けたかもしれず、ポリアモリーの成功例になっていたかもしれない。関係は長く続かなかったかもしれないけれど、親しい友人のままでいられたかもしれないし、それぞれに年を重ねていく三人組になったかもしれない。あるいは、関係がぐちゃぐちゃになって悲しい結末になっていたかもしれない。知りたかったなと、あなたは時々思う。

ベストセラーの自己啓発本としてのドリームハウス

はじめ、私は自分が特別な存在だと信じていた。自分が並であると知るのは恐ろしい。自分に起きたすべてのこと――これまで裸足で歩いてきた、結晶のように破壊的な光景――は、本や報告書や統計に詳細に記されていた。恐れていたのは、みんなと同じように、自分の愛は唯一無二で、感じる痛みもそうだと信じていたかったからだ（テリー・キャッスルは「教授との失態を長々と書いてきたけれど、告白する。一方でそのあまりの平凡さ――自分自身の無防備さ、私を誘惑した人のありきたりな無神経さ――を少し恥ずかしく感じていると」と書いている）。でも、レズビアンの虐待に関する本を読み進めていくうちに、仮名の女性たちが、私に起きたことは何でも経験しているのを目の当たりにした。私の人生のあの数年間を網羅する円チャートまであった。円チャートが！

レズビアンの虐待について書かれた最初の本は、私が生まれた年に出版された。世界で最も古い研究ではないが、十分古い。どうして誰もこのことを教えてくれなかったんだろう？　教えてくれたとしたら、誰だった？　クィアの知り合いはほとんどいなかったし、大半は同年代で、自分たちではまだ理解できずにいた。ある日、若いクィアたちを招いて、お茶やチーズプレートを囲みながら、アドバイスするところを想像してみる。「あなたは自分と似ている人に傷つけられるかもしれない。なるかもしれないだけでなくて、多分そうなる。それは、この世界は人を傷つけてしまう、心が傷ついた人ばかりだから。支配的文化に異常とみなされたからと言って、普通になれないわけじゃない。泥みたいに、ありふれたものになれるんだよ」

クリシェとしてのドリームハウス

私たちはクリシェ（決まり文句）を、意外性に欠ける退屈なものと思っているが、実は、世界でもとりわけ危険なものなのだ。脳はうまくクリシェを取り込めない――クリシェは、言い回しや文章、考えの上をなんのためらいもなく、かすめとっていくのだ。虐待の状況を表現するには、ほぼ間違いなくクリシェを使うことになる。「私のものにならないなら、あなたのことは誰にも渡さない」「誰がおまえを信じる？」「いいときもあれば、悪いときもあるし、またいいときもあったじゃない」「あのとき残っていたら、死んでいたかもしれない」人間性が奪い取られるような、まさに型から取り出しただけのひどい表現。こうした陳腐さや面白みのなさには、ものごとを単調化する効果があり、本当は特徴的で恐ろしい経験を、著しくつまらないものにしてしまう。

だから、クィアのドメスティック・アビューズに関する記述をいくら読んでも、詳細はほとんど見えてこなかった。なかでも一番印象的だったのは、一九八四年に、アン・フランクリンという女性が「ゲイ・コミュニティ・ニュース」に虐待された自身の経験を綴ったエッセイだ。ブロンドでフェムの彼女の恋人は――マッサージを施すヒーラーで、星占いを行い、アンに出会う前は修道女になろうとしていた――フランスのビーチで、アンに石を投げて殺そうとしたことがある。「あそこで起きたことを想像すると、まるで漫画です。信じがたいですよね」

彼女は石打ちから逃れるために深いところまで泳いでいった（石打ち。[*52] 現在もまだ行われている、同性愛者という罪に科せられた罰を、愛する女性から受けること。逃げるために海の深いところまで泳ぐこと。このイメージが頭からずっと離れない。石。石打ちされるブッチ。石壁。石が宝石みたいにちりばめられたクィアの歴史）。「あとになって、私たちはその時のことを笑い合いました」とアンは記している。彼女がフランスのビーチで石打ちされたことや、ノルマンディー上陸作戦を巻き戻したみたいに、海のもっともっと深いところへ逃げていったことを、笑い合ったのだと。

＊52　私がこのことについて考えるのは、クィア間の虐待がホモフォビアのように感じられるのは——実際にそうなのだが——異性愛者間の虐待が性差別的だと感じられる——実際にそうなのだが——のと同じなのかという疑問が湧いてくるからだ。こんなことを私ができるのは、何の罰も受けずに済むから。何のお咎めもないのは、あなたが文化の周縁、社会の周縁にいるから。

無響室としてのドリームハウス

アイオワシティを訪れている間、地中奥深くにある無響室に行く。友人が一緒についてきて、ふたりで階段を降りていきながら、あなたはふと「アモンティラードの酒樽」の冒頭によく似ていると思う。中に招き入れてくれた案内係が、後ろで重たいドアをばたんと閉めると、空中に浮いている金属のドックの上でふたりは仰向けになる。

ここでは、この場所だけは、あらゆるものが音を立てる。血液がとくとくとかけめぐる音、水分を飲み込む音。舌ですら口の中で上顎をなぞりながら、砂利の上で家具を引きずるような音を立てる。ここでは、体はあなたがそうなるだろうと予想したとおりにグロテスクだ。ここでは、あなたたちは死んでいないが、あとのものは全部死んだも同然。

厳密に言えば、幻覚は見えない。ただ、耳の端でジージーというおかしな音が聞こえる。友人は、真夏のセミみたいだと言う。もちろん、ジージーという音はそこにはなくて、ふたりの心はただ、沈黙を染み込ませている。長くいると、気が狂ってしまうかもしれない。心はすき間や空白欄を埋めていき、何で埋めればいいのかは神のみぞ知る。

この反響のない地下室では、何が起きる?

何度手を叩いても、返答はない。

世代宇宙船《ジェネレーションシップ》としてのドリームハウス

結局、みんな忘れてしまう。もしかすると、それが一番良くないのかもしれない。誰かが地球を見てから長い時間が経った。煙と氷に包まれた愛する惑星を残して、最初のクルーが宇宙船に乗ったのは遠い昔のこと。彼らは脱出しなければならなかった――そんなことはわかっていた。みんなわかっていた。でも彼らは幸運だったので、宇宙船を見つけた。

それから「どこか」へ向かい、定住して、子どもができると、かつて住んでいた場所の話を聞かせた。最悪だった頃の話はせずにいたかもしれない。クロームとガラスと星々に囲まれるようになっても、地球の裏切りという鋭い痛みの刃を感じていたからだ。彼らが死に、宇宙船が猛スピードで「はるか遠く」へ進んでいく頃には、最初のクルーの子どもたちの子どもたちは、「以前」がどんなだったかおぼろげにしか知らなかった。彼らが「どこか」（歌う石やレモンの木に、クミンの匂いがする土、それから歩いて渡れる水のある美しい惑星）へ辿り着く頃には、誰も、そもそもなぜ彼らは地球を離れたのか覚えてもいない。

「きっと恐ろしいところだったんだろうね」と、彼らは自信なさそうに言った。「あんなに苦労して離れていったんだもの。ひどい場所だったに違いないよ」

はっきりしない疑念が付きまとって仕方ないので、最終的に彼らは名付けることにした。

郷愁（名詞）

1．完全に過去には戻れないし、ある出来事から一旦離れてしまうと、その本質的な部分が永遠に失われるという落ち着かない心。

2．忘れないようにさせるもの。鋭さが和らいだからといって、過去の辛い悲しみがなくなるわけではない。その時間と空間という、とてつもなく大きくて優しい生き物だけが、ふたりの間に入って守ってくれる――かつてはできなかったから。

階段のエスプリとしてのドリームハウス

先祖代々の家を見に行こうと弟と一緒にキューバ旅行の準備をしていると、キューバのサンタ・クララ——祖父が生まれ育ち、ペットとして飼っていた雄鶏で作ったスープを無理やり飲ませられた場所——が、インディアナ州ブルーミントンの姉妹都市であることがわかった。そんなことって、ありえる？　世界中の都市のなかで、その二つが偶然というへその緒で結ばれているなんて⁉

到着すると、私たちはハバナからバラデロまでクーラーの効いた車で移動し、その後は匂いが充満した暑いバスに乗り換えてサンタ・クララまで行った。私はほとんどスペイン語を話せないが、弟は話し、以前もその土地を訪れたことがあった。彼は優しくて思いやりがあって傷つきやすいところがあるが、私の面倒をよく見てくれた。胃がストレスを感じ取ったのか、私は体調を崩した。具合が悪くなって、ある朝は祖父が幼少期に住んでいた家まであと五メートルというところで、四時間も、夜明けの淡い光に照らされながら、横隔膜が痛くなるほど激しく吐き続けた。その後、その家の主は私に魔法をかけてくれた。巻き尺を使いながら、よくわからない祈りを唱え、私の消化不良（彼女はそう呼んだ）をどこかへ消し去った。「私じゃないわよ」と彼女は言った。「私はただ、神様に通じるパイプってだけ。褒めるなら神様を褒めて」それから彼女はトニックウォーターをまるごと一本私に飲ませた。ジンを入れずに飲むのはそれがはじめてだった。

サンタ・クララの街を歩くのは美しくもあり、不気味でもあった。同じ通りを歩く祖父の姿をどうしても想像してしまったからだ。同時に、インディアナ州ブルーミントンの地図と並行して歩いている自分たちの姿も想像していた。姉妹都市というのはそういうものだ——同時に両方の街を歩き回れる。二つの街は神秘的な薄い幕で隔てられていて、ここぞというタイミングで適切な場所へ行けば、もう一つの街を覗き見できる。特定の鶏の横でカーテンを引っ張れば、ドリームハウスや、今そこで暮らしている人たちのことを眺められるかもしれない。

通りは人々で溢れ、自転車や、馬に引かれたタクシーや、色々なところが傷んでいるミッドセンチュリーの車が走っていた。広場に建っている有名なホテルは、祖父母が以前住んでいたメリーランド州の家と同じ配色だった。

学校へ向かうと、入口から制服姿の子どもたちが溢れ出してきた。「あそこはおじいちゃんが通っていた学校だよ」と弟は言った。そして「ちょうどここだ」と言いながら、同じ広場にある近くの銀行を指差した。「おじいちゃんと一緒にここに来たとき、話してくれたんだ。ある日おじいちゃんが学校から家に帰ろうとしたら、どしゃぶりの雨が降ってきたから、雨が止むまで銀行の軒下にいたんだって。すると高級車が止まって、窓が開いた。金持ちの白人で、そのキューバの男はおじいちゃんを窓際に呼んだんだ」

「何が目的だったの？」

「わからない。でもきっとこう思ってたんじゃないかな。『雨のなかでこの小さな肌の茶色い子どもを呼んで、何でもいいからやらせよう。この子ならきっとやるに違いない』ってね。でもおじいちゃんは断った。それでも男が手招きをやめないと、『どっかへ消えちまえ《ゴー・ファック・ユアセルフ》』ってじいちゃんは言ってやったんだってさ」

弟はそんなふうに話していた。私は祖父が——サンタ・クララを去ると同時にキューバからも去ったあとは、〈レディオ・シャック〉や無料のペンや時計が好きで、電化製品をいじったり、鳥小屋を作ったりするのが大好きだった面白くて気さくな人。弟からその話を聞いたときにはアメリカに戻っていて、認知症という堤防から滑り落ちそうになっていた——誰かに「どっかへ消えちまえ」なんて言うとは想像できなかったけれど、この話の祖父も私には同じ祖父に思えた。彼は謝ることも、泣くことも、懇願することもしなかった。

弟と私は、銀行近くのカフェで、チェのタペストリーの下、水っぽいエル・プレジデンテを飲み、私は「どっかへ消えちまえ」という言葉を口の中で転がした。満足のいく返事だったけれど、言うのがあまりにも遅すぎた。

ワクチンとしてのドリームハウス

子どもの頃、体の中で病気が猛威をふるうと、免疫が付くと教わった。あなたの体は、あなたがそうでないときでも、優秀なのだ。ただ癒やすのではなく、学習も、記憶もする（もちろんこれは全部、ウイルスに殺されなければの話だけど）。

ドリームハウスで過ごして以来、私は第六感を養った。新しいクラスメイトや同僚、友人の新しいガールフレンドや、パーティーで知らない人に会うたびに、突然そのスイッチが入るのだ。すると何もないところから急に、強い嫌悪感が体じゅうを駆け巡る。吐く前に酸っぱい唾液がほとばしる感覚に近い。不便だし、苛立たしいが、重要だ――私の優秀な体の、優れた警告。

終わりとしてのドリームハウス

何にでも真の終わりがあるというのは、あらゆる自伝的な書き物に共通する嘘だと、私は確信している。書き手はどこかで文章を終わらせなければならないし、読者を解放しなければならない。

この話はどの場面で終わらせよう？　六月の暑い日のヴァルと私の結婚式？　読み応えがあるように、ドリームハウスの女性と私との対決シーン？　物語の基盤をつかんで引っ張ったら、剝がれる音でどれだけ根が緩いかがわかるのかな？　土の中には何が残されているんだろう？　ドリームハウスの記憶に戻った方がいいだろうか？　素敵な思い出に？　そうであったかもしれないことと、実際に起きたことを対比させるのはどうかな？　地元のワイナリーから戻ったばかりのふたりが、スパイシーなジンファンデルを飲んだり、フェタチーズのディップを食べたりしながら話をしたときの記憶はどう？

ある日、ドリームハウスの女性は死に、私も死に、ヴァルも死に、ジョンとローラも死に、弟も死に、両親も死に、彼女の両親も死に、かつて私たちのことを知っていた人は全員死ぬ。それがこの物語の終わりなのだろうか？　容赦なくかちかち進んでいく時間について？

パナマには、こんなふうに終わる民話がある。「私の物語はここまで。物語は終わり、風がさらっていく」もっともらしい唯一の終わり方だ。

物語を語らなければならないときがある。そしてどこかで、その物語を終わらせなければならない。

エピローグとしてのドリームハウス

　私はこの本の大半をオレゴン東部の田舎で書いた。[*53] プラーヤの端にある山小屋に滞在していたが、その夏、湖はほとんど干上がっていた。世界でもその辺りは標高が高い砂漠地帯で、夜になると寒くなり、日中は暑くなる。空気はからっからで、私は一時間おきに水を飲んでも満たされず、絶え間なく喉がかわいていた。ある朝は、一滴の血がデスクの上にぽとりと落ちてきて、バスルームへ行ってトイレットペーパーで鼻血をおさえた。戻ってくると、床じゅうにぽつぽつと血の道ができていた。

　私は一日じゅう、かつては湖だった場所の遠端で、塵旋風《ダスト・デビル》が巻き上がるのを見ていた。[*54] まだ少し水が残っていると聞いていたけれど、歩いて行くには六キロもある。宇宙の光景を見ているようだった。ユタ州の塩原や『スター・トレック』の古いエピソードが思い出された。ワシが巣を作っている洞穴を散策すると、巣の下には毛や骨が散乱していた。フクロウが半身になったウサギを玄関先に置いていき、朝になると、別の何者かがウサギを引きずっていき、血の跡だけが残った。

　ディナーのあと、私は他のレジデントと一緒にプラーヤに向かった。最初は、乾燥した草が肩に届くくらい伸びた草原の、起伏のある柔らかい土を歩いていった。ふちの方の土は、粉砂糖くらいきめが細かく、月塵を踏みつけているみたいだった。その先は土が固くなり、何千、何百万もの破片に割れて、美しい幾何学模様を生み出していた。歩き続けると、足の下で地面がばりばりと踏みがいを感じる音を立てはじめた。さらに離れたところまで行くと、土はジャングルジムの下に敷かれたふわふわしたゴムのマルチみたいに、もろく柔らかくなった。しばらくすると、匂いが変わった。硫黄のような、漂白剤のような、シナノキのような……まぎれもない精液の匂いだった。他のレジデントにそう言うと、口から言葉が出てきたと同時に後悔した。誰も賛同しなかったし、していたとしても、認めなかった。地面に手を伸ばして、乾いた土の塊を拾うと、下の層の土は湿っていた――湖の記憶。

地平線近くに見える小さな山で、火事が発生した。ある日の午後に、車でそばを通りがかると、信じられないほどオレンジ色をした炎が山の斜面をなめるように上昇していた。焼けてつやつやしたセージや、木々の枝、まだ燃えているフェンスの支柱、なぜだかわからないけれど燃えなかった場所――偶然に生かされた場所が見えた。一台のヘリコプターがトンボみたいに急降下して、きらきらとゆらめく水を大量に地上に落とした。

街へ出ると私はエアコンが効いた図書館で座った。司書は火事について話したがり、山火事は牛にとっては危険だけど、シカは違うと言う。「こんなことがあっても、シカの死骸はみつからないのよ」と彼女は言った。「シカは逃げ方を知ってるの。でも牛たちは違う。何が起きたって動かないんだから。火事が起きても、どうしたらいいのかわからないのね」

家に帰る間、毒々しい琥珀色の煙が太陽にかかっているのが見えた。その夜も、山は燃え続けた。家のポーチに出て見ると、ご馳走にありつこうと蚊がやってきたが、その光景から私は目を離せなかった。もうすぐで満ちる月が、動きの速い雲を照らしていて、遠くでは、金色の火が山の上で脈打ちながら、二つ目の朝日みたいに輝いていた。

翌朝、執筆していると、窓の先の草むらから、何かが現れた。ビロードのような枝角と、面白いくらい長くて表情豊かな耳をした若い雄ジカだった。彼は私に気づいていないようで、気持ちよさそうに木陰でくつろいでいる。私はすっかりその姿に釘付けになった――幼い頃に馬が好きだった名残だ。危害を加えないとわかってもらえるように、ベビーキャロットをいくつか置いてみたが、シカは食べず、数時間すると、人参は空気に触れて乾燥し、干からびた白い枝みたいになっていた。

私が動くたびに、シカは振り向いて、黒い瞳で私を見た。私が座って読書したり、しばらく書き物をしたりして、私を気に留めなくなると、これ以上リラックスしたシカはいないくらいくつろいで、まばたきはより物憂げになった。シカは草を少しかじって、ハエを払い払い、空中で耳としっぽを素速く動かした。唇を舐めて、あくびをしたことすらあった。もし私がそれを信頼関係だと思ったとしたら、ふたりの間の親密さ、信頼に耐えられなかったろう。

一度、窓のそばを通りかかると、二匹いて、木の下で二匹の雄ジカが座っていた。毛並みは見るからに柔らかで、美しい大きな犬みたいに、暑さのなかで息をきらせていた。でも私が床板を踏んでギーギー音を立てると、彼らは飛び上がり、草むらを流れるように逃げていき、一キロ先でも、まだ走っていた。

数日後、満月になった。煙で血液みたいに真っ赤に染まっていた。私は湖まで散策に出かけた。月は昇っていくにつれて煙を散らし、空に輝くコインのようだった。ひび割れた土は、シュールなほど細部まで鮮明に見えた。暗くて深い割れ目。あらゆるものが、これくらいはっきりしていればいいのに、と思った。いつもこの体で生きていればよかった。あなたもこの体で一緒に生きてこられたならよかったのに。そして大丈夫だよ、うまくいくよとあなたに言えたらよかったのに。

湖の岸辺に戻りながら振り向くと、目の前を、銀色に輝く月が映し出した私の暗い影が歩いていた。

私の物語はここまで。物語は終わり、風がさらっていく。

＊53　『昔話のモチーフ』、D2161.3.6.1、切り取られた舌をもとに戻す魔法。

＊54　『昔話のモチーフ』、A920.1.5、涙でできた水域、A133.1、巨大な神が湖の水を一滴残らず飲み干す。

あとがき

ジョアンナ・ロスの『女性の書き物を抑圧する方法』についてのエッセイで、ブリット・マンデロは、女性の文学史を「砂に書かれたもの」と記しています。本書を執筆する過程をうまく言い表すものとして、それ以上に適したメタファーは思いつきません。クィアとドメスティック・アビューズに関するテキストを見つけられなければ、この本を書くことはできませんでした。この二つのテーマは、歴史的に見ても隠蔽され、ほとんど語られずにきました。執筆しながら、時々、自分は何かを書いているのではなく、ただ、変わってしまったり消えてしまったりする前に、歴史の断片にナイフを投げつけて、釘付けにしているような気持ちになりました。

言語についての覚書をここに記しておきます。本書を通じて、私は、名称や、人やものごとを特定する専門用語に関して、一連の言語的・修辞的な選択をしてきました。主に「レズビアン」や「クィアの女性」という言葉を使い、ゲイやクィアの男性、ジェンダー・ノンコンフォーミングについては明確に記していません――でも彼らもまた、ドメスティック・アビューズを経験しています。このような選択をしたのには、いくつか理由があります。まず第一に、多かれ少なかれ、私はシスジェンダーのクィアの女性で、そのレンズを通して書くのが一番安心できるからです。第二に、私が見つけて活用した歴史資料の多くが、シスジェンダーのレズビアンとそのコミュニティに焦点を当てたものだったからです。第三に、本書に書かれたそれぞれの例にあてはまる可能性がある人を全員含めるのは煩雑ですが、それ以上に考えられないのは、個々のクィアの過去や経験、戦いが、そんなことは到底ありえないのに、置き換え可能であると示唆することです。本書に失敗があれば、それは私の失敗であり、私だけの失敗です。

本書は同性間のドメスティック・アビューズやその歴史に関する今日の研究を包括的にまとめたものではありません。私が知る限り、そうした本はまだ書かれていません。いつか書かれたとき、あるいは、もしも書かれたら——本書のような、カノンを目指して書かれた粗削りの本が資料として役立ち、先行する資料や書籍に敬意を表すことになれば嬉しいです。

クィアのドメスティック・アビューズや性暴力について書かれたものは、それほど多くありません。でも実際に見つけた資料から、私は書き続ける力をもらいました。虐待を受けた直後に、作家でAV俳優のコナー・ハビブが書いた、手に汗にぎるエッセイ「もし僕について何かを書くのだったら、愛についてであってほしい」を読みました。絶望的な気持ちになったけれど、同時にすがりつける何かを得たようにも思いました。その数年後に読んだ、作家ジェーン・イートン・ハミルトンの素晴らしいエッセイ「花束を持ってこなかったって言わないでよね」からは、自分に起きたことについて考える新しい方法を教わりました。本書を書き終える間に読んだ、詩人リア・ホーリックのみずみずしくて絶望的な詩集『あなた自身のために』は、その美しさに打ちのめされました。メリッサ・フェボスの「私を置いていって」はクィアの関係におけるトラウマを聡明に誠実に綴ったものです。作家ソーヤー＝ロヴェットの『回顧〜タゼウェルのお気に入りのエキセントリックなジンソロジー』の一章は、必要なときに私のもとへやって来てくれました。テリー・キャッスルの『教授』を読んでは、何度も大声で笑いましたが、本書を執筆している間に大笑いするなんて、衝撃でした。

　その他の役に立った本や資料をここに挙げておきます。

Naming the Violence: Speaking Out About Lesbian Battering, edited by Kerry Lobel (Seal Press, 1986)

"Building a Second Closet: Third Party Responses to Victims of Lesbian Partner Abuse," by Claire M. Renzetti（*Family Relations*, 1989）

"Lavender Bruises: Intra-Lesbian Violence, Law and Lesbian Legal Theory," by Ruthann Robson（*Golden Gate University Law Review*, 1990）

"Prosecutorial Activism: Confronting Heterosexism in a Lesbian Battering Case," by Angela West（*Harvard Women's Law Journal*, 1992）

Boots of Leather, Slippers of Gold: The History of a Lesbian Community, by Elizabeth Lapovsky Kennedy and Madeline Davis（Routledge, 1993）

Lesbian Choices, by Claudia Card（Columbia University Press, 1995）

"Describing without Circumscribing: Questioning the Construction of Gender in the

Discourse of Intimate Violence," by Phyllis Goldfarb (*Boston College Law School*, 1996)
"Toward a Black Lesbian Jurisprudence," by Theresa Raffaele Jefferson (*Boston College Third World Law Journal*, 1998)
Same-Sex Domestic Violence: Strategies for Change, edited by Beth Leventhal and Sandra E. Lundy (Sage Publications, 1999)
Taking Back Our Lives: A Call to Action for the Feminist Movement, by Ann Russo (Routledge, 2001)
Sapphic Slashers: Sex, Violence, and American Modernity, by Lisa Duggan (Duke University Press, 2001)
No More Secrets: Violence in Lesbian Relationships, by Janice L. Ristock (Routledge, 2002)
"The Closet becomes Darker for the Abused: A Perspective on Lesbian Partner Abuse," by Marnie J. Franklin (*Cardozo Women's Law Journal*, 2003)
"Constructing the Battered Woman," by Michelle VanNatta (*Feminist Studies*, 2005)
"When Is a Battered Woman Not a Battered Woman? When She Fights Back," by Leigh Goodmark (*Yale Journal of Law & Feminism*, 2008)

また、「シニスター・ウィズダム」「ゲイ・コミュニティ・ニュース」「オフ・アワ・バックス」「レズビアン・コネクション」「マトリックス・マガジン」「ネットワーク・ニュース」といった、ゲイやレズビアン、フェミニストたちが、何十年にもわたってこのテーマについて書いてきた刊行物を、自由に閲覧できたのは幸運でした。

ここに挙げた全ての作家、ライター、研究者、アーカイブ、出版物へ——あなた方の積極的な活動と、専門知識と、知恵に心からの感謝を送ります。

謝辞

本書は、ペンシルベニア大学、レズビアン・ハーストリー・アーカイブス、オレゴン大学の特別コレクションと大学アーカイブス、ヤドー、プラーヤ、ウーリッツァー財団、バード大学の資料や支援がなければ書くことができませんでした。非の打ち所のないほど入念なリサーチをしてくれたトレイシー・フォンティルに大きな感謝を。そして彼女が実習を受ける間、後援してくれたバシーニ財団にも感謝します。

知恵を貸してくれたドロシー・アリソン、ありがとう。ビッグ・ブルー・マーブル・ブックストアのエリオット・バッツケックとソーヤー・ラヴェットは、洞察とアドバイスを与えてくれました。ヘアピンのジェーン・マリー、このテーマで私がはじめて書いたものを出版してくれてありがとう。ジエン・ワンとジェス・ローには、音楽の専門的意見をもらいました。ケンドラ・アルバートは、アーカイブ・サイレンスに関する資料へと導いてくれました。ケヴィン・ブロックメイヤーは、本書の最初の草稿を読んで応援してくれました。ローリー・フリーベールは、法律に関する知識とアドバイスをくれました。マーク・メイヤーは、冴えたラインエディットを施して、優しく励ましてくれました。ミシェル・ハニバンは、「ロサンゼルス・レビュー・オブ・ブックス」に「女の子が性的に純潔であるということ」が掲載されたとき、親切にも編集してくれました。ニッキー・グロードマンは、「ミディアム」に掲載された「ガス燈」を編集してくれて、ありがとう。そしてマット・ヒッジンソン、エッセイを依頼してくれてありがとう。サム・チャンはあらゆる点で素晴らしかったし、私をテリー・キャッスルの『教授』に導いてくれました。ソフィア・サマターは、急進的なノンフィクション作品を書くことについて理解してくれました。テッド・チャンは、タイムトラベルについて教えてくれ、カタパルトのユカ・イガラシは「忘却の川の上の月」を編集して出版してくれました。本書を書き終えるとき、私の頭上の木に止まっていたコンドルたちは、腐ったものをきれいに片付けてくれました。みんな本当にありがとう。

いつもながら、担当編集者イーサン・ノソウスキーとヤナ・マクワにはお世話になりました（彼らの洞察力のおかげで、この作品は比べ物にならないほど良くなりました）。聡明で恐ろしいほど敏腕な私のエージェント、ケント・ウルフ、そして出版社グレイウルフのチームのみなさん、たゆみない努力と、渺茫たる信念、永遠の明るさに感謝します。

エイミー、Ｅ・Ｊ・イヴァン、ジョンとローラ、レベッカ、スペル違いのもう一人のレベッカ、そしてトニーには、彼らの愛情と友情、そして当時変わらずにそばにいてくれたことを深く感謝します。まだ傷が新しくて言葉にできなかったときに話を聞いてくれたクリス、エマ、ララ、サム。オードリー、ＲＫ、そして最高に変わっていてこれ以上ないほどゲイな「ファースト・ワイフ・クラブ」のメンバーたち、私を信用して話を聞かせてくれてありがとう。それからマーガレット、断片的だった作品をまとめてくれてありがとう。

そして言うまでもなく、私の物語の予期せぬ展開であり、私の運命であり、私のおとぎ話の結末である、妻のヴァルに最大の感謝を。彼女は私に挑み、慰め、あちこちでふたりの人生の詳細を書き立てることを許してくれました。本当にありがとう。もう一度最初から書き直すことになっても、また書くよ、ベイビー。この本のおかげで、あなたにたどり着けたのだから。

訳者あとがき

本書は、二〇一九年に刊行されたカルメン・マリア・マチャドによる *In the Dream House*（グレイウルフ・プレス）の翻訳である。デビュー作の短編集『彼女の体とその他の断片』（エトセトラブックス）で全米図書賞の最終候補に残り、「ニューヨーク・タイムズ」紙に「二十一世紀の小説の書き方と読み方を変える、女性作家による最高の十五冊」に選ばれた新進気鋭の作家による、待望の新作は、ノンフィクションの回顧録だった。

そうは言っても、マチャドの手にかかると、何重もの企みを含む「回顧録」になる（そもそも、本書を「ノンフィクション」と呼べるのかは疑問だが、Literary Hub は二〇一九年にもっとも書評が多く書かれたノンフィクション作品の一つに挙げている）。本筋として時系列で綴られているのは、彼女が大学院生時代に同性パートナーから受けたドメスティック・アビューズだが、同時に、クィア表象についての考察や、レズビアン間での虐待をめぐる裁判記録、古い新聞記事など、さまざまな「事実」も記されている。

本書の構成は実に特徴的で、テキストが建築物のように積み重ねられていく。まるで、さまざまな形式で書かれた一四六の小章が、タイトルにもなっている「ドリームハウス」を構築するかのように。本文に入る前には、ルイーズ・ブルジョワの「人はレンガのように関連性を積み上げていく。記憶自体がある種の建築物なのだ」という言葉が引かれているように、さまざまなテキストの積み重ねはマチャドの記憶の再構築でもあり、献辞やエピグラフはそれを支える確固たる基盤のように思える。いずれかが失われてしまえば、すべてがばらばらに崩れてしまう危険性があるとも言えるし、逆に虐待の記憶というトラウマを一つの枠に収めないことで、逃げ場を与えているようにも読める。回顧録の執筆は「最初の本を書くよりもずっと辛かった」とマチャドは them のインタビューで、答えている。レズビアン間のドメスティック・アビューズは、これまで回顧録でもノンフィクション作品でもなかなか語られてこなかったという事実を受け、「特定の物語のレンズを通してではなく、私自身の言葉や考え方を通じて、『これは私の経験です』と提示することが重要に思えた」という。

そうして編み出したのが、思いつくだけのありとあらゆるジャンルを用いて、出来事を記録するという方法だ。「ニューヨーク・タイムズ」は、この手法についてこう評している。

マチャドが本作で試みているのは、見過ごされてきたものを見過ごさせないための手法だ。堅固な現実としてトラウマ的な経験をした作者が、その経験を振り返りながら世界と自己を認識し直していくうちに、意味が増殖していくという、厄介な両義性がマチャドの体験と作品を表しているように思える。

本書で繰り返し問われるのは、確固たる証拠がない状態で、自分が経験した精神的・心理的暴力をどう立証できるのか、ということだ。本人にしかわからない痛みや辛さを、どう人に伝えれば、信じてもらうことができるのか。そうした経験は、果たして虐待と呼べるのか？　顔にあざができるほど殴られなければ暴力にならないのか？　「森のなかで木が倒れ、地面に串刺しになったツグミが、金切り声で悲鳴をあげても誰にも届かなかったとしたら、彼女は音を立てたことにならないのか？」とマチャドは問いかける。

まさに、二〇一八年に実際に起きた騒動を思い出さずにいられない。若い女性作家が、ピューリッツァ賞も受賞した作家ジュノ・ディアスから無理やりキスされるという性的暴行を受けたことを告発した。それを受けて、マチャドも学生時代に、インタビュアーとしてイベントの場でディアスに、彼の分身でもある小説の主人公は、なぜ女性と病的な付き合い方しかしないのか、と質問した際に、聴衆の前で二十分間まくしたてられ、非難を浴びせかけられた、と自分の体験をTwitterに綴った（現在そのツイートは削除されている）。その他にも同じような体験をした女性の作家が声を挙げたため、大きな騒動となったが、結局ディアスへのお咎めはなく、Voxのようなメディアは、問題のイベントの録音を聞いて、そこまでディアスの口調は強くなかったように思える、とコメントした。当時マチャドが壇上で感じた恐怖や侮辱は、どうすれば証明できたのだろうか。

本書はそうした悲鳴を書き留めた記録でもある。マチャドは「メモアールとは根本的に、再生する行為だ。回顧録を書く者は過去を作り直し、対話を取り戻す。長い間眠っていた出来事から意味を奮い起こさせ、記憶やエッセイ、事実、知覚の粘土を一緒に編みこんで、叩きつけてひと塊にし、ならして平らにする。時間を操作して、死者を蘇らせ、自分たちと他者とを、必要な文脈に落とし込む」ものと述べており、はじめに、本書を書く目的は「ジェンダー・アイデンティティを共有するパートナー間のドメスティック・アビューズが珍しくなく、実際にありえるものと見なされているアーカイブ」を作成するためだと明述している。その際には「アーカイブの沈黙」という概念にも触れ、これまでいくつもの声が見逃され、消去されてきた事実を提示している。当然、そうした声を本にして刊行（アーカイブ）するのは、もみ消そうとする大きな流れへの抵抗なのだ。繰り返すが、これまで言葉にされなかったことに、言葉を与えるというのが本書の醍醐味である。

その挑戦は、ルールに縛られることなく、何かの形に合わせようとすることもない。冒頭の「序曲としてのドリームハウス」には、「私は序章を読まない」と書かれているし、次のページの「序章としてのドリームハウス」は、一般的な序章とは似つかない「アーカイブの沈黙」についての考察となっている。そこから続く一四四の小章は、ゴシックや、サイエンスフィクション、スリラーなどさまざまな手法を用いて書かれており、読者にその先の展開を選択させる心理ゲームのような手法を取り入れたものもある。作家が本書で伝えようとしていることの脆弱性を意識させるような構成や形式は、自分が一体何を読んでいるのかと、これまでの読書体験を揺さぶられ、試されているような気持ちにさせられるが、この奇妙さ（ストレンジネス）こそが、本書の特徴なのだ。

マチャドは、小柄でブロンドでフェムとブッチの両方を兼ね備えるガールフレンドとの出会いから、ふたりが恋に落ち、インディアナ州ブルーミントンの小さな家で同棲をはじめるまでの甘い月日を、恋愛小説のように描いていく。しかしそのうちガールフレンドはものを投げたり叩いたり、暴言を吐いたりするようになる。マチャドが電話に出なかったり、行動が把握できないと激怒したり、何度も電話やメッセージを送り続けたりもする。親密な関係にある相手からの虐待は異性愛を扱った恋愛小説やドラマでよく描かれるテーマで、何も新しいことはない。ただ、そこでふと思う。どこかで虐待は異性愛間のものだと思いこんでいないか。虐待される女性はかよわい存在だと勝手なイメージを抱いていないか、自分に問いただす。

ドメスティック・アビューズと言うと、異性愛が前提となり、加害者は男性で、被害者の女性は「おとなしくてストレートで白人」の〝女性的な〟人物という従来のプロファイルがあるとマチャドは書く。マチャドはそこに自分が当てはまらないことを自覚している。レズビアンは女性に暴力を振るわない、というのはある種の人間に悪行を許さないことであり、それは彼女たちの「人間性までをも否定してしまう」ことになる、とマチャドは考える。「パリス・レビュー」インタビューでは、自分はファンタジーや夢を信じているけれど、それらがクィアネスの究極のクリシェであり、そのせいでいかに現実が見えなくなってしまっているかという皮肉を語っている。

マチャド自身も偏見があったことを吐露している。「間違いの喜劇としてのドリームハウス」では、泣いていたときに親切にも話しかけてくれた女性のことを、時代に合わない髪型をしていると、まずは外見で判断してしまう。すぐにそれを反省するも、話をしていくうちに、自分は彼女を異性愛者だと思いこんでいるが、もしかしたら彼女もクィアなのかもしれないと気づくのだ。そうした気づきは、いくつものレベルで本書に散りばめられている。

例えば、マチャドは本書でたびたび動物を登場させている。半分眠ってしまうくらい疲れているのに、運転を代わりたがらないガールフレンドが暴走を続けてようやく自宅に到着すると、庭にコヨーテがいる。ガールフレンドは暴言を吐きながら、ドアを蹴り開けて家の中へ入ってしまう。マチャドが文字にするまで誰も知らなかったその時の出来事を目撃しているのは、そのコヨーテだけだ。作者の姿を静かに見守る動物たちの姿は、希望を与えもするが、同時に、それはこちらの勝手な思い込みであり、彼らにしてみれば、人間は脅威以外の何物でもなく、実際、少し音を立てるだけで逃げていってしまうのだ。なぜ自分を中心にものごとを考えてしまうのか。どうして自分たちが優位だと思ってしまうのか。こうしたエピソードは、そうしたことにもう一度気づかせてくれる。

マチャドは、自分がいろいろな意味でマイノリティであることを十分理解している。キューバ移民の子孫であり、レズビアンで、(本書でも本人がたびたび指摘するように)太めの体型の女性。そうしたアイデンティティが生み出す辛さや痛みは、マジョリティからしてみれば、遠くの他人の出来事として処理されてしまう。マチャドは、本書の中で you と I を巧みに使い分けているが、読者にマイノリティの問題に自分も関連しているという意識を植え付けようとしているように思える。基本的に you は過去のマチャドを指す代名詞として使われているが、同時に読者に向けられてもいる。読者はドリームハウスに閉じ込められ、混乱した辛い経験の記憶を、首尾一貫した物語にまとめ、理解しようとするマチャドの闘いを一緒に追体験すると同時に、その問題は決して他人事として切り離せないという警告を受け続けている。

「きみならどうする?®　としてのドリームハウス」の章は、you が過去のマチャドなのか、読者に向けられているのかが特に曖昧で、未来の行動を you に選択させる心理ゲームの形式で書かれているので、読者は自分の行動を非難されているようにも感じるし、選択に責任が持てるのか?　と問いただされているようでもある。本書の最後で、you と I は結びつく。「いつもこの体に住んでいればよかった（中略）あなた（you）もこの体で一緒に生きてこれればよかった（中略）大丈夫だよ、うまくいくよとあなたに言ってあげられたらよかったのに」過去の記憶を遡ってきた現在の作者が過去の自分を受け入れようとするこの場面は、読者の「あなた」にも向けられているのかもしれない。

本書は刊行されるとすぐ、各主要紙に絶賛する書評が掲載され、米国ではジュディ・グラーン・アワード・フォー・レズビアン・ノンフィクションを、英国ではラスボーンズ・フォリオ賞を受賞し、「タイム」誌をはじめとする数々の主要メディアの今年の一冊リストに選ばれた。その他にも、二一年にはペン／ジョン・ケネス・ガルブレイス・アワード・フォー・ノンフィクションにノミネートされるなど、高く評価され続けており、すでに八カ国語での翻訳が決定している。

しかし、本書にはレズビアンのセックスについても記されていることから、子どもたちにとって有害と感じる人もいた。二一年、テキサス州リアンダー在住の母親が、子どもを通わせている高校の英文学の授業で扱う図書に本書が入っているのを見つけ、「児童虐待」だと教育委員会に訴えたのだ。これを受けてマチャドは「ニューヨーク・タイムズ」に、禁制本にするというような検閲は、「短絡的で、暴力的で、許しがたい」行為と非難している。「私たちの本には、気まずさを覚えたり、挑戦的であったり、不快に感じたりする箇所があるかもしれませんが、そうした本に触れることは、心を広げ、誰かの経験を肯定し、芸術に対する理解を深め、人々の共感を得るために不可欠なのです」

一方で、Netflix のオリジナルドラマ『セックス・エデュケーション』シーズン3は、本書をフェミニズム書として肯定的に捉えている。このドラマは、イギリスの田舎町を舞台に繰り広げられる青春ドラマで、さまざまな性の悩みを持つ高校生たちの問題を通じて、他者への思いやりや自己愛を考え直そうという素晴らしい作品だ。主人公の一人で、問題を抱えた貧しい家庭に生まれながらも優秀さを武器に道を切り開いていくメイヴが読み、奨学金で大学に進学するために書く志望動機書に「さらに学びたいと思う本」として登場するのが本書なのだ。ドラマ内では一瞬しか登場しないのだが、制作陣の意識の高さに脱帽した。

「物語をバラバラにしたのは、自分の精神が崩壊してしまって、他にどうすることもできなかったから」と書いているとおり、本書はこのような語りでしか語れないという切実さが伝わってくる。読者はすぐに完全に理解できなくても、何かクィアでストレンジなものを感じとり、忘れられない記憶として残り続ける。まさに沈黙を破ったマチャド流の「アーカイブ」であり、歴史的資料として残る作品を作り上げたと言える。クィアの表象でもある本作は、これまでのシスジェンダー中心の文学に対する挑戦でもある。
マチャドはインタビューで、本書刊行をきっかけに多くの人からメッセージをもらったと述べている。ジェンダーやセクシュアリティが異なる人も「心に響いた」と言ってくれたそうだ。本書を読んだ後、「結局どうしたらいいんですか?」と聞かれることも多々あったそうだ。それに対して彼女は「私はソーシャルワーカーでもなければＤＶの専門家でもない。ただ自分の身に起きたことを書いただけ」と答えている。答えはそう簡単に見つからない。本書はマチャドという人間の苦悩とサバイバルを描いたものだが、それを目撃した私たち読者は、これから共に、クィアが一人の人間として正当に扱われる社会に向けて何ができるのかを考えていかなければならない。マチャドは「あまり多くの場所を与えられてこなかった、ある特定の経験に向かって書いているのだと思う。でもそれは悲しいことでもあるんです。つまり、たくさんの痛みがあるということだから。でも、この本を書く苦しみは、それに見合うだけのものだった」と述べている。

最後に、マチャドのバックグラウンドについて。一九八六年、アメリカのペンシルベニア州アレンタウン*でキューバからの移民二世の家庭に生まれる。物語を語ることが好きな家庭で育った彼女は、読書や家族の口伝えで物語を知り、執筆するような年齢になると、「物語」や「本」を書いては出版社に送っていた。子どもの頃から、モンスターや悪魔についてよく考えていたそうだ。大学では恩師に恵まれ、作家としての可能性を見いだされ、二〇一二年に、アイオワ大学のライターズ・ワークショップにて芸術学修士号（ＭＦＡ）を取得。また、クラリオン・ワークショップでは作家のテッド・チャンに師事した。本格的に執筆を開始した一一年以降、数々の賞を受賞し、フェローシップやレジデンシーも受賞。右腕には She didn't look back, but stepped off the edge of the known world.（彼女は振り返らず、既知の世界の端っこから飛び降りた）というタトゥーを入れている。現在は本作にも登場するヴァルと結婚し、ペンシルベニア州で暮らしている。

最新作は、二〇年にＤＣコミックスから刊行された *The Low, Low Woods* で、彼女が原作を担当する本シリーズは、これまで六巻刊行されている。待望の次作は *A Brief and Fearful Star* という天体をモチーフとした短編集で、クノップフ社から刊行される予定だ。現在まさに執筆中ということで、今からとても楽しみにしている。

原作を紹介してくれ、翻訳原稿に的確なアドバイスをくれたエトセトラブックスの松尾亜紀子さんに感謝を伝えたい。また、円水社の校正担当の方には細かいご指摘を頂き、とても勉強になった。ドメスティック・アビューズの定義について丁寧に教えて下さった小山内園子さんにも心から感謝を。登場する映画の受賞歴の有無など、事実とは異なる点もあるが、本書が作者の記憶をもとに書かれた本であるという点を重視し、原書の通り訳した。また、「リポグラムとしての夢の家」の章は、「うくすつぬふむゆる」を抜いて訳していることを補足したい。一人でも多くの方に届いてほしいと思うのは毎度のことだが、本書に関して言えば、最初に読んだ時に、中盤と読後に覚えたあのなんとも言えない高揚感（どうしても内容について誰かに語りたくなった）を、みなさんと共有できていれば何よりも嬉しい。人々の想像が追いつかないような女性の経験を語るマチャドの声が、多くの日本の読者に届きますように。クィアネスがあったからこそ、このような本が生まれたことを、みなさんと一緒に考え続けていきたい。

二〇二二年五月

小澤身和子

＊編集部注：前作『彼女の体とその他の断片』の著者略歴に、「フィラデルフィア生まれ」と記載していたのは誤りでした。著者本人の表現によれば、「フィラデルフィアから北へ一時間ほどのところにあるアレンタウン生まれ」で、正しくはペンシルベニア州です。著者と読者の皆さまにお詫び申し上げます。

カルメン・マリア・マチャド
Carmen Maria Machado

1986年、ペンシルベニア州生まれ。キューバからの移民である祖父の影響で幼少期から物語を書きはじめ、大学ではジャーナリズムを専攻、その後、写真学科に転入する。アルバイトを転々としながら小説を執筆したのち、アイオワ大学のライターズ・ワークショップへの参加が叶い、芸術学修士号（MFA）を取得。デビュー短編集『彼女の体とその他の断片』は、そのクィアな作風から30社ほどの出版社に断られたが、2017年に非営利出版社グレイウルフ・プレスから刊行されると、全米図書賞、ローカス賞をはじめ11の賞の最終候補となり、全米批評家協会賞、シャーリイ・ジャクスン賞、ラムダ賞（レズビアン文学部門）など9つの賞を受賞、ベストセラーとなる。18年には、「ニューヨーク・タイムズ」紙の「21世紀の小説と読み方を変える、女性作家による最高の15冊」に同書が選出される。第2作目となる本書は、ジュディ・グラーン・アワード・フォー・レズビアン・ノンフィクション、ラスボーンズ・フォリオ賞ほか数々の賞を受賞。「タイム」誌など主要メディアの今年の一冊リストに選ばれた。DCコミックスから20年に刊行された『The Low, Low Woods』では原作を担当、同シリーズはこれまで6巻刊行されている。現在は、ペンシルベニア大学で教えながら、妻ヴァル・ホーレットとフィラデルフィアに住んでいる。次回作は、天体をモチーフとした短編集『A Brief and Fearful Star』。

小澤身和子
おざわ・みわこ

東京大学大学院人文社会系研究科修士号取得、博士課程満期修了。ユニバーシティ・カレッジ・ロンドン修士号取得。編集者を経て、通訳、及び翻訳家に。訳書にリン・ディン『アメリカ死にかけ物語』、リン・エンライト『これからのヴァギナの話をしよう』、ジェニー・ザン『サワー・ハート』（いずれも河出書房新社）、ウォルター・テヴィス『クイーンズ・ギャンビット』（新潮文庫）、カルメン・マリア・マチャド『彼女の体とその他の断片』（小澤英実、岸本佐知子、松田青子との共訳／エトセトラブックス）。

イン・ザ・ドリームハウス

2022年6月30日　初版発行

著　者　　カルメン・マリア・マチャド
訳　者　　小澤身和子

発行者　　松尾亜紀子
発行所　　株式会社エトセトラブックス
〒155-0033　東京都世田谷区代田4-10-18-1F
TEL: 03-6300-0884　FAX: 050-5370-0466
https://etcbooks.co.jp/

装　幀　　鈴木千佳子
DTP　　株式会社キャップス
校　正　　株式会社円水社
印刷・製本　モリモト印刷株式会社

Printed in Japan
ISBN 978-4-909910-15-8